9783937355979

D1705466

Die Schwarze Sonne

Unitall

Aus dem Unitall Verlag sind lieferbar bzw. in Vorbereitung:

thriller occult

DIE SCHWARZE SONNE (HC, 192 Seiten, € 12,90)
Band 1 »Der Engel der Schwarzen Sonne«
Band 2 »Der Wächter der Schwarzen Sonne«

science fiction

REN DHARK UNITALL (HC, 192 Seiten, € 10,50)
Band 1 »Jenseits aller Zeit«
Band 2 *vergriffen*
Band 3 »Mond in Fesseln«
Band 4 »Aomon«
Band 5 »Der ewige Krieg«
Band 6 »Wurmlochfalle«
Band 7 »Geheimprogramm ZZ9«
Band 8 »Im Herzen des Feindes«
Band 9 »Der goldene Prophet«
Band 10 »An der Schwelle zum Krieg«

Besuchen Sie unsere Homepage:
www.unitall.ch

Band 2

Der Wächter der Schwarzen Sonne

Roman von
SAHID EL FARRAK

Wir empfehlen Ihnen, den monatlich erscheinenden
E-Mail-Newsletter unseres Auslieferers HJB zu abonnieren
(www.hjb-news.de), in dem alle neuen Unitall-Produkte
bereits vor Erscheinen vorgestellt werden:

1. Auflage, August 2009

Unitall Verlag GmbH
8268 Salenstein
Schweiz

Vertrieb:
HJB Verlag & Shop KG
Schützenstr. 24
78315 Radolfzell
Bestellungen und Abonnements:
Tel.: 0 77 32 – 94 55 30
Fax: 0 77 32 – 94 55 315
www.hjb-shop.de
www.unitall.ch
www.Schwarze-Sonne.info
Titelbild: Chance Last
Printed in EU

Dieses Buch wurde vor Drucklegung anwaltlich begutachtet.

© 2009 Unitall Verlag
Alle Rechte vorbehalten

Das Buch

Seit mehr als 10 000 Jahren wütet auf der Erde ein Kampf zwischen den Mächten der Finsternis und den Nordmännern, die trotz aller Angriffe des schier unbesiegbaren Feindes immer wieder versuchten, den Menschen das erlösende Licht der Schwarzen Sonne zu bringen. Nun neigt sich das dunkle Fischezeitalter dem Ende zu, und *der dritte Sargon* könnte der Weltherrschaft des Bösen ein Ende setzen.

Der zweitmächtigste Mann der Orkult-Loge leitet persönlich eine Operation, die den Kreaturen der Finsternis endgültig zum Sieg über die Wächter der Schwarzen Sonne verhelfen soll. Und er enthüllt die wichtigsten Geheimnisse der Loge...

Der Autor

Sahid el Farrak wurde 1969 in Bagdad/Irak geboren. Bereits in jungen Jahren erwachte sein Interesse an der babylonisch-assyrischen Frühgeschichte. Seiner Passion konnte er keine Zeit mehr widmen, als er bei der Division »Nebukadnezar« der Republikanischen Garde im Range eines Oberleutnants der Artillerie diente.

Nach dem Ende der offiziellen Kampfhandlungen im letzten Golfkonflikt nahm Sahid el Farrak seine Recherchen erneut auf und stieß dabei auf die Ursprünge des Mythos der Schwarzen Sonne. »Der Wächter der Schwarzen Sonne« ist sein zweiter Roman, in dem er weitere Teile seiner Erkenntnisse verarbeitet hat.

Prolog

»… kann ich vor Panikmache nur dringend warnen, denn so schlecht ist es um den Regierungshaushalt gar nicht bestellt, Herr Graf. Zugegeben, angesichts des dramatischen Konjunkturabschwungs sind dieses Jahr höhere Schulden von circa zehn Milliarden Euro unvermeidbar, also in etwa zehn Milliarden Euro mehr als sowieso schon geplant, dennoch müssen wir erst einmal die Steuerschätzung des Finanzministeriums abwarten, bevor wir einen weiteren Nachtragshaushalt vorlegen – Panikmache wäre daher völlig unangebracht. Hierzulande wurde die Finanzkrise wohl in erster Linie von den Kleinsparern verursacht. Der Aufschwung kann nur funktionieren, wenn die Bürger nicht auf ihren Spargroschen hocken, sondern das Geld unter die Leute bringen, denn jedes Prozent weniger Wachstum kostet den Staat mehrere Milliarden Euro Steuereinnahmen. Zusätzlich belasten uns Verluste wie die ständigen Tariferhöhungen im Öffentlichen Dienst und die zusätzlichen Ausgaben fürs Konjunkturpaket, doch ich versichere Ihnen, daß eine Senkung der Neuverschuldung ein Kernpunkt im Programm unserer Partei ist, so daß es keinen Grund zur Panikmache gibt.«

Wenn er das mit der Panikmache noch ein einziges Mal erwähnt, gerate ich wirklich in Panik, dachte Otto Graf, der als Fernsehjournalist für n-tv arbeitete und im nächsten Jahr in den wohlverdienten Ruhestand zu treten beabsichtigte. Nichts brachte ihn so sehr aus der Fassung wie endloses Politikergeschwafel.

Schon seit dem frühen Freitagmorgen waren Graf und sein Reporterteam vor der Frankfurter Börse damit beschäftigt, ein Stimmungsbild zur Weltfinanzkrise aufzufangen.

Die Journalisten holten die Meinung von Börsenagenten, Bankfachleuten und Privatanlegern ein, und die ersten beiden Fragen, die Otto jedem Interviewpartner provozierend stellte, lauteten: »Wer bereichert sich Ihrer Meinung nach an der sogenannten Weltfinanzkrise? Auf wessen Privatkonten lagern die

Riesensummen, die weltweit den Finanzmärkten entzogen wurden?«

Dummerweise hatte ein Politiker die laufende Kamera entdeckt, sie hatte ihn geradezu magisch angezogen. Selbstverständlich hätte Otto Graf gegen ein Interview mit einem wirklich bedeutsamen Politkämpfer der alten Schule nichts einzuwenden gehabt – er war dafür bekannt, dicke Fische an Land zu ziehen und ihnen so lange Feuer unter dem Hintern zu machen, bis sie zu Bratheringen verschmorten. Doch der vorlaute Bursche, der sich gerade wortreich zum Hanswurst machte, gehörte zur Garde der unvermeidlichen Hinterbänkler, ein junger Schnösel, der noch nie irgendwo wirklich in Erscheinung getreten war und sich endlich profilieren wollte. Der Teamleiter zog in Erwägung, die Kamera abzuschalten...

... als plötzlich etwas überaus Seltsames passierte: Vom Dach der Börse kletterten vier mit Skimützen maskierte Personen in schwarzen Kampfanzügen an der Wand herab. Sie trugen Schulterhalfter mit Pistolen. Einer von ihnen hatte einen kleinen Rucksack bei sich.

Ein Überfall? Ein Attentat? Graf wies seinen Mitarbeiter an, die Kamera auf die vermeintlichen Gangster zu richten.

»He, ich bin noch nicht fertig!« entrüstete sich das Knäblein von der Hinterbank.

Du bist so was von fertig, fertiger geht's gar nicht! antwortete ihm Graf in Gedanken. *Deine Politikerkarriere ist zu Ende, noch bevor sie richtig angefangen hat, Jungchen!*

Erst jetzt fiel ihm auf, daß die vier vermeintlichen Fassadenkletterer gar nicht an der Wand herunterstiegen, sondern vom Dach herabschwebten – sie bewegten sich auf gespenstisch lautlose Weise durch die Luft. Dieser Anblick faszinierte und ängstigte Otto zugleich. Insgeheim hoffte er, daß sich das Ganze als eine originelle Werbekampagne entpuppen würde, bei der mit optischen Tricks gearbeitet wurde, ansonsten würde man die Schulbücher für Physik wohl umschreiben müssen.

Sanft landeten die vier nacheinander auf dem Boden, drei fast gleichzeitig, einer traf ein paar Sekunden später ein.

Mit nahezu überirdischer Geschwindigkeit liefen sie zu einem

Kleintransporter, der am Rand des Platzes stand und Graf bereits aufgefallen war, wegen der kleinen Antenne auf dem Dach. Niemand hielt sie auf, alle starrten sie nur ratlos an.

Mit quietschenden Reifen jagte der Transporter los, kaum daß die »schwarzen Männer« – für Frauen waren die maskierten Gestalten zu kräftig gebaut – durch eine seitliche Schiebetür eingestiegen waren.

»Wahnsinn! Was für brisantes Material!« bemerkte Otto Graf, obwohl er noch gar nicht wußte, was sich hier eigentlich abspielte. »Wir sind live auf Sendung! Für diese Aufnahmen wird man uns mit Preisen überschütten!«

»Tut mir leid, daraus wird wohl nichts«, stammelte sein Kollege. »Die Aufnahmefunktion setzte just in dem Moment aus, als ich mit der Kamera nach oben schwenkte. Merkwürdig, jetzt ist wieder alles in Ordnung, aber gerade eben noch war das Gerät tot.«

»Willst du damit sagen, du hast die vier Schwebenden nicht gefilmt?« schrie ihn Otto aufgebracht an – heute war offenbar nicht sein Tag.

Über die Standleitung meldete sich der Fernsehmoderator aus dem Studio. Er bestätigte, daß für kurze Zeit nur »Schnee« auf den Bildschirmen zu sehen gewesen war.

»Wie ich schon sagte: Plötzlich funktionierte nichts mehr«, rechtfertigte sich der zu Unrecht gescholtene Kameramann. »In Deutschlands Wohnstuben hat niemand die Lautlosen zu Gesicht bekommen. Die einzigen Zeugen dieses unglaublichen Vorfalls sind nur die Menschen hier vor Ort.«

Graf stieß einen leisen Fluch aus. Sein Reporterinstinkt signalisierte ihm, daß noch nicht alles vorbei war – es lag eine weitere Sensation in der Luft.

Und genau von dort kam sie dann auch...

*

Otto Graf war ein echter Profi, der sich nicht lange mit Nebensächlichkeiten aufhielt. Zum Staunen und Wundern hätte er später noch genügend Zeit, seine Arbeit hatte absoluten Vorrang. Mit Mikrophon und Kamera arbeitete sich sein Team zum Eingang der Börse vor, wobei er auf dem Weg dorthin die Passanten zu ihren Beobachtungen und persönlichen Eindrücken befragte.

»Es waren Terroristen!« meinte der Hinterbänkler, der den Journalisten nicht von der Seite wich. »Die Polizei ist bestimmt schon unterwegs, um Leib und Leben der Bürger zu schützen, ein Aspekt, der insbesondere in unserem Parteiprogramm...«

Otto befragte mehrere der Umstehenden, doch keiner konnte sich an wirklich wichtige Details erinnern. Hatte der Transporter überhaupt ein Nummernschild gehabt?

»Das Fahrzeug war zweifelsfrei ein Wohnwagen«, war ein dicker Mann überzeugt. »Ich bin Camper und habe ebenfalls eine solche Antenne auf dem Wagendach. Damit kann man sämtliche Programme in einer Entfernung...«

Weiter kam er nicht, denn aus dem Hauptportal der Börse strömten massenweise Menschen nach draußen. Sie rannten voller Angst in alle Richtungen weg und steckten etliche Leute auf dem Platz mit ihrer Hysterie an. Otto Graf kam sich vor wie bei der Stampede einer Rinderherde. Daß aus der Ferne Martinshörner ertönten und immer lauter wurden, trug noch zusätzlich zur allgemeinen Unruhe bei.

Was war passiert? Hatte eine Bombendrohung die Massenpanik ausgelöst? Statt gegen den Menschenstrom anzukämpfen, ließ sich Grafs Team jetzt lieber mit der Masse treiben, wobei der Leiter Ausschau nach den Polizeiwagen hielt, die nach und nach eintrafen.

Der Reporter erblickte einen Streifenbeamten und stellte sich ihm kurzerhand in den Weg. »Was ist hier los, verdammt noch mal? Unsere Zuschauer haben ein Recht darauf, die Wahrheit zu erfahren!«

»Es gab eine Attentatsdrohung gegen die Börse, und wir müssen das Gebäude schleunigst räumen!« antwortete ihm der Polizist knapp und eilte weiter.

In diesem Augenblick hörte man ein Heulen in der Luft. Der Kameramann schwenkte die Linse seines Hochleistungsgeräts nach oben, und diesmal fiel die Funktion nicht aus. Voller Entsetzen verfolgten viele Tausend Fernsehzuschauer daheim hautnah mit, wie eine Boeing 757 heranraste und zielgenau auf die Frankfurter Börse zujagte.

Wer jetzt den Vorplatz noch nicht verlassen hatte, hatte schlechte Karten. Mit Urgewalt schlug das mächtige Flugzeug ins Gebäude ein, verschmolz mit dem Stein, der sich zu verflüssigen schien, verwandelte sich dabei von einem eleganten Silbervogel in etwas, das einfach im Gebäude verschwand. Eine Feuerwolke stieg auf, und im nächsten Augenblick explodierte das Konglomerat aus zertrümmerten Steinen und zerrissenem Leichtmetall mit ungeheurer Wucht.

Flugzeug- und Gebäudeteile spritzten zu allen Seiten weg, wobei sie aufgrund der enormen Druckwelle hohe Geschwindigkeiten erreichten. Im Kernbereich der Explosion wurden die Menschen einfach zerrissen und verbrannten bis zur Unkenntlichkeit. Etwas weiter davon entfernt platzten zahlreichen Opfern die Trommelfelle, so daß sie nicht einmal mehr ihre eigenen Todesschreie hörten.

Otto spürte, wie sich ein brennendes Trümmerstück in seinen Rücken bohrte, so tief, daß es ihm von innen die Rippen zerbrach. Blut spritzte ihm aus Mund und Nase, und er stürzte zu Boden – direkt neben seinen Kameramann, der bereits tot war, als sein Körper auf dem Asphalt aufschlug.

Wundersamerweise zerbrach die Kamera nicht, sie lief ständig weiter und übertrug auf der Seite liegend noch eine Weile die Bilder der Verwüstung.

Grafs letzte Gedanken galten dem zwölfjährigen Jungen. Hoffentlich war der Kleine schnell genug gewesen und hatte sich retten können...

»Vielleicht sind die vier Schwarzgekleideten gar keine Verbrecher, sondern Helden«, hatte der Junge gesagt.

Aber richteten Helden ein derart blutiges Chaos an?

Für mich sind wir Helden, wir kämpfen uns frei.
Wir haben unsere Träume und bleiben dabei.
Der Felsen steht –
bis einer geht...
(Münchener Freiheit – »Helden«)

1.

Seit sich die Welten um die Sonne drehten, hatte es noch nie jemand gewagt, die Alten Götter in ihrem wohlverdienten Schlaf zu stören. Nach jeder stärkeren Energieentladung fielen sie in einen todesähnlichen Schlummer. Das war unbedingt notwendig, um die verbrauchte Kraft wieder aufzuladen. Und es war die angestammte Pflicht der jungen Götter, während dieser Phase über die Ruhe der beiden Alten zu wachen.

Sie waren ein ungleiches Paar, göttlich, aber nicht geschlechtslos. SIE wirkte vom Äußeren her wie ein furchteinflößendes, aus mehreren bluthungrigen Raubtieren zusammengefügtes Monstrum. ER war mehr eine Lichtgestalt, angesiedelt zwischen Tag und Nacht, ein unergründliches Etwas, das fortwährend zu zerfließen schien, während es sich gleichzeitig wieder zu einem wabernden Grauschleier verdichtete. Den alten Legenden zufolge zog sich ihr Tiefschlaf jeweils über mehrere Jahre hin; danach waren sie wieder in der Lage, die Geschicke des Universums zu leiten.

Diesmal war ihnen keine Ruhe vergönnt, denn ihre Nachfahren, ihre Kinder und die Kinder ihrer Kindeskinder stritten miteinander, heftig und laut. Der Streit betraf das göttliche Erbe. Wer sollte die Nachfolge der Alten antreten, falls die irgendwann einmal nicht mehr erwachten? Jeder der jungen Götter fühlte sich berufen, als Alleinherrscher über das Universum zu regieren und ein mächtiges Reich der Stärke zu erschaffen.

In einem waren sich alle einig: Es war das Schicksal der Schwachen, den Starken zu dienen, und es war die Bestimmung der Starken, die Schwachen zu knechten. Rebellierende, die nicht bereit waren, sich in die ihnen zugedachte Rolle zu fügen, mußten gnadenlos ausgelöscht werden, denn sie störten die göttlichen Kreise.

Aber wer von ihnen gehörte an die oberste Spitze des Imperiums der Starken? Darüber entbrannte der Streit der jungen Götter immer wieder aufs neue...

... bis sie damit die Alten weckten.

Das Götterpaar stellte sich schlafend und verfolgte den Zwist voller Entsetzen. Allmählich wurde beiden bewußt, daß es ein Fehler gewesen war, ihre Astralleiber zu vereinen, um göttlichen Nachwuchs in die Welt zu setzen. Ihre Nachkommenschaft würde Angst und Schrecken verbreiten. Was die Jungen vorhatten, verstieß gegen die natürliche Ordnung der Dinge. Seit jeher sortierte die Natur die Starken und Schwachen ganz ohne Zutun anderer. Die Götter durften darauf keinen Einfluß nehmen, sonst geriete das Universum aus dem Gleichgewicht, mit furchtbaren Folgen.

SIE sandte ein Gedankensignal an IHN. *Habe ich Ungeheuer geboren, die die Welt ins Verderben stürzen?*

Wir hätten uns niemals paaren dürfen, antwortete er ihr auf die gleiche Weise. *Aber was wir erschaffen haben, können wir auch wieder vernichten!*

Er kam als erster zu Kräften und stürzte sich voller Zorn auf die streitende, lärmende Schar. In seiner Raserei wollte er all seine Nachkommen auslöschen. Doch dafür war er allein nicht mächtig genug. Die jungen Götter setzten sich zur Wehr, und der Alte wurde selbst aus dem Universum getilgt.

Seine Gattin war noch zu geschwächt, um es mit ihren Kindern aufzunehmen, deshalb holte sie sich Verstärkung. Mit einem Heer von schrecklichen Untieren ging sie auf ihre eigene Mörderbrut los.

Die Junggötter verbündeten sich mit der mächtigen Gottheit Marduk, der sich den Angreifern mutig entgegenstellte und ein Untier nach dem anderen zerfleischte. Zum Schluß blieb nur noch sie übrig, die Gefährlichste von allen. Mit ihr würde er nicht so leicht fertig werden.

Ein heftiger, viele Jahrzehnte andauernder Zweikampf entbrannte und brachte ganze Sonnensysteme zum Erschüttern. Letzten Endes spaltete Marduk seine Gegnerin in zwei Hälften und sorgte dafür, daß sie künftig nirgendwo mehr wirklich hingehörte. Sie war jetzt oben und unten zugleich.

Die Jungen stritten längst nicht mehr um ihre Nachfolge, sie hatten sich darauf geeinigt, sich die göttliche Macht über das Universum zu teilen. Sie vermehrten sich untereinander und paarten sich auch mit Nichtgöttern.

Aus diesen Akten entstanden willfährige, gläubige Kalfaktoren, die auf die Urmutter eingeschworen wurden, ohne zu ahnen, daß die mit dem Treiben ihrer Kinder niemals einverstanden gewesen war.

Noch die Nachfahren der Nachfahren jener Helfer und Helfershelfer standen fest zu ihrem Schwur, die Geschicke der Welt mit harter Hand zu leiten und die Schwachen zu knechten – im Namen der göttlichen Urmutter Tiamat.

Viele Jahrtausende lang konnte sich das Böse ungehindert ausbreiten – bis anno 1912 plötzlich und unerwartet neue Antagonisten die Weltbühne betraten. Zunächst war es nur eine Handvoll lästiger »Zecken«, die sich den zahllosen Anhängern der Göttermutter widersetzte, doch dann wurden es stetig mehr, und die Bisse, die ihre Gegner austeilten, schmerzten immer empfindlicher...

Woher nahm diese Schar Aufrechter den Schneid, sich dem Unvermeidlichen entgegenzustellen?

Sie konnten das Böse nicht besiegen, es war zu stark, und trotzdem gaben sie niemals auf und erzielten sogar kleinere Erfolge.

Schlug man einen der mutigen Streiter tot, schienen zwei neue nachzuwachsen.

Das größte Problem ihrer Feinde war, daß sie nicht genau wußten, mit wem sie es zu tun hatten. Mit einer Gruppe von streitbaren Kämpfern, die ihre ewigwährende Knechtschaft nicht länger hinnehmen wollten?

Oder waren es Vorboten des Dritten Sargon, dessen Kommen die Hellseherin Sajaha schon vor sehr, sehr langer Zeit verkündet hatte?

Von Norden her wird er kommen;
unvermutet wird er hereinbrechen
über die im Gift lebende Erdenwelt,
wird mit einem Schlage alles erschüttern –
und seine Macht wird unbezwingbar sein.
Er wird keinen fragen,
er wird alles wissen.
Eine Schar Aufrechter wird um ihn sein.
Ihnen wird der Dritte Sargon das Licht geben,
und sie werden der Welt leuchten.

(Sajaha – die Prophezeiungen der Seherin am Hofe des Königs Nebukadnezar von Babylon)

2.

»Gott ist eine Frau?« Professor Benjamin schaute mich verstört an. »Und Frauen sind das dominierende Geschlecht auf der Erde? Das ist ein Scherz, oder?«

»Nein, das meine ich durchaus ernst«, antwortete ich ihm seelenruhig. »Der Sockel, auf dem die gesamte babylonische Mythologie beruht, wurde einst von der Urgöttin Tiamat erschaffen. Übersetzt lautete ihr Name: *Sie, die sie alle gebar!* Es heißt, Tiamat habe die ersten Generationen von Göttern gezeugt.«

»Gezeugt? Mit wem?«

»Mit ihrem Gemahl Apzu.«

»Aha, es war also zweifelsfrei ein Mann im Spiel! Demnach liegen Sie falsch, Herr Arndt, wenn Sie glauben, der irdische Schöpfungsmythos sei weiblicher Natur.«

»Das ist eine unumstößliche Tatsache, Herr Professor«, widersprach ich ihm. »Der Ursprung unserer Welt ging von einer Frau aus. Neues Leben wird in erster Linie von den Frauen geboren, während die Männer nur eine geringfügige, ja minderwertige Rolle spielen: die des Begatters.«

»Die des *unverzichtbaren* Begatters«, ergänzte mein durch und durch konservativer Gesprächspartner. »Ohne männliche Gene läuft auf diesem Planeten absolut nichts, und das ist auch gut so, denn alles andere verstieße gegen die Gesetze der Natur und der christlichen Religion – und widerspräche allen wissenschaftlichen Erkenntnissen.«

»Vom wissenschaftlichen Standpunkt aus ist der religiöse Glaube an sich bereits ein Verstoß gegen die Natur«, konterte ich spitzfindig. »Christen, Mohammedaner, Buddhisten... eines haben sie alle gemeinsam: Sie glauben an die Existenz höherer Mächte und somit an etwas, das man nicht sehen, hören und anfassen kann, ja, man kann es nicht einmal wirklich begreifen.«

Ich mochte es, mit meinem knapp sechsundsechzigjährigen Gegenüber tiefschürfende Gespräche zu führen. Benjamin war ein verdammt kluger Kopf, und ich hätte ihn gern für die Orkult-Loge angeworben – doch als ich beim letztenmal darauf zu sprechen gekommen war, hatte er eine Mitgliedschaft in unserer Organisation brüsk abgelehnt. Vielleicht gelang es mir ja diesmal, ihn zu überzeugen – ich mußte mich nur vorsichtig heranpirschen und durfte nicht zu früh mit der Tür ins Haus fallen.

Wir saßen bei einem Glas teuren Weins im Wohnzimmer meines Penthouses, das mit in beige gehaltenen Möbeln und ebensolchen Tapeten eingerichtet war. Beige war meine absolute Lieblingsfarbe, was man auch an meinen maßgeschneiderten Anzügen sehen konnte.

Durch ein Panoramafenster blickten wir auf die unzähligen bunten Lichter des nächtlichen New York sowie auf mehrere Wolkenkratzer, von denen manch einer höher war als der, in dem ich mein Domizil aufgeschlagen hatte. Ich verspürte keinesfalls den Ehrgeiz, im höchsten zu wohnen, schließlich war ich nicht King Kong, doch in den unteren Stockwerken des 222 Meter hohen Gebäudes hätte ich mich nicht wohlgefühlt. Mein Beruf brachte es mit sich, daß ich hin und wieder in den Untergrund abtauchen mußte, da wollte ich wenigstens in meiner spärlichen Freizeit über den Dingen stehen.

»Die Wissenschaft hat in vielen Punkten recht«, räumte Benjamin nach kurzem Nachdenken ein – er mußte es ja wissen, immerhin war er selbst Wissenschaftler. »Aber sogar dem klügsten Forscher sind Grenzen gesetzt, insbesondere dann, wenn Gott mit ins Spiel kommt.«

»Götter – im Plural«, verbesserte ich ihn. »Die Menschheit glaubt nicht nur an einen einzigen Gott.«

»Es gibt aber nur einen«, entgegnete der gläubige Christ und regelmäßige Kirchgänger beharrlich.

»Mag sein, aber welcher von den vielen ist der echte? Falls die Verfechter der babylonischen Mythologie recht haben, ist Tiamat allgegenwärtig. Sie ist überall um uns herum, hoch droben in den Lüften und tief im Herzen der Erde.«

»Niemand kann an mehreren Orten gleichzeitig sein.«

»O doch – *sie* kann es. Laut den alten Legenden lärmten einst die jungen Götter, die Kinder und Kindeskinder von Tiamat und Apzu, dermaßen laut, daß die Alten Götter aus ihrem Schlaf erwachten. Aus Ärger wollte Apzu die Ruhestörer töten, doch seine Macht war dafür nicht ausreichend, so daß er statt dessen selbst vernichtet wurde. Die Vernichtung ihres Gatten wiederum erboste Tiamat, die daraufhin mit einer Armee von Ungeheuern auf ihren eigenen Nachwuchs losging. Die jungen Götter schickten ihr in ihrer Not den assyrischen Gott Marduk entgegen, der Tiamat zum Zweikampf forderte, sie besiegte und in zwei Teile spaltete. Aus ihrer ersten Hälfte bildete er den Himmel, aus der zweiten die Erde.«

Ich hätte zu dem Thema noch viel mehr beitragen können, doch ich beließ es bei dieser auf Gerüchten basierenden Geschichte, einem Gemisch aus Halbwahrheiten und phantasievollen Ausschmückungen. Genaueres konnte man in den geheimen Unterlagen der Loge nachlesen, auf die nur wenige berechtigte Personen Zugriff hatten – unter anderem ich.

Benjamin war ein mehrfach preisgekrönter Biologe. Zwar befaßte er sich außerhalb seines Berufes manchmal mit historischen Ereignissen, doch in der Mythologie war er nur mäßig bewandert. Während ich diese weitverbreitete Version der Tiamat-Sage – eine von vielen – zum besten gab, präsentierte ich ihm die Fotokopie einer uralten Wandzeichnung, die Religionsforscher Mitte des vorigen Jahrhunderts in einer etwa zehn Kilometer vom Euphrat entfernten Höhle entdeckt und abgelichtet hatten.

»Der Bärtige mit der Schlagwaffe ist Marduk«, erklärte ich ihm.

Benjamin nickte. »Das dachte ich mir schon, denn das gruselige Wesen, auf das er einschlägt, kann nur weiblichen Geschlechts sein – so häßlich ist kein Mann.«

Der Professor war Junggeselle, genau wie ich. Während ich jedoch lebenshungrig mit Frauen aller Nationalitäten ins Bett stieg und mich sicherlich irgendwann einmal zwecks Vermehrung auf eine feste Beziehung einlassen würde – bisher hatte ich nur noch nicht die richtige gefunden, denn es machte mir viel zu großen Spaß, nach ihr zu suchen –, war er ein regelrechter Frauenhasser. Äußerst selten sah man ihn in weiblicher Begleitung, und bevor er eine Ehe eingegangen wäre, hätte er sich wohl eher entmannt. Wie alle »Trockenschwimmer« wußte er aber stets, welche Regeln des Zusammenlebens unbedingt beachtet werden mußten und was Paare, die sich trennten, sehr wahrscheinlich falsch gemacht hatten. Benjamin war halt der typische Theoretiker, in vielerlei Hinsicht.

In einem Punkt stimmte ich ihm allerdings zu: Tiamat war wirklich keine Schönheit, nicht auf dieser Fotografie und auch nicht auf sonstigen überlieferten Zeichnungen. Von den Assyrern wurde sie als ein Mischwesen aus Pferd, Löwe und Raubvogel dargestellt, von den Babyloniern als riesige Wasserschlange.

»Obwohl nur grottenhäßliche Bilder von ihr existieren, bin ich mir sicher, daß sie im Original weitaus liebreizender aussah«, sagte ich zum Professor. »Es gibt nämlich noch eine andere, nur wenigen Menschen bekannte Version des Tiamat-Mythos, die von der eben geschilderten Geschichte stark abweicht. Darin wird Tiamat als eine dunkelhäutige, anmutige Frau beschrieben. Ich bin überzeugt, daß das der Wahrheit näherkommt – das hoffe ich zumindest, schließlich stamme ich von ihr ab. Wer hat schon gern ein Ungeheuer als Urmutter?«

Ich biß mir auf die Zunge, um nicht noch mehr preiszugeben, denn die Aufzeichnungen der Loge waren streng geheim. Lediglich die oberste Führungsspitze verfügte über die vollständigen Informationen. Die meisten unserer Mitglieder kannten *den wahren Mythos* von Tiamat nur zum Teil, so daß sie bei einem Verhör nicht zuviel ausplaudern konnten.

Benjamin prustete vor Lachen ins Glas und verschluckte sich fast an seinem ausgesuchten Wein. Ein paar Tropfen der nicht gerade billigen Flüssigkeit benetzten sein Gesicht und kleckerten auf den Glastisch, der zwischen unseren drehbaren, mit beige gegerbtem Leder bezogenen Schalensesseln stand. Ich übersah es geflissentlich, denn ich war Kummer mit ihm gewohnt. Wenn er erst einen gewissen Alkoholpegel erreicht hatte, setzte sich die Kleckserei manchmal auf dem Teppichboden fort. Zum Glück kannte ich ein perfektes Mittel zur Beseitigung von Rotweinflecken: einfach einen Perser drüberlegen.

Ich persönlich machte mir nichts aus Alkohol, in meinem Glas befand sich lediglich kalter Hagebuttentee. Benjamin gegenüber benahm ich mich aber so, als würde auch ich reichlich Wein in mich hineinschütten, ab und zu lallte ich sogar ein bißchen, um glaubwürdiger zu erscheinen. Auf diese Weise animierte ich ihn ständig zum Weitertrinken. Bis zum Ende unserer Unterhaltung würde er dann dermaßen betrunken sein, daß das Glüko garantiert die gewünschte Wirkung erzielen würde.

»Sie stammen von einer Göttin ab, so, so«, spöttelte der Professor und wischte sich die Rotweintropfen von der Wange.

Ich nickte. »Das trifft auch auf viele weitere Mitglieder der Orkult-Loge zu. Selbstverständlich kann man ebensogut ohne göttliche Herkunft zum Pagen oder Knappen und sogar zum Ritter ernannt werden, aber falls jemand in die höheren Weihen aufsteigen möchte, muß er zum Uradel gehören. Doch das wissen Sie ja bereits, oder? Ich habe es Ihnen schon vor elf Jahren in Sydney erzählt, als wir am Abend in der Hotelbar zusammensaßen.«

»Knappen, Ritter, Orkult...?« murmelte der Professor und zog die Stirn kraus. »Offensichtlich verwechseln Sie mich mit jemandem, mein junger Freund.«

Nein, das war ganz sicher nicht der Fall. Im Gegensatz zu ihm konnte ich mich noch bestens an unser Bargespräch erinnern.

Seinerzeit hatte man in Australiens größter und ältester Stadt mehrere verschiedene Symposien ausgerichtet, unter anderem für Informatiker und für Biologen...

*

Viele der Symposiumsteilnehmer nutzten die Gelegenheit, auch einmal fachfremden Vorträgen beizuwohnen. Genau wie Professor Benjamin war ich stets darauf bedacht, mich weiterzubilden, und so trafen wir mehrmals in diversen Vortragssälen zusammen und freundeten uns an. Was er nicht einmal ansatzweise ahnte: Es waren keine zufälligen Zusammentreffen, denn in meinem Leben geschah nur selten etwas aus Zufall.

Unsere erste längere Unterhaltung fand abends in einer Bar statt. Wir tranken Cocktails – er die ganz starken, ich alkoholfreie. Benjamin war damals noch 55 Jahre alt und somit ein Vierteljahrhundert älter als ich. Zunächst sprachen wir über unsere beruflichen Tätigkeiten, jeder gab ein bißchen was aus seinem wissenschaftlichen Arbeitsbereich zum besten (wobei ich aus Geheimhaltungsgründen die Wahrheit mitunter ein wenig verbiegen mußte). Wir hielten quasi unser eigenes Symposium ab, und zwar im wahrsten Sinne des Wortes, denn im antiken Griechenland hatte man mit diesem Begriff ein Trinkgelage mit dabei geführten intelligenten Gesprächen bezeichnet.

Zu fortgeschrittener Stunde redete ich mit Benjamin über Orkult und unsere Loge – in schonungsloser Offenheit. Ich wollte sehen, wie er darauf reagierte. Er war entsetzt bis ins Mark und drohte mir mit Einschaltung der Behörden und der Medien. Ich blieb gelassen, denn ich hatte eine solche Überreaktion einkalkuliert und mich entsprechend darauf vorbereitet.

Tags darauf holte ich ihn zum Frühstück ab. Dank Glüko wußte er nichts mehr von unserer Unterredung, er erinnerte sich nicht einmal mehr daran, überhaupt in der Bar gewesen zu sein. Auch sonst fehlte ihm ein Stück des vergangenen Tages, was er auf den Alkohol schob.

Heute, elf Jahre später, blieb mir nichts anderes übrig als mit meiner Orkult-Schilderung wieder bei Null anzufangen. Dabei haßte ich nichts so sehr wie Wiederholungen. Ich hoffte, daß diesmal wenigstens das Ende unseres Gesprächs anders verlaufen würde.

*

»Knappen, Ritter, Orkult…?« murmelte der Professor und zog die Stirn kraus. »Offensichtlich verwechseln Sie mich mit jemandem, mein junger Freund. Wir haben in Sydney zwar über alles mögliche diskutiert, doch nicht über Okkultes, daran würde ich mich ganz sicher erinnern.«

Mein junger Freund. So hatte mich schon lange niemand mehr genannt, immerhin war ich mittlerweile 41. Na schön, ich hatte mich recht gut gehalten – mein Vater meinte, ich sähe aus wie der einst recht berühmte Schauspieler Tony Curtis, aber jung war ich ganz gewiß nicht mehr.

»Lassen Sie mich Ihnen ein bißchen was von Orkult erzählen, Herr Professor, vielleicht kehrt dann Ihre Erinnerung zurück«, schlug ich vor. »In unserer Organisation gibt es eine Hackordnung wie in jedem Unternehmen. Ganz oben steht der Firmenchef – wir nennen ihn Ritterkönig. Ihm unterstehen nicht nur die in 33 Grade eingestuften Ritter, sondern auch die Knappen und Pagen. Zu letzteren pflegt unser Oberhaupt allerdings keinen persönlichen Kontakt, üblicherweise spricht er nur mit den obersten Rittergraden. Es ist eine Ehre, ihn treffen zu dürfen, immerhin ist er der weltweite Anführer von Orkult. Viele Mitglieder unserer geheimen Organisation haben ihn noch nie leibhaftig zu Gesicht bekommen, weshalb der Ritterkönig auch der Geheimnisvolle oder der Unnahbare genannt wird.«

»Und wie nennen Sie ihn, Herr Arndt?« fragte Benjamin.

»Ich nenne ihn Vater.«

»Warum? Ist er ein Priester?«

Ich lachte. »Der Ritterkönig hat mir schon so manche Moralpredigt gehalten, doch das ist nicht der Grund, weshalb ich ihn mit Vater anrede. Ich bin sein Sohn.«

Benjamin pfiff durch die Zähne – was aufgrund seines bereits erheblichen Alkoholgenusses in ein von einem Zischgeräusch begleitetes Spucken ausartete.

»Eines fernen Tages stehe ich an der Spitze der Loge«, fuhr ich fort. »Das steht mir rechtmäßig zu, nicht nur weil man die Linie meiner uradeligen Familie bis zur Göttin Tiamat zurückverfolgen kann, sondern weil ich mich bereits von Kindesbeinen an für die Belange der Loge stark mache. In Gießen studierte ich Sozialpsychologie. Während sich die Kinder anderer gutbetuchter Eltern in den Semesterferien erholten, absolvierte ich in der Orkult-Kolonie von Venezuela eine militärische Ausbildung. Nach dem Studium folgte eine Pilotenausbildung und anschließend ein zweites Studium in Informatik und Computertechnik am MIT.* Später stieg ich zum Einsatzleiter für verdeckte militärische Operationen der Loge auf. Offiziell bin ich ein ganz gewöhnlicher Informatiker, der ständig auf Reisen...«

»Ehrlich gesagt, ich habe schon etwas zuviel getrunken, um mir Ihren gesamten Werdegang innerhalb dieser merkwürdigen Sekte einzuprägen«, gab Benjamin ehrlich zu, »deshalb wäre es mir lieber, Sie würden sich auf die wichtigsten Details beschränken – beispielsweise auf die Sache mit dieser Göttin. Ihre Familie ist in direkter Linie mit Tiamat verwandt? Wie kann das möglich sein? Demnach müßte sich dieses Ungeheuer oder der Nachwuchs desselben mit Menschen gepaart haben.«

Ich lachte kurz auf. »Davon gehe ich ebenfalls aus, aber fragen Sie mich bitte nicht, wie das einst vonstatten gegangen ist – ich war nicht persönlich dabei. Die Zugehörigkeit zur Tiamat-Familie wird von der Mutter weitergegeben, nur so wird man zum echten, zum geborenen Orkult. Das Orkult-Gen tragen ausschließlich die Töchter in sich. Söhne zeugen nur dann Orkult-Nachfahren, wenn sie sich mit einer Orkult-Frau paaren. Die Fähigkeit, echte Orkult-Mitglieder zu zeugen, schlummert allerdings auch in den Nachfahren von Söhnen, die sich mit gewöhnlichen Menschen paarten. Erst wenn sich eine männliche

---

* Massachusetts Institute of Technology

Linie sieben Generationen lang nicht mit einer Orkult-Frau gepaart hat, ist das Orkult-Gen vollständig erloschen, und die achte Generation verkommt zu einem armseligen Stamm der Koyam.«

»Koyam? Das klingt wie ein Schimpfwort.«

»Es ist auch eines. Wir echten Orkults bezeichnen mit diesem Begriff die Normalmenschen, den gewöhnlichen Bürger halt, der zu nichts taugt außer zum Steuerzahlen.«

»Also Leute wie mich.«

Ich überhörte diesen Einwand, würde darauf aber später noch einmal zurückkommen.

»Um uns grundlegend von den Koyam zu unterscheiden und die Besonderheit unseres Wesens, das einst einem weiblichen Gott entsprang und seither über weibliche Gene weitergegeben wird, auch nach außen hin zu unterstreichen, nehmen die Orkult-Männer bei der Heirat stets den Namen ihrer Frauen an – insoweit das möglich ist. In einigen Ländern verhalten sich die Behörden in dieser Hinsicht noch ziemlich rückständig; selbst in Deutschland gelang es uns erst Anfang der Achtziger, das Namensrecht in unserem Sinne zu ändern!«

»Demnach haben wir den derzeit vorherrschenden Namenswirrwarr Ihrer Loge zu verdanken?« entrüstete sich Walter-Alfred Benjamin. »Früher war alles herrlich einfach: Die Familie trug den Nachnamen des männlichen Familienoberhauptes, und damit hatte es sich. Seit es diesen Quatsch der freien Wahlmöglichkeit und die gottverfluchte doppelnamige Bindestrichitis gibt, blickt doch kein Schwein mehr durch! Gott sei Dank wurde wenigstens der Antrag auf Dreifachnamen vom Verfassungsgericht zurückgewiesen. Denken diese Bekloppten auch mal an ihre Mitmenschen, die beim höflichen Versuch, ihren Gesprächspartner ›politisch korrekt‹ anzusprechen, nicht nur ihr Gedächtnis arg strapazieren müssen, sondern sich dabei fast die Zunge abbrechen? Oder an die Fahndungsbehörden? Will die Polizei einen gefährlichen Verbrecher dingfest machen, muß sie erst einmal Berge von Akten bewältigen, um herauszufinden, wie der Strolch mittlerweile heißt.«

Üblicherweise drückte er sich etwas vornehmer aus, doch der

Wein bekam ihm offenbar immer weniger. Bald würde eine sinnvolle Unterhaltung mit ihm nicht mehr möglich sein, deshalb mußte ich allmählich zum Punkt kommen.

»Im Zeitalter der weltweiten Vernetzung sind die Fahndungsbehörden nicht auf einheitliche simple Namensregelungen angewiesen, glauben Sie mir«, sagte ich.

Benjamin verzog ärgerlich die Mundwinkel, dieses Thema war wie ein rotes Tuch für ihn. »Eine Frau, die sich bei der Eheschließung weigert, den Namen ihres Gatten anzunehmen, ist es nicht wert, geheiratet zu werden.«

»Eine Frau, die sich bei der Eheschließung weigert, ihrem Gatten ihren Namen zu überlassen, ist es ebenfalls nicht wert, geheiratet zu werden«, konterte ich. »Ich denke, das ist reine Ansichtssache, je nachdem, ob man ›Schöneberg‹ oder ›Kropczinsky‹ heißt. Der Ritterkönig der Tempelstadt, so lautet der vollständige Adelstitel meines Vaters, hieß einst Krug, jetzt ist sein Name Arndt; und auch meiner wird sich eines Tages ändern.«

»Ich kam als Benjamin auf die Welt, und daran wird sich bis zu meinem Ableben nichts ändern«, versicherte mir der Professor. »Diese Welt braucht bleibende Werte, Herr Arndt!«

»Auch ich bin für den Erhalt gewisser Traditionen«, stellte ich klar, »solange die Weiterentwicklung darunter nicht leidet. Etwas zu verändern bedeutet, etwas zu bewegen.«

»Dagegen gibt es grundsätzlich nichts einzuwenden, ich bin ebenfalls kein Freund von Stillstand, und ein paar positive Veränderungen würden unserer Welt weiß Gott nichts schaden. Dennoch sollte man nicht rücksichtslos auf bestehenden Wertvorstellungen herumtrampeln. Wenn erst der Dritte Sargon auf die Erde kommt, wird er sich jeden Traditionsfrevler zur Brust nehmen, und dann werden Leute wie Sie ganz schön dumm aus der Wäsche schauen.«

»Der Dritte Sargon?« rutschte es mir heraus. »Woher...?« Mir verschlug es glatt die Sprache, so baß erstaunt war ich.

»Tja, Sie sind halt nicht der einzige, der sich mit uralten Legenden auskennt, Herr Arndt. Ich bilde mich auf unterschiedlichen Wissensgebieten weiter, wie Ihnen bekannt sein dürfte«, brüstete sich Benjamin und prostete mir lachend zu. »Das mit dem Sargon war allerdings nur ein Spaß, ich glaube nämlich nicht jeden Unfug, der irgendwo schwarz auf weiß geschrieben steht. Die Prophezeiungen der angeblichen Seherin Sajaha empfinde ich als mindestens ebenso haarsträubend wie diesen Götterfrauenfirlefanz, den Sie mir gerade aufgetischt haben. Wo steckt der Bär, den Sie mir aufbinden wollten? Das Biest kann herauskommen, ich habe Sie durchschaut, haha!«

Je mehr der Professor dem Wein zusprach, desto unsympathischer wurde er mir. War dieser alberne Mensch, der sich über Dinge mokierte, die er nicht einmal annähernd verstand, noch derselbe hochintelligente Mann, den ich damals in Sydney kennengelernt und seither immer mal wieder sporadisch getroffen hatte? Offensichtlich hatte ihm die viele Sauferei inzwischen gehörig den Verstand vernebelt, und zwar dauerhaft. Dadurch war er für die Loge völlig wertlos, und ich verschwendete hier meine Zeit mit ihm.

Eigentlich interessierte mich jetzt nur noch eins: Was wußte Benjamin über Sajaha und Sargon III.? Hatten die Niederen herausgefunden, daß wir beide miteinander in Kontakt standen und ihn beauftragt, mich auszuhorchen? Falls das zutraf, war er ein Feind der Loge und würde meine vier Wände nicht lebend verlassen – denn nur tote Feinde waren gute Feinde.

Zwar würde ich die Gespräche mit ihm vermissen, doch was getan werden mußte, mußte eben getan werden.

Außerdem: Ich tötete gern.

*

Viel' Feind', viel Ehr'! Gemessen an dieser Redewendung war die Orkult-Loge die ehrenvollste Gemeinschaft, die es auf der Welt gab, denn unsere Widersacher waren zahllos.

Wir wehrten uns mit der gebotenen Härte und Kompromißlosigkeit. Wer unseren hehren Zielen im Wege stand, ganz gleich ob Europäer, Amerikaner, Asiate oder Afrikaner – in dieser Hinsicht waren wir multikulturell –, wurde kurzerhand beseitigt. Den Mitarbeitern unserer internationalen Einsatzgruppen war

Rassismus völlig fremd, sie töteten jeden Logengegner ungeachtet seiner Hautfarbe oder Herkunft. Meistens geschah dies schnell und präzise, aber einige Niedere wurden manchmal auch brutal gefoltert – zur Abschreckung, um den elenden Ordensbrüdern zu verdeutlichen, was sie erwartete, wenn sie Orkult weiterhin Schaden zufügten.

Laut Überlieferung führten die hohen ehrbaren Mächte des Orkult seit zahllosen Jahren Krieg gegen die niederen zersetzenden Kräfte der Schwarzen Sonne. Nach der Gründung der irdischen Orkult-Loge machte uns lange Zeit niemand die alleinigen Rechte an der Herrschaft über die Menschheit streitig – bis 1912 von nordischen Okkultisten der Orden der Wächter der Schwarzen Sonne aus der Taufe gehoben wurde.

Seither bereiteten uns diese sogenannten »Streiter gegen Dekadenz und den Verfall der natürlichen Ordnung« nichts als Schwierigkeiten. Zwar hatten sie nicht die geringste Chance, uns von unserem angestammten Platz zu verdrängen, da wir weltweit organisiert waren und die Medien sowie das Finanzwesen dermaßen infiltriert hatten, daß es fast einer kompletten Übernahme gleichkam, aber sie waren ungeheuer lästig, so wie Mücken, die einem immer dann einen heftig juckenden Stich versetzten, wenn man am wenigsten damit rechnete – und das auch noch an der empfindlichsten Stelle.

Unsere schmähliche Niederlage im Mekong-Delta war ein solcher Mückenstich gewesen. Gleich ein ganzer Schwarm von Wächtern und ihren Sympathisanten hatte ein von uns eingefädeltes Aktienoptionsgeschäft im letzten Moment verhindert und uns um umgerechnet zwei Milliarden Euro gebracht – eine ansehnliche Summe, die diese »Helden« sehr wahrscheinlich selber einkassiert hatten. Einen echten Beweis für die Mitwirkung von Ordensbrüdern an der Aktion gab es zwar nicht, doch die waghalsige Aktion trug einwandfrei die Handschrift der Wächter: Sie hatten ihr eigenes Leben eingesetzt, um den Tod von zahlreichen unwichtigen Koyam zu verhindern – niemand sonst hätte das getan, nicht in einer Welt, die wir dazu gebracht hatten, daß jeder nur an sich selbst dachte.

Laut den Weissagungen der Oberpriesterin Sajaha, einer Seherin, die einst in Babylon König Nebukadnezar II. beraten hatte, würde im Jahr 2012 der Dritte Sargon hoch im Norden ein tausendjähriges Reich der Mitternacht errichten. Von dort aus würde seine Gerechtigkeit über die überhebliche Menschheit hereinbrechen, hieß es. Die Ordenswächter mit ihrem Aufrichtigkeitsgetue zählten zu ihren Anhängern, ihnen würde der Sargon somit nichts antun, aber er beabsichtigte, mit eiserner Faust all diejenigen zu strafen, die diesem Planeten Leid zugefügt hatten und es noch immer taten. Damit waren in erster Linie die Angehörigen und Sympathisanten der Orkult-Loge gemeint.

Meiner Ansicht nach war das eine krasse Verdrehung der Tatsachen. Wer, wenn nicht unsere Loge, hatte denn die Erde zu dem gemacht, was sie heute war? Die Menschen waren zufrieden, sie empfanden unser Tun als Segen, denn wir bescherten ihnen Fortschritt und einen völlig neuen Zeitgeist. Zugegeben, wir verfolgten dabei unsere ganz speziellen Interessen, aber ohne uns Abkömmlinge der Göttin Tiamat würden sie alle noch in Höhlen hausen.

Eines allerdings stimmte mich ebenso nachdenklich, machte mich ebenso kampfbereit wie alle Ritterkönige zuvor (ja, ich war noch keiner, würde aber früher oder später einer sein): Eigentlich war diese Sajaha nichts als eine Schlampe gewesen, die sich vermutlich Nacht für Nacht von Nebukadnezar hatte besteigen lassen. Allerdings hatten sich bisher all ihre Prophezeiungen bewahrheitet – das wußte keiner besser als wir, denn nur der Loge von Orkult waren bestimmte ihrer Weissagungen bekannt, von denen die übrige Welt nichts ahnte. Und auch diese waren voll und ganz eingetreten, als ihre Zeit gekommen war.

Deswegen wäre es eine unverzeihliche Dummheit gewesen, ausgerechnet nicht an das Kommen des dritten Sargon, des größten und gefährlichsten all unserer Feinde, zu glauben. Er *mußte* sterben, damit wir leben konnten!

Die Schlachtrufe des Wächterordens »Es lebe der Gott der Liebe!« oder »Wohlstand mit Anstand!« waren in meinen Augen purer Aktionismus! Wer wirtschaftlich etwas erreichen wollte, mußte über genügend Durchsetzungsvermögen und Rücksichtslosigkeit verfügen, und vor allem über Geld, sehr viel

Geld. Verstaubte Werte wie Liebe und Anstand brachten niemanden weiter, solche Begriffe gehörten auf den Friedhof der Unwörter – genau wie *Agarthi*. Dieser Kult stand für mich schon immer gleichbedeutend mit einem Rückfall in die Barbarei.

Agarthi – so wurde eine rätselhafte Kraft genannt, die von der unsichtbaren Schwarzen Sonne ausging, jenem geheimnisvollen Stern, dessen Existenz offiziell von der Loge geleugnet wurde. Angeblich verlieh das schwarze Licht den Ordensbrüdern eingeschränkte übersinnliche Fähigkeiten, unter anderem die der Aufhebung der Schwerkraft. Sargon III. galt als die lebende Verkörperung von *Agarthi;* in ihm wirkten die Kräfte der Sonne am stärksten, er war nahezu allmächtig.

Als erklärter Feind des Wächterordens hatte ich also allen Grund, sein Erscheinen zu fürchten.

Sargon I. und Sargon II. hatten die Welt nachweislich verändert. Laut einer Interpretation der Sajaha-Prophezeiungen würde der Dritte Sargon den Globus komplett aus den Angeln hebeln und seine Feinde das Beten lehren. Genetisch perfekte Nordmänner, die letzten Erdenbewohner aus dem göttlichen Geschlecht, würden ihn dabei unterstützen.

Niemand zwang mich oder die anderen in der Loge organisierten angeblich »genetisch Unperfekten«, daran zu glauben, keiner hinderte uns daran, die Worte der Seherin als Gefasel einer längst verstorbenen, geistig verwirrten Frau abzutun und zur Tagesordnung überzugehen…

… wäre da nicht ihr beängstigendes Wissen um die Jetztzeit gewesen. Wie hatte sie schon damals die heutige Entwicklung auf diesem Planeten derart zutreffend beschreiben können?

*

Egal, nur Feiglinge ängstigen sich vor Visionen – und ich war alles, aber garantiert kein Feigling! In der Orkult-Loge gab es überhaupt keine furchtsamen Mitglieder, jedenfalls nicht in den oberen Rängen. Wenn wir uns durch etwas oder von jemandem bedroht fühlten, leiteten wir ohne Wenn und Aber drastische

Gegenmaßnahmen ein. Wer sich mit uns anlegte, war so gut wie tot, halbe Sachen machten wir nicht.

Das Fehlen jeglichen sogenannten »Anstands« verschaffte uns gegenüber unseren Feinden einen nicht zu unterschätzenden Vorteil. Wir waren halt anders als die zaudernden Ordensbrüder, die bei ihren Aktionen gegen uns stets viel zu viele Skrupel an den Tag legten. Erst wenn auch sie erkennen würden, daß man ohne Gewissen siegreicher war, konnten sie uns wirklich gefährlich werden – bis dahin spielten sie bestenfalls in der zweiten Liga.

Visionen, ganz gleich, wie erschreckend exakt sie auch sein mochten, waren Schattenbilder übersteigerter Phantasien. Weder für die Existenz der Schwarzen Sonne noch für ein wann auch immer zu befürchtendes Erscheinen des Dritten Sargon gab es einen wirklichen Beweis. Dennoch bereitete sich die Orkult-Loge seit ewigen Zeiten in kluger Voraussicht auf den Tag X vor – indem sie ihn schon im Vorfeld zu verhindern versuchte.

Laut der Sajaha-Prophezeiung würde der Sargon nicht einfach so aus dem Nichts auftauchen, schließlich war er keine Gottheit, sondern ein gewöhnlicher Mensch, höchstwahrscheinlich ein Nordeuropäer, der in besonderer Weise auf die Sonnenstrahlung reagierte. Um kein unnötiges Risiko einzugehen, löschten unsere Tötungsspezialisten daher grundsätzlich jeden aus, der von seiner Veranlagung her zum Sargon werden beziehungsweise Nachwuchs mit entsprechender Veranlagung zeugen könnte. Wir warteten nicht, bis der Betreffende seine Berufung erkannte und die in ihm schlummernden Fähigkeiten entdeckte. Unsere lautlosen Truppen töteten lieber zweimal zuviel auf Verdacht als einmal zuwenig.

Natürlich versuchte der Wächterorden ständig, mögliche Sargon-Kandidaten vor uns aufzuspüren, um sie vor der Loge zu verstecken. Dann begann ein heißes Kopf-an-Kopf-Rennen; meistens waren wir schneller. Nicht selten brachten uns die Nachforschungen der Wächter überhaupt erst auf die Spur der betreffenden Personen.

Wir waren viel mächtiger als der Orden, soviel stand fest.

Wen die Loge erst einmal anvisiert hatte, der hatte keine Überlebenschance mehr – unsere Jäger kehrten fast nie ohne Erfolgsmeldung heim.

Zu den unrühmlichen Ausnahmen zählte ein besonders hartnäckiger Kandidat namens Dietrich Steiner. Mittlerweile war er zwar zu alt, um noch als Sargon in Frage zu kommen, aber weil wir ihn nie erwischt hatten, war es der Logenführung – insbesondere meinem Vater und mir – ein persönliches Bedürfnis, ihn vom Leben in den Tod zu befördern. Keiner tanzte Orkult ungestraft auf der Nase herum!

Hinzu kam, daß es in Steiners Familie einen weiteren möglichen Sargon-Kandidaten gab: Dietrichs Sohn Thorsten. Unsere Auslöscher hatten ihn aus Sicherheitsgründen vorsichtshalber eliminieren wollen, aber er hatte zwei unserer besten Killer getötet und war seither spurlos aus seinem bisherigen Lebensumfeld verschwunden. Offensichtlich hatte ihn sein Vater rechtzeitig gewarnt.

Eine Zeitlang hatten beide Steiners für die Loge als tot gegolten – sie hatten sich mit einem Riesenknall von ihren Verfolgern, die ihnen bereits dicht auf den Fersen gewesen waren, verabschiedet. Angeblich hatten sie sich mitsamt einem Bauerngehöft in die Luft gesprengt und eine unserer Auslöschungstruppen mit in den Tod gerissen. An dieser pathetischen Märtyrerversion hatte ich jedoch von vornherein meine Zweifel gehabt – so etwas paßte nicht zu den feigen Ordensbrüdern.

Laut zuverlässigen Zeugenaussagen war Dietrich Steiner mittlerweile wieder recht aktiv. Daraus ließ sich schlußfolgern, daß auch sein Sohn Thorsten bei der Explosion keinen Kratzer abbekommen hatte.

Egal, früher oder später würden wir die beiden ausfindig machen und aus dieser Welt – unserer Welt! – rigoros entfernen.

Professor Benjamin zu töten war nicht notwendig. Im weiteren Verlauf unseres Gespräches in meinem Penthouse stellte sich heraus, daß er zwar einiges über Sajaha und deren Weissagungen gelesen hatte, doch er verfügte lediglich über oberflächliche Informationen, die sich jedermann aus öffentlich zugänglichen Quellen beschaffen konnte. Ansonsten wußte er so gut wie gar nichts, er besaß weder intime Kenntnisse über Orkult noch über den Wächterorden – und er hatte nicht die geringste Ahnung, daß er einer von uns war, ein Abkömmling der Göttin Tiamat.

*

Ich hatte vor elf Jahren in Sydney gezielt Professor Benjamins Bekanntschaft gesucht. Unsere Logenforscher hatten damals herausgefunden, daß er ein Orkult-Adeliger war, leider schon in der siebten männlichen Linie. Wenn er nichts unternahm, würde nach seinem Ableben seine gesamte Sippschaft zu gewöhnlichen, verachtenswerten Koyam verkommen.

Seine *gesamte* Sippschaft? Genaugenommen betraf das nur noch ihn selbst. War er wirklich so unverzichtbar für diese Welt?

Bei unserem damaligen Disput in der Hotelbar hatte er meinen Vorschlag, seiner angeborenen Pflicht nachzukommen und sich baldmöglichst mit einer Orkult-Frau zu paaren, brüsk abgelehnt. Und heute legte er noch immer dieselbe Dickfelligkeit an den Tag, manche Dinge änderten sich anscheinend nie.

Jedes logische Argument prallte an seiner Sturheit ab. Professor Walter-Alfred Benjamin ignorierte hartnäckig seine Geburtslinie zur Göttin Tiamat und verleugnete sogar ihre göttliche Existenz. Ganz offensichtlich fühlte er sich den Koyam zugehöriger als der Loge von Orkult. Das war seine freiwillige Entscheidung, die ich respektieren mußte.

So wie vor elf Jahren zog ich heimlich einen Flakon aus meiner Jackentasche, gefüllt mit Glüko. Damals hatte ich etwas davon in Benjamins letzten Drink geträufelt; das gleiche würde ich nun wieder tun, er ließ mir keine andere Wahl.

Dieses Mittel war die wirksamere Weiterentwicklung der handelsüblichen »K.o.-Tropfen«, die meist nur für einen zeitweiligen Gedächtnisverlust sorgten. Glüko zerstörte rigoros aktive Gehirnzellen. Die Loge wendete dieses verbotene Medikament des öfteren an, ungeachtet des Risikos der völligen Verblödung, das allerdings sehr gering war. Wem nach intensivem

Alkoholgenuß Glüko in mäßiger Dosis verabreicht wurde, der schlief kurz darauf ein und konnte sich nach dem Erwachen an die letzten 24 Stunden nicht mehr erinnern. Nur in seltenen Ausnahmefällen kam es zu einem totalen Gedächtnisverlust, dann vergaß der Betreffende sogar, wie man sprach.

Stärker dosiert wirkte Glüko wie ein tödliches, schnellwirkendes Gift, aber dafür hätte ich das ganze Fläschchen in Benjamins letztes Weinglas kippen müssen. Ich begnügte mich mit ein paar Tropfen, schließlich wollte ich ihm nichts antun, immerhin waren wir so etwas wie Freunde oder zumindest gute Bekannte.

Schade wär's allerdings nicht um den alten Säufer, dachte ich im stillen, während ich den Flakon nach Gebrauch wieder zuschraubte.

Der Professor war für die Menschheit von keinerlei Nutzen mehr, und für Orkult schon gar nicht. Obwohl ihm alle Möglichkeiten offengestanden hatten, hatte er es zugelassen, daß er zu einem Niemand mutiert war – zu einem wertlosen Koyam. Früher hatte ich ihn bewundert, heute tat er mir nur noch leid.

Ich beschloß, ihn von seinem traurigen Schicksal zu erlösen und öffnete den Flaschenverschluß erneut. Als er kurz austreten mußte, schüttete ich ihm den Rest der Flüssigkeit ins Glas. Dabei überkam mich ein leichter Schauer...

Wenig später stieß ich mit ihm an.

»Auf ein letztes Lebewohl!« lautete mein Trinkspruch.

»Wenn Sie es sagen«, nuschelte er und trank aus.

Angewidert verzog er das Gesicht, schüttelte sich und schlief ein – für immer. Eine haltlose Seele weniger, keiner würde ihn vermissen. Nachher würde ich die Leiche von unserer Spurenbeseitigung abholen lassen.

Ich schämte mich nicht für meine Tat, ganz im Gegenteil. Professor Benjamin hatte mitten in seiner Lieblingsbeschäftigung, dem Saufen, das Zeitliche segnen dürfen. So manchem Feind der Loge war ein solch schneller und humaner Tod nicht vergönnt gewesen.

Doktor Krings kam mir in den Sinn, ein Niederer der übelsten Sorte. Unser Auslöscher hatte den Auftrag erhalten, ihn möglichst qualvoll sterben zu lassen. Später hatte er mir dann detailgetreu geschildert, wie er dem verhaßten Sonnenwächter zunächst den Kehlkopf eingedrückt hatte, damit er nicht schreien konnte, und anschließend seinen Körper mit einem Baseballschläger zertrümmert hatte, Knochen für Knochen. Das blutige Fleisch soll ausgesehen haben wie durch den Wolf gedreht. Zu schade, daß ich nicht mit dabeigewesen war.

Die Bulldogge, wie wir jenen Tötungsspezialisten wegen seines hundeartigen Gesichtsausdrucks genannt hatten, hatte zu unseren besten Männern gehört. Beim Versuch, Thorsten Steiner nachts in seinem Büro zu töten, war er leider auf der Strecke geblieben. Zahlreiche Einsätze hatte der großartige Kämpfer unbeschadet überstanden, und dann wurde ihm ausgerechnet ein ehemaliger Hauptschullehrer zum Verhängnis – was für eine Schande.

Dafür würde Thorsten Steiner eines Tages büßen. Ihm stand ein besonders langsamer und schmerzhafter Tod bevor.

Momentan wußte man bei Orkult leider nicht, wo sich der junge Steiner herumtrieb. Vermutlich hatte er sich dem Wächterorden angeschlossen und hielt sich in einem sicheren Versteck auf. Doch es war nur eine Frage der Zeit, bis wir ihn aufstöbern würden...

Denn diese Welt gehörte *uns!*

Er konnte uns nicht entkommen, schließlich waren wir überall. Wirklich *überall!*

3.

Das geheime Hauptquartier der Orkult-Loge lag in derselben Stadt wie mein offizieller Wohnsitz: in New York. Doch während ich im 222. Stockwerk eines 222stöckigen Hochhauses lebte, befand sich mein zukünftiger Arbeitsplatz unter der Erde, in einer atombombensicher ausgebauten ehemaligen U-Bahnstation.

Glücklicherweise war es bislang noch der Arbeitsplatz meines Vaters Helmut, dem ich ein möglichst langes Leben wünschte, damit ich nicht so bald an seine Stelle rücken mußte. Ich ging nämlich lieber auf Himmelsreisen statt auf Tauchstation.

Der amtierende Ritterkönig sah das anders, er fühlte sich in seinem »Höhlenreich« pudelwohl. Oftmals übernachtete er sogar in seinem kombinierten Wohn- und Bürotrakt, obwohl ihm außerhalb der Stadt – genauer gesagt in den Hamptons – eine ansehnliche, unter falschem Namen angemietete Villa zur Verfügung stand. Da ich ein Einzelkind war, lebte meine Mutter dort fast allein, abgesehen natürlich vom Hauspersonal.

»Wenn ich daheim aus meinem Panoramafenster blicke, liegt mir die ganze Stadt zu Füßen«, hatte ich vor ein paar Monaten zu meinem Vater gesagt, »während du hier unten nur kahle Wände anstarrst. Wird dir das auf Dauer nicht zu langweilig?«

Bei meinem nächsten Besuch wären mir dann fast die Augen aus dem Kopf gefallen. Mein Vater hatte sich tatsächlich Fenster angeschafft. Von seinem Schreibtisch aus konnte er nach allen Seiten »hinausschauen«.

Möglich machte das ein zeitgemäßer Zukunftstrend: künstliche Fenster zur Aufwertung der Atmosphäre in fensterlosen Räumen. Laut Herstellerwerbung steigerten sie das Wohlbefinden der Bewohner enorm.

Auf meinen Vater traf das voll und ganz zu, er konnte sich gar nicht satt sehen an dem Palmenstrand zu seiner Rechten oder dem Mischwald zu seiner Linken. Lehnte er sich auf seinem Schreibtischstuhl zurück und legte den Kopf in den Nacken, blickte er zu einem sternenklaren Nachthimmel empor, das Dekken-»Fenster« machte es möglich.

Natürlich handelte es sich dabei um keine wirklich neue Erfindung, bestenfalls um alten Wein in neuen Schläuchen, doch im Gegensatz zu den früheren Fototapeten konnte man die Fensterfolien in den Plastikrahmen bei Bedarf rasch auswechseln. Außerdem ließen sich die »Kunstobjekte« von hinten beleuchten. Der Ritterkönig konnte sich seine Büroaussicht somit jeden Tag anders gestalten.

Das Umgestalten seiner Räumlichkeiten war ohnehin eine seiner Lieblingsbeschäftigungen. Seine Residenz war mit verschwenderischer Pracht ausgestattet, trotzdem war er nie so richtig zufrieden. Die Innenarchitekten der Loge gaben sich bei ihm die Klinke in die Hand. Manchmal fragte ich mich, wie er es »nebenher« noch schaffte, die größte und wichtigste Organisation auf diesem Planeten zu leiten.

Er mochte es halt, mehrere Dinge gleichzeitig zu tun, das hielt den Zweiundsechzigjährigen in Form.

Als mich mein Vater über unsere abhörsichere Direktleitung anrief und mich zu sich bestellte, hatte ich kurz zuvor über eine andere Leitung unsere Spurenbeseitigung mit dem Wegschaffen der Leiche aus meinem Penthouse beauftragt. Eigentlich hatte ich auf die Männer warten wollen, doch den Anweisungen des Ritterkönigs war umgehend Folge zu leisten, egal zu welcher Tages- oder Nachtzeit, und das galt auch für seinen Sohn. Seinethalben konnte ich tun und lassen was ich wollte, solange ich akzeptierte, daß er der Chef war.

Da es regnete, zog ich mir festes Schuhwerk an und streifte mir eine leichte Jacke über. Bevor ich mein Apartment verließ, nahm ich rasch noch eine Blume aus einer Tischvase und drückte sie dem Toten in die Hand. Dadurch wirkte sein Anblick gleich etwas feierlicher.

Wohin die Männer des Beseitigungstrupps den Professor bringen würden, wußte ich nicht. Es interessierte mich auch nicht sonderlich. Aus den Augen, aus dem Sinn.

*

In ganz New York gab es ein engmaschiges Orkult-Netzwerk, das sich natürlich auch bis in die U-Bahnverwaltung erstreckte. Daher konnte man nachts das Hauptquartier mit speziellen Sonderzügen erreichen, die von Orkult-Mitgliedern gefahren wurden. Die Fahrer holten einen direkt am Bahnsteig ab oder luden dort bereitgestelltes Transportgut ein.

Tagsüber war das nicht möglich. Wie hätte man all die wartenden Pendler am Einsteigen hindern sollen?

In unmittelbarer Nähe eines Einstiegs zum U-Bahnhof stand ein mehrstöckiges Bürogebäude. Ich ging hinein und zeigte dem Nachtpförtner – einem von uns! – meine Legitimation. Daraufhin öffnete er mir einen Seitenzugang zum Archivkeller. Von da aus gelangte ich über einen geheimen Tunnel ans Ziel. Auf dem Weg dorthin wurde ich noch zweimal elektronisch kontrolliert.

Vor dem Betreten des speziell gesicherten Geschäftsführungsbereichs mußte ich mich nochmals ausweisen und elektronisch abtasten lassen, für den Fall, daß die Wächter versuchen sollten, einen Doppelgänger einzuschleusen – den verachtungswürdigen Ordensbrüdern war schließlich alles zuzutrauen. Erst nachdem sich das Wachpersonal überzeugt hatte, daß niemand anderer als ich selbst Einlaß ins Allerheiligste begehrte, ließ man mich herein.

Ich betrat das Büro meines Vaters – und blieb wie festgewurzelt stehen. Er hatte seinen Hauptempfangsraum wieder einmal komplett umgestaltet.

Rote Seidenvorhänge hingen von den Wänden herab, die meisten Stühle waren gegen dicke Sitzkissen ausgetauscht worden, und in der Mitte des Zimmers plätscherte ein aufwendig gestalteter orientalischer Springbrunnen vor sich hin. Gleich daneben stand – völlig unpassend zum übrigen »Unrat« – der große gläserne Schreibtisch des Ritterkönigs. Davon trennte er sich nie, ganz gleich, welchen Einrichtungsstil er gerade bevorzugte. Damit sich der hochmoderne Tisch doch noch irgendwie ins Ambiente einfügte, stand eine große Wasserpfeife darauf.

»Komm herein, Uwe!« forderte er mich auf. »Na, wie gefällt dir die aktuelle Kreation meines Innenarchitekten?«

»Ich weiß nicht so recht«, antwortete ich zögernd. »Wie nennt man diesen Stil? Schwul orientalisch?«
»Du meinst wohl: schwül orientalisch.«
»Ist das nicht das gleiche?«

Mitunter bedauerte ich es, so gut wie gar nichts von der lebendigen Kreativität meines Erzeugers geerbt zu haben, trotz unserer eng verwandten Gene. Beim Anblick dieser Umgebung war ich zum erstenmal froh darüber. Bevor auch ich auf den fatalen Gedanken kam, mein Heim in einen Sultanspalast umzuwandeln, quasi mit der Brechstange, blieb ich lieber der »steife Langweiler in beige«, wie mich mein Vater manchmal zu nennen pflegte.

Selbstverständlich respektierte ich seine Marotten, so wie es hier jeder tat, schließlich war er der oberste Chef. Niemand wagte es, Kritik am mächtigsten Mann der Welt zu üben, das nahm er einem sehr übel. Von seinem Äußeren her wirkte er zwar wie eine rheinische Frohnatur, ein Eindruck, der durch seine leicht korpulente Gestalt, sein pausbäckiges schnurrbärtiges Gesicht und seinen Hang zu legerer Kleidung, die er selbst bei offiziellen Anlässen bevorzugte, noch unterstrichen wurde, aber in Wahrheit verfügte er über kein Quentchen Humor. Ihn nicht ernst genug zu nehmen oder ihn gar zu unterschätzen war ein schwerer Fehler, den schon manch einer bereut hatte – falls ihm überhaupt noch Zeit dazu geblieben war.

Ich ignorierte sämtliche Sitzkissen im Raum und nahm auf einem Stuhl mit einer verschnörkelten Lehne Platz, der zum Glück bequemer war als er aussah. Der Ritterkönig kam gleich ohne Umschweife zur Sache, das war so seine Art. Selbst wenn wir uns monatelang nicht gesehen hatten, hielt er sich nie mit überflüssigen Begrüßungsfloskeln auf – eine Umarmung zwischen Vater und Sohn wäre für ihn völlig undenkbar gewesen.

»Wir haben noch eine Rechnung mit dem Wächterorden offen«, sagte er. »Eigentlich ist es ein ganzer Haufen von Rechnungen, schließlich fügen sie uns nicht zum erstenmal bösen Schaden zu. Doch diesmal geht es um eine nennenswerte Summe – um zwei Milliarden. Das ist höchst ärgerlich.«

Die gescheiterte Aktion im Mekong-Delta wurmte ihn offensichtlich noch immer. Mich auch. Obwohl wir den Verlust problemlos verkraften konnten – die Loge ist unvorstellbar reich –, durften wir die Ordensbrüder nicht ungestraft davonkommen lassen! Es war höchste Zeit für einen empfindlichen Gegenschlag. Leider wußten wir nicht, wo diese Ratten ihr Hauptquartier hatten, wir kannten ihren Standort genausowenig wie sie den unsrigen. Daher mußten wir sie aus ihrem Bau locken, am besten direkt vor die Waffenmündungen unserer Auslöschungstruppen.

»Ich plane eine Großaktion, die noch spektakulärer sein wird als die gescheiterte Sprengung der Fabrik bei Saigon«, teilte mir der Ritterkönig mit. »Zu gegebener Zeit lassen wir ein paar Halbinformationen durchsickern, um die Ordensbrüder anzulocken. Sie sollen glauben, sie könnten uns wie beim letztenmal einen Strich durch die Rechnung machen, doch sobald sie eingreifen, schnappt die Falle zu.«

»Und was springt für uns dabei heraus?« fragte ich, denn das war schließlich das wichtigste.

»Genügend Geld, um die Verluste der fehlgeschlagenen Vietnamaktion auszugleichen«, erhielt ich zur Antwort. »Oder dachtest du, mir käme es nur auf Rache an? Wenn alles so klappt, wie ich es mir vorstelle – und davon gehe ich aus –, treiben wir die Aktienkurse an den Weltbörsen zu einem genau definierten Zeitpunkt in den Keller. Darauf spekulieren wir mit Verkaufsoptionen. Den realisierten Gewinn investieren wir dann in Versorgungswerte und sonstige seriöse Papiere, die wir im Gefolge der von uns provozierten Krise zu einem extrem günstigen Kurs-Gewinn-Verhältnis werden erwerben können und uns dann langfristig ins Depot legen.«

Ich nickte zustimmend. Rutschte ein Aktienkurs nach unten, obwohl das Unternehmen gute Gewinne erwirtschaftete, war die betreffende Aktie für Spekulanten besonders interessant, weil damit zu rechnen war, daß sie früher oder später wieder steigen würde. Man benötigte lediglich genügend Geduld.

Aber wie wollte mein Vater den ersten, den wichtigsten Teil seines Plans verwirklichen? Das Auslösen einer Finanzkrise war schließlich kein leichtes Unterfangen, selbst für uns nicht.

»Es darf nichts schiefgehen«, riß er mich aus meinen Gedanken. »Deshalb wirst du diese Aktion persönlich durchführen.«

»Du meinst, ich werde sie leiten«, verbesserte ich ihn, weil ich glaubte, er habe sich versprochen.

»Selbstverständlich leitest du sie – und du wirkst aktiv dabei mit«, entgegnete er. »Wenn ein Unternehmen einen wichtigen Auftrag zu erledigen hat, schickt es stets seinen besten Mann, und der bist nun einmal du, Uwe.«

Ich war erstaunt. Normalerweise sperrte sich mein Vater dagegen, den zukünftigen Ritterkönig an die vorderste Front zu schicken. Vor jedem militärischen Einsatz gab es meist ellenlange Diskussionen, und wenn er dann endlich nachgab, fand ich mich hinterher doch nur im ruhigen Hinterland wieder.

Mit kühler Stimme erläuterte er mir seinen Plan, wobei er kein einziges Mal die Miene verzog, nicht einmal, als er von den vielen Opfern sprach, die unsere Aktion unweigerlich fordern würde. Mich berührte das Massensterben ebensowenig, schließlich waren es nur Koyam, die dabei draufgingen. Hinzu kamen die Niederen – vorausgesetzt, sie schluckten unseren Köder.

Hoffentlich schickte auch der Wächterorden seine besten Leute in die vorderste Linie, dann konnte man vielleicht gleich zwei Steiners mit einer Klappe schlagen. Nur zu gern hätte ich sie persönlich ins Jenseits befördert, Auge in Auge, aber solche Gelegenheiten boten sich mir leider immer seltener. Das war halt der Preis der Macht – wir da oben regieren, und die da unten haben ihren Spaß. Im Zuge meiner Ausbildung hatte ich mich eine Zeitlang als Auslöscher betätigt. An diese ereignisreichen Tage denke ich heute mit einer gewissen Wehmut zurück.

*

Nachdem alles besprochen war, stand ich auf und wollte mich verabschieden. Mein Vater richtete jedoch noch eine Frage an mich.

»Warum hast du die Spurenbeseitigung in dein Penthouse bestellt? Befindest du dich in Schwierigkeiten?«

Ich hätte es wissen müssen: Dem Ritterkönig entging nichts.

»Der alte Benjamin ist tot«, erklärte ich ihm. »Ich habe bei seinem Ableben ein wenig nachgeholfen.«

»Hast du erneut versucht, ihn für die Loge anzuwerben?«

»Das hatte ich ursprünglich vorgehabt, bis ich erkannte, daß es das beste ist, seine Blutlinie veröden zu lassen. Selbst wenn er noch zeugungsfähig gewesen wäre, was ich angesichts seines Alkoholkonsums stark bezweifle, wäre bei der Weitergabe seiner Orkult-Gene ohnehin nichts Gescheites mehr herausgekommen.«

»Natürlich wäre es das!« stauchte mich der Ritterkönig gehörig zusammen. »Das männliche Gen ist für die Zeugung von Uradeligen nur zweitrangig. Ein geeignetes Orkult-Weib hätte dieses Manko allemal wettgemacht. Du hättest mich vorher fragen sollen, ob du ihn töten darfst!«

»Entschuldige, ich habe einen Fehler gemacht«, erwiderte ich kleinlaut, denn er haßte es, wenn man ihm widersprach.

»Im Grunde genommen bin ich ganz froh, daß er nicht mehr am Leben ist«, bemerkte er. »Wer weiß, was du ihm alles erzählt hast. Nur Tote können Geheimnisse wirklich bewahren.«

»Auch bei mir sind Geheimnisse gut aufgehoben«, entgegnete ich gekränkt. »Oder vertraust du mir nicht mehr? Ich habe Benjamin lediglich die allgemein bekannte Tiamat-Saga geschildert, um zu sehen, wie er diesmal darauf reagiert. Ihre wahre Geschichte, die Orkult-Version, behielt ich selbstverständlich für mich.«

Orkult-Forscher hatten anhand alter Überlieferungen ermittelt, daß Tiamat weder von einem assyrischen Gott bezwungen worden war, noch am Himmel und in der Erde weiterlebte. Was sich damals wirklich ereignet hatte, konnte ich als Zugangsberechtigter jederzeit in unserem geheimen, viele tausend Jahre alten Archivbericht nachlesen, der alle zehn Jahre aktualisiert wurde. Natürlich interpretierten wir die Alte Logenschrift anders als unsere Vorfahren, entsprechend den heutigen wissenschaftlichen Erkenntnissen.

Mein Vater schmunzelte, was selten vorkam. »Ich stelle mir gerade vor, du hättest Benjamin tatsächlich irgend etwas verraten, beispielsweise daß Tiamat von Odins Laserwaffe zerteilt wurde. Das hätte dir der Professor niemals abgekauft. Die Wahrheit kommt halt noch unglaubwürdiger daher als die Lüge.«

»Benjamin kannte die Orkult-Wahrheit nicht, als er starb«, versicherte ich ihm nochmals. »Bis zuletzt hatte ich gehofft, daß er unserer Loge beitritt, deshalb informierte ich ihn in groben Zügen über Tiamat und unsere Organisation – wie ich es bereits vor elf Jahren getan habe. Mehr erfuhr er nicht von mir. Über das geheime Archiv oder den Zehnjahresbericht habe ich kein Wort verloren, das schwöre ich!«

Seit mehr als 5000 Jahren zeichneten die Archivare der Loge sämtliche für uns wichtigen Ereignisse akribisch auf, anfangs noch auf Keilschrifttafeln, deren Originale in einem geheimen Archiv lagerten, dessen Standort kein Logenmitglied kannte – nicht einmal der Ritterkönig. Es bemühte sich auch niemand, Näheres darüber in Erfahrung zu bringen, aus eigenem Interesse, denn wer die Lage des Archivs kannte, war auf ewig verloren. Man tötete denjenigen nicht, sondern bestrafte ihn viel schlimmer: mit verschärftem Innendienst.

Fand ein Mitglied der Orkult-Loge aufgrund gezielter Nachforschungen oder durch puren Zufall heraus, wo sich das Geheimarchiv befand, war er fortan an das Logenhaus gefesselt, für das er arbeitete oder in dem er von dem geheimen Ort erfahren hatte. Ihm wurde dort ein Raum zum Wohnen und Schlafen zugeteilt, und er durfte sich nur noch innerhalb des Hauses betätigen, ohne jeglichen Kontakt nach draußen. Um Nachfragen von Familienmitgliedern und Freunden vorzubeugen, inszenierte die Loge trickreich seinen Tod.

In meinem Fall hätte das bedeutet, bis zu meinem natürlichen Ableben im Orkult-Hauptquartier bleiben zu müssen, gewissermaßen lebendig begraben in den U-Bahnschächten von New York. Das hätte ich nicht lange durchgestanden, hier wäre ich eingegangen wie eine Primel.

Manchmal wurde einer der Arretierten zum Archivar erwählt. Dann brachte man ihn unter Bewachung von einem »Gefängnis« zum anderen, denn auch die verborgenen Archivhallen durften von keinem dort tätigen Mitarbeiter jemals verlassen werden.

Das zu bewahrende Wissen war den Archivaren früher über Brieftauben zugestellt worden. Heute erreichten aktuelle Informationen das Archiv über modernere Kommunikationswege.

Alle zehn Jahre erstellte man eine einzige aktualisierte Version des gesammelten Wissens der Loge. Dieses »Update« der Alten Logenschrift wurde dann dem Ritterkönig zugestellt, auf Umwegen über mehrere Boten. Der Ritterkönig war nun verpflichtet, die jeweils ältere Ausgabe zu vernichten, was in einer feierlichen Geheimzeremonie geschah, an der ich bereits dreimal hatte teilnehmen dürfen.

Unter anderem enthielt der Archivbericht die komplette Entstehungsgeschichte der Orkult-Loge. Unsere Gründung stand mit der Tiamat-Legende – der echten! – in unmittelbarem Zusammenhang. Vor mittlerweile 5368 Jahren hatte alles begonnen. Damals hatte sich Tiamat Babylon, die bis dahin einzige wirkliche Stadt auf der Erde, mit List und Ränken untertan gemacht...

Ich kannte die Erzählung über meine Urmutter nahezu auswendig und stand unerschütterlich hinter der Loge und ihren Grundfesten. Man konnte sich jederzeit auf meine Loyalität verlassen. Dennoch meldeten sich ab und zu leise Zweifel in mir.

Insbesondere eine Frage quälte mich ständig: Wenn Tiamat wirklich eine Schönheit ohnegleichen gewesen war, wie es in der Alten Schrift der Loge geschrieben stand, wieso wurde sie immer nur als Ungeheuer dargestellt? War das sinnbildlich gemeint? Oder stammten wir tatsächlich alle von einem teuflischen Monstrum ab?

Ich hatte es nie gewagt, meinem Vater diese Frage zu stellen. Auch heute traute ich mich nicht, es war der denkbar schlechteste Zeitpunkt. Der Ritterkönig war schon ärgerlich genug auf mich. Reizte man ihn zu sehr, konnte der ansonsten kühl kalkulierende Mann regelrecht zum Tier werden.

War sein Verhalten etwa auch ein Hinweis auf unsere wahre Abstammung?

4.

Man nannte sie das Tor zu Afrika: die marokkanische Hafenstadt Tanger. Erbaut an einem Berghang zog sie sich hinunter bis zum weißen Meeresstrand. Noch heute galt diese alte Stadt als geheimnisvoll und sagenumwoben. Es hieß, die Erdgöttin Gäa und ein Sohn Neptuns hätten diesen Ort einst gegründet, und die Straße von Gibraltar, an der sie lag und wo sich das Mittelmeer und der Atlantik miteinander vermischten, sei durch einen gewaltigen Fausthieb des Halbgottes Herkules entstanden.

Tanger war ein beliebter Handelsplatz, zu dem heute natürlich auch ein Flughafen gehörte. Auf dem weitläufigen Gelände betrieben mehrere unterschiedlich große Fluggesellschaften ihr Geschäft.

Air Sans Rentrée, kurz ASR, gehörte mit dazu. Eine ihrer Maschinen, eine Boeing 757, befand sich derzeit auf der Flugzeugwerft der Brüder Kaddur, die ebenfalls auf dem Flughafengelände angesiedelt war.

Mesoud Hemmadi wußte, daß in dieser Werft Boeings nordafrikanischer Fluggesellschaften gewartet wurden. Die Arbeit wurde allerdings dermaßen schlampig verrichtet, daß viele der Maschinen für Landungen in Europa nicht mehr zugelassen waren.

Nicht einmal für Geld und gute Worte wäre Mesoud in eine dieser »Todesschleudern« eingestiegen.

Er arbeitete als Nachtwächter auf dem Flughafen. Seinen Lohn erhielt er von einer privaten Sicherheitsfirma, die hier im Auftrag des Direktors für Recht und Ordnung sorgte und sogar über eine eigene Wachstation auf dem Gelände verfügte. Normalerweise ging noch ein Kollege an seiner Seite, Rafik, doch der hatte sich heute überraschend krankgemeldet.

Mesoud betrachtete anerkennend einen Privatflieger, der vor einer knappen halben Stunde auf den Werftplatz gerollt war: eine Dassault Falcon 2000EX. Daß sich diese Maschine in guten Händen befand, sah man ihr an, ebendeshalb erstaunte es ihn, daß sie ausgerechnet hier stand. Niemand, der einigermaßen klar bei Verstand war, überließ ein solch teures Schmuckstück den ungeschickten Händen der Kaddurs.

Noch mehr verwunderte es den breitschultrigen sechzigjährigen Wachmann, daß in der Werkstatthalle Licht brannte. Die Kaddur-Brüder machten ebenso wie ihre Angestellten stets pünktlich Feierabend, darauf legten sie größten Wert. Überstunden war für sie ein Unwort.

Mesoud wurde mißtrauisch, und er entschloß sich, in der Halle nach dem Rechten zu sehen. Vorsichtshalber öffnete er den Druckknopf an seinem Pistolenhalfter, zog die Waffe aber nicht heraus, schließlich wollte er niemanden unnötig erschrecken.

Das Tor stand offen, er schaute nach drinnen. Mitten in der Halle stand die Boeing B 757 der ASR. Mehrere Techniker in Arbeitsanzügen machten sich daran zu schaffen. Was genau sie taten, konnte Mesoud nicht erkennen. Nach kurzem Zögern ging er hinein.

Erst jetzt fiel ihm auf, daß es sich bei den Arbeitern nicht um Afrikaner, sondern um Weiße handelte. Das war an sich nichts Ungewöhnliches, auf dem Flughafen waren viele Westeuropäer tätig, doch üblicherweise gingen sie in der »dunklen Masse« unter. Hier schienen sie sich regelrecht zu konzentrieren. Mesoud konnte keinen einzigen Marokkaner erblicken.

Ihm fiel ein ganz in beige gekleideter Mann ins Auge, der etwas abseits stand und den anderen beim Arbeiten zuschaute – der typische Boß halt. Er ähnelte irgendeinem amerikanischen oder deutschen Schauspieler, aber Mesoud Hemmadi konnte sich an dessen Namen nicht erinnern.

Plötzlich stand jemand hinter ihm. Bevor der Wachmann reagieren konnte, zog ihm der andere seine Pistole aus dem Halfter, lud sie durch und richtete sie auf ihn.

»Was soll das? Gib mir meine Waffe sofort zurück!« herrschte Mesoud ihn furchtlos an.

Sein Gegenüber, ein hagerer junger Typ mit einer fast exakt waagerechten Narbe auf der Stirn, grinste frech. »Bleib ganz ruhig, Alterchen, wir machen hier nur unsere Arbeit. Sobald wir die Wartung der Maschine um einige nicht in Auftrag gegebene Positionen vollendet haben, ziehen wir wieder friedlich unserer Wege.«

Das sportlich gut durchtrainierte »Alterchen« hätte ihm liebend gern mit der Faust das Nasenbein zertrümmert, doch angesichts der durchgeladenen Waffe schluckte Mesoud seinen Ärger lieber herunter. Vielleicht ergab sich ja später noch die Gelegenheit, dem jungen Schnösel eins zu verpassen.

Hilfesuchend sah Mesoud zu dem Chef der Technikertruppe, doch der schaute nur mit teilnahmsloser Miene weg, so als ginge ihn das Ganze nicht das geringste an.

»Setz dich!« forderte der Stirnnarbige den Wachmann auf.

Mesoud nahm auf dem Fußboden Platz und lehnte sich mit dem Rücken gegen einen rostigen Metallträger. Sein Bewacher bot ihm etwas zu rauchen an. Daß es sich dabei um einen Joint handelte, ein ziemlich dickes Ding, erfaßte Mesoud mit einem Blick.

»Ich bin Nichtraucher«, lehnte er ab.

»Ab jetzt nicht mehr«, erwiderte der Junge grienend und hielt ihm die Pistole an die Stirn.

Mit der freien Hand steckte er ihm den Joint zwischen die Lippen. Anschließend reichte er dem hilflosen Gefangenen ein Streichholzbriefchen. Mesoud fügte sich in sein Schicksal und entzündete eins der Hölzer.

Während er den beißenden Rauch einsog, kämpfte er gegen seine aufkeimende Furcht an. Er bezweifelte, daß er hier jemals wieder lebend herauskam. Ob man ihm wohl erlauben würde, mit dem Mobiltelefon seine Frau anzurufen, um sich von ihr zu verabschieden?

Wenige Minuten später waren all seine Ängste wie weggeblasen. Eigentlich war der Bursche mit der Narbe ja ganz nett, es ließ sich wirklich gut mit ihm plaudern. Mesoud fühlte sich prima. Wenn nur der verdammte Husten nicht wäre…!

Der zweite Joint steigerte Mesouds Wohlgefühl sogar noch. Alle hier in der Halle waren ihm durch und durch sympathisch, er hätte die ganze Welt umarmen können – sogar die miesen Kerle, die ihn mit Totschlägern in der Hand einkreisten…

*

»Mesoud, Mesoud, wer hat dir das angetan?«

Kommissar Khalid Abdelkarim blickte fassungslos auf das übelriechende Häufchen Elend, das im Kühlkeller der gerichtsmedizinischen Abteilung in einem Blechsarg lag. Er kannte den Toten und seine Frau. Die beiden hatten ihn oft zu sich eingeladen, an gesetzlichen Feiertagen, an ihren persönlichen Festtagen oder einfach nur so. Khalid war Junggeselle und manchmal ein wenig einsam, da tat es gut, wenn man Freunde wie die Hemmadis hatte.

Erst gestern nachmittag war der sechzigjährige Kommissar aus Madrid zurückgekehrt, wo er ein paar Urlaubstage verbracht hatte. Daheim hatte er sich dann gründlich ausgeschlafen, und heute vormittag hatte er Mesoud besuchen wollen. Dessen Frau hatte ihm unter Tränen berichtet, daß man den armen Kerl früh am Morgen im Aufsetzbereich der Landepiste des Flughafens aufgefunden und in die Gerichtsmedizin gebracht hatte.

»Eine Passagiermaschine ist direkt auf ihm gelandet und hat ihn übel zugerichtet«, informierte der zuständige Arzt den Polizeibeamten. »Die Obduktion steht noch aus, doch erste Untersuchungsergebnisse lassen keinen Zweifel daran, daß er total zugedröhnt war.«

»Total zugedröhnt?« wiederholte Khalid, der es nicht ausstehen konnte, wenn sich der Gerichtsmediziner derart salopp ausdrückte. »Geht das auch genauer?«

»Wir analysierten in seinem Blut eine verhältnismäßig hohe Menge THC, was darauf hindeutet, daß er in den vergangenen Stunden ordentlich dem Cannabis zugesprochen haben dürfte.«

»Unmöglich, Mesoud hat noch nie gekifft. Das hätte seine Frau niemals zugelassen.«

»Frauen dürfen zwar alles waschen, aber sie müssen nicht alles wissen«, entgegnete der deutlich jüngere dunkelhäutige Mediziner augenzwinkernd. »Für mich ist der Fall sonnenklar: Mesoud Hemmadi hat sich während der anstrengenden Nachtarbeit eine kleine Auszeit gegönnt. Scheinbar hat er ein oder zwei Selbstgedrehte zuviel geraucht, jedenfalls taumelte er aufs Flugfeld und...«

»Hat der Pilot ihn taumeln sehen?« unterbrach Abdelkarim ihn ungehalten.

»Soviel ich weiß, bemerkte er den Leichnam erst, als die Maschine darauf aufsetzte.«

»Auf dem Leichnam?«

»Nein, selbstverständlich nicht, ich habe mich versprochen, ich meinte natürlich, daß der Pilot den Wachmann auf der schlecht beleuchteten Landebahn übersah und ihn überrollte«, verbesserte sich der Doktor hastig, als ihm bewußt wurde, was er gerade gesagt hatte. »Zu diesem Zeitpunkt lebte das Opfer ja noch, wenn auch nicht mehr lange.«

»Sind Sie sicher?« hakte der Ermittlungsbeamte nach. »Oder war Hemmadi schon tot, als ihn das Flugzeug zerquetschte?«

»Das... das kann ich erst nach der Obduktion sagen«, stammelte der Arzt, der diese Möglichkeit noch gar nicht in Betracht gezogen hatte. »Versprechen kann ich jedoch nichts. So wie Ihr Freund zugerichtet ist, läßt sich möglicherweise nicht mehr feststellen, ob er auf der Bahn einen Schwächeanfall oder Herzinfarkt erlitten hat, bevor er...«

»Vielleicht wurde er anderswo umgebracht«, überlegte Khalid laut, »und man legte den Toten nur auf der Piste ab.«

»Umgebracht?« wiederholte der dunkle Doktor. »Ich bin die ganze Zeit über von einem Unfall ausgegangen – und jetzt kommen Sie mir mit Mord!«

»Bislang ist noch nichts erwiesen, ich kannte Mesoud nur eben viel besser als Sie... schließlich könnten die schweren Verletzungen auch von Schlägen herrühren, oder?« Khalid wartete die Antwort erst gar nicht ab. »Aber das zu ermitteln, ist nicht Ihr Problem, sondern meines.«

»Na, dann wissen Sie ja gleich, was Sie morgen zu tun haben, Herr Kommissar«, meinte der Arzt.

»Morgen? Wieso erst morgen?«

»Weil Sie gestern aus Spanien zurückgekommen sind und heute Ihr letzter Urlaubstag ist. Sie sind offiziell also gar nicht im Dienst.«

»Unser Polizeirevier ist offenbar ein Dorf«, knurrte Khalid Abdelkarim und verließ die gerichtsmedizinische Abteilung.

Daß er heute freihatte, war allerdings leicht zu erraten gewesen, immerhin trug er kurze Hosen und ein halbärmeliges T-Shirt. Er war nach dem Gespräch mit Mesouds Ehefrau direkt aufs Revier gefahren, ohne sich umzuziehen.

Im Dienst war der Zivilbeamte stets mit einem dunklen Anzug und einem frisch gestärkten weißen Hemd bekleidet sowie mit einer dazu passenden dezenten Krawatte. Zur heißen Mittagszeit zog der hochgewachsene Mann höchstens mal die Jacke aus, aber nie, wirklich nie krempelte er sich die Hemdsärmel hoch. Dieses Verhalten hatte ihm unter den Kollegen den Spitznamen »brauner Engländer« eingebracht.

Obwohl er seine Arbeit offiziell noch nicht aufgenommen hatte, machte er sich umgehend auf den Weg zum Flughafen. Aus Erfahrung wußte er, daß die Chance, ein Verbrechen aufzuklären, mit jeder Stunde, die man tatenlos verstreichen ließ, geringer wurde. Und daß hier ein Verbrechen vorlag, daran hatte er keinen Zweifel. Sein Freund Mesoud Hemmadi wäre niemals des Nachts sorglos über die Landepiste spaziert, und schon gar nicht zugekifft.

*

Um die Mittagszeit herum hielt sich erneut eine unbefugte Person im Aufsetzbereich der Landepiste auf, ein verdächtiger Mann mit kurzen Hosen. Auf jedem anderen Flughafen hätte sich sofort der Sicherheitsdienst in Bewegung gesetzt, doch in Tanger sah man das offenbar nicht so eng – oder man diskutierte das Problem auf dem Revier erst noch aus.

Kommissar Abdelkarim war das nur recht, somit mußte er den Sicherheitsleuten nicht erklären, was er hier vorhatte. Eigentlich wußte er das selbst nicht so genau, er folgte nur einer Ahnung, keiner konkreten Spur. Aufmerksam untersuchte er die Unfallstelle.

Als aus der Ferne das Dröhnen eines Flugzeugmotors zu hören war und immer lauter wurde, zog sich Khalid rasch aus dem

Gefahrenbereich zurück, er war schließlich nicht lebensmüde. Man mußte schon stocktaub sein, wenn man ein landendes Flugzeug nicht wahrnahm.

Während der Kommissar noch überlegte, in welche Richtung er weitergehen sollte, näherte sich ihm ein einzelner bewaffneter Wachmann.

Offensichtlich war man doch noch auf ihn aufmerksam geworden. Abdelkarim ging dem jungen Mann, der die Dienstkleidung der für den Flughafen zuständigen Sicherheitsfirma trug, entgegen.

»Was haben Sie hier verloren?« fragte ihn der Uniformierte scharf. »Wie sind Sie überhaupt durch die Absperrung gekommen?«

»Hiermit«, antwortete ihm der Beamte und zeigte ihm seinen Dienstausweis, den er rund um die Uhr bei sich trug; sogar in Madrid hatte er ihn mit dabeigehabt, obwohl seine Legitimation dort nicht mehr wert war als ein gewöhnliches, in Folie eingeschweißtes Stück Papier. »Der Posten ließ mich passieren und stellte keine Fragen. Apropos, ich habe eine Frage an Sie: Kannten Sie Mesoud Hemmadi?«

»Sie meinen den Zugeknallten, der gestern nacht von einer Maschine überrollt wurde? Auf dem ganzen Flughafen spricht man über ihn. Ich kannte ihn kaum, denn er gehörte zur Nachtschicht. Rafik Baschir kann Ihnen sicherlich mehr über ihn sagen, die beiden waren nachts auf dem Gelände meist zusammen unterwegs.«

»Könnten Sie mich zu Baschir bringen?«

»Das ist leider nicht möglich, Rafik hat sich gestern überraschend krankgemeldet. Normalerweise springt in einem solchen Fall ein Kollege ein, doch die Krankmeldung erfolgte erst auf die letzte Minute, so daß eine Umstellung des Dienstplans leider nicht mehr möglich war. Mesoud war allein unterwegs. Vielleicht hat er ja deshalb soviel gekifft; weil er niemanden zum Reden hatte, vertrieb er sich die nächtliche Langeweile mit ein paar Joints.«

Abdelkarim schüttelte energisch sein Haupt. »Nein, nicht Mesoud, der rauchte nicht einmal normale Zigaretten. Er war ein anständiger Kerl, und ich lasse nicht zu, daß man ihn mit Schmutz bewirft.«

»Das liegt nicht in meiner Absicht«, versicherte ihm der Wachmann. »Ehrlich gesagt, auch mir erscheint dieser Unfall reichlich suspekt. Wenn ich irgend etwas dazu beitragen kann, um die Sache aufzuklären...«

»Das Angebot nehme ich gern an«, sagte Khalid rasch, bevor sein Gesprächspartner es sich anders überlegte. »Ich brauche Rafik Baschirs Adresse. Außerdem könnten Sie mir zeigen, wo genau die Nachtstreife ihre Runden dreht. Wie heißen Sie eigentlich?«

»Ilias«, stellte sich der andere vor. »Im Prinzip gehen die Kollegen von der Nachtwache die gleiche Strecke ab wie wir von der Tagschicht. Bitte folgen Sie mir.«

Ilias schlug den Weg zur Werft der Brüder Kaddur ein. Abdelkarim kannte die beiden vom Namen her. Mesoud hatte sie immer »die Pfuscher« genannt. Nur auf wenigen anderen Flughäfen der Welt hätte man zwei Männer mit einem derart schlechten Ruf eine Werkstatt leiten lassen, doch in Tanger war halt alles ein bißchen entspannter. Man sah das Leben ein wenig lockerer – und solange die Flugzeuge oben blieben, gab es für die Behörden keinen Grund, einzugreifen.

Gerade wurde eine frischgewartete Maschine für den nächsten planmäßigen Start aufs Rollfeld geschleppt: eine Boeing 757.

*

Enttäuscht bestieg Kommissar Khalid Abdelkarim seinen Geländewagen, der auf dem Flughafenparkplatz stand. Der Rundgang auf dem Hafengelände hatte ihm keine neuen Hinweise beschert.

Nur ein einziges Mal hatte er etwas Verdächtiges bemerkt: In der Halle der Kaddur-Werft hatte er an einem rostigen Metallträger Blutspritzer entdeckt.

Aber einer der Arbeiter, ein Westeuropäer mit einem Verband, hatte ihm glaubwürdig versichert, daß das Blut von ihm stammte. »Ich ungeschickter Trottel habe mir heute morgen einen abgebrochenen Bohrer in den Handballen gerammt. Das kommt davon, wenn man nicht aufpaßt. Wir Deutschen waren schon immer ein Volk mit zwei linken Händen.«

Das war Abdelkarim neu, immerhin hatte das Logo »Made in Germany« weltweit einen guten Ruf. Nicht nur Flugzeugersatzteile wurden von dort geliefert, sondern auch wertvolle Elektronik – die sogar funktionierte.

Khalid war aufgefallen, daß sich sehr viele ausländische Techniker in der Werft aufgehalten hatten. Das war zwar nicht verboten, doch ein bißchen merkwürdig kam ihm das schon vor. Gab es in Europa neuerdings eine Fachkräfteschwemme? Und die vielen arbeitslosen Spezialisten rissen sich ausgerechnet bei den Kaddur-Brüdern um einen Job?

Wenig später kämpfte sich der Kommissar hupend und schimpfend durch die Stadt. Auto fahren in Tanger war das letzte große Abenteuer dieser Welt. Entnervt stellte er seinen Wagen in einer freien Parklücke ab, zeigte zwei Fahrern, die es ebenfalls darauf abgesehen hatten, den bösen Finger und ging das restliche Stück des Weges zu Fuß.

Kurz darauf traf er vor einem mehrstöckigen schäbigen Mietshaus ein. Im Treppenhaus roch es nach Putzmitteln (immerhin!), gekochten Zwiebeln und Hundeurin. Khalid hätte lieber in einem Viehstall gehaust als hier zu wohnen.

Rafik Baschirs Wohnung befand sich im obersten Stockwerk. Khalid atmete schwer, als er dort ankam. Treppensteigen gehörte weiß Gott nicht zu seinen Lieblingssportarten.

Die Befragung von Mesouds Kollegen brachte den Kommissar auch nicht weiter. Ihm entging allerdings nicht, daß Baschir überaus gesund aussah und sich reichlich nervös benahm. Ohne jeden Zweifel hatte er etwas zu verbergen. Aber was?

*

Die Koyam existierten nicht wirklich. Sie vegetierten nur vor sich hin, und was sie erwirtschafteten, landete größtenteils auf die eine oder andere Weise auf unseren Konten, den Konten der Loge von Orkult. Mit dem verbliebenen Rest richteten sie sich ihr erbärmliches Dasein so gut es ging ein, und letztlich starben sie so lautlos wie sie gelebt hatten, ohne wirklich etwas bewirkt zu haben.

Nur wer Orkult angehörte hielt die Fäden in der Hand und ließ die anderen für sich tanzen. Auf den Sohn des Ritterkönigs traf das natürlich ganz besonders zu. Es mangelte mir an nichts, ich hatte alles, was ich brauchte: den Rundumschutz der Loge sowie Geld, Geld und nochmals Geld.

Nach der gelungenen Nachtaktion auf dem Flughafen von Tanger frönte ich erst einmal eine Woche lang dem Nichtstun und schwelgte in Luxus – im besten Hotel der Stadt. Ich genoß mein Leben in vollen Zügen und an leeren Stränden. In den vielen Bars war ich stets ein willkommener Gast, und nie kehrte ich allein in meine Suite zurück.

Da man auf Reisen stets die Länderspezialitäten genießen sollte, bevorzugte ich drahtige junge Frauen mit hellbrauner Haut. Die Gefahr der Ansteckung war in Marokko zwar geringer als beispielsweise in Tansania oder Südafrika, dennoch verwendete ich vorsichtshalber Kondome, die in den zahlreichen »Aidsreklamen« angepriesen wurden wie ein Wundermittel gegen alle Übel der Welt.

Vor meinem Nordafrikaeinsatz hatte mich der Ritterkönig ermahnt, es nicht zu ausschweifend zu treiben. »Ich kenne ein Mittel, das viel wirksamer ist als das Kondom: eine Frau fürs Leben, der man die Treue hält.« Das war seine Art, mich zu fragen: »Wann heiratest du endlich und zeugst Nachwuchs für Orkult?« Manchmal war mein Vater wie eine Mutter zu mir.

Sein moralisch erhobener Zeigefinger krümmte sich allerdings erheblich. Ich hatte Beweise, daß er meine Mutter bereits mehrfach betrogen hatte – mit so richtig verkommenen Schlampen; auf diesen Typ Frau stand er insgeheim, kein Wunder, angesichts des braven Hausmütterchentyps, den meine liebe Mama verkörperte. Bislang ahnte er nicht, daß ich ihn hatte beobachten lassen und seine sexuellen Vorlieben kannte, das behielt ich vorerst noch für mich. Wissen war Macht, und vielleicht würde ich es irgendwann gegen ihn verwenden müssen.

Unser aller Ritterkönig hatte noch mehr zu verbergen, ein

sorgsam gehütetes Geheimnis, von dem außer ihm nur ein Arzt der Loge, meine Mutter und ich Kenntnis hatten. Wir erzählten es nicht weiter, weil er es als Schmach empfand...

Am letzten Tag meines eingeschobenen Erholungsurlaubs bestellte ich mir eine vollbusige Algerierin aufs Zimmer, die für ein florierendes Unternehmen arbeitete, das man in westlichen Ländern vornehm als Escortservice oder Modellagentur zu bezeichnen pflegte. Am Telefon hatte man mir versichert, sie könne mit ihren wulstigen Lippen jeden Mann an den äußersten Rand der Ekstase treiben.

Als es jedoch zur Sache ging, machte sie eher einen lustlosen Eindruck auf mich. Gelangweilt nuckelte sie an meinem liebsten Körperteil herum wie an einem Dauerlutscher. Vielleicht lag es ja an mir, denn statt mich voll und ganz darauf zu konzentrieren, beschäftigte ich mich in Gedanken mit meinem Geheimauftrag.

Die vorbereitenden Arbeiten in der Werft, die offiziell den Kaddur-Brüdern gehörte, die in Wahrheit aber ein kleines, überaus nützliches Orkult-Unternehmen war, waren reibungslos verlaufen...

*

Die beiden Wachmänner, die nachts im betreffenden Bereich des Flughafengeländes patrouillierten, waren zwar keine Logenmitglieder, doch im Vorfeld hatten unsere Informanten ermittelt, daß einer von ihnen, Rafik Baschir, fürs Wegsehen gern mal die Hand aufhielt. Der andere, so wurde uns zugetragen, war ein grundanständiger Kerl mit Prinzipien – also zu nichts zu gebrauchen.

Baschir wurde fürstlich fürs Krankfeiern bezahlt. Zu seinem Kollegen Mesoud Hemmadi nahmen wir erst gar keinen Kontakt auf, doch wir gaben ihm eine faire Chance.

Wäre Hemmadi an der Werfthalle vorübergegangen, wäre ihm nichts zugestoßen. Doch er mußte ja unbedingt seine krumme Nase in Angelegenheiten stecken, die ihn nicht das geringste angingen. Natürlich hatten wir uns darauf vorbereitet – mit genügend Cannabis und kampferfahrenen Männern.

Diesmal war ich mit dabei, als unsere Auslöschungstruppe ihre Arbeit verrichtete. Aus sicherer Entfernung – ich mochte keine Blutspritzer auf meiner empfindlichen hellen Kleidung – beobachtete ich, wie der armselige Prinzipienreiter sein wohlverdientes Ende fand. Hier starb ein Mann, der früher oder später ohnehin an seiner Anständigkeit erstickt wäre. Mit seiner Auslöschung erwies die Loge der Menschheit einen großen Dienst.

Als der entstellte Leichnam aufs Flugfeld gebracht wurde, dachte ich voller Vorfreude daran, daß ich in einer Woche selbst zwei Auslöschungsaufträge ausführen würde, einen vor und einen nach dem Frühstück. Auch ein künftiger Ritterkönig durfte sich ruhig mal ab und zu die Hände schmutzig machen. Wer rastet, der rostet, wirklich lebendig war man nur in der ersten Reihe, dort, wo die Luft nach Blut roch.

Beiden Kandidaten war ein schneller Tod vergönnt, was ich fast bedau...

*

Au! Ein starker Schmerz im Intimbereich holte mich ins Hier und Jetzt zurück. Die Hure in meinem Bett fühlte sich vernachlässigt und machte drastisch auf sich aufmerksam.

»Ich wollte nur feststellen, ob du eingeschlafen bist«, bemerkte sie ärgerlich.

Täuschte ich mich, oder hatte sie tatsächlich Blut zwischen den Zähnen? Besorgt schaute ich an mir herunter, doch es war alles in Ordnung mit mir. Ich gab ihr etwas Geld und schickte sie fort. Für heute hatte ich die Lust an Sexspielen verloren.

An diesem Abend legte ich mich früher als sonst schlafen. Jussuf Rahet, Kopilot bei der ASR, hatte schließlich ein Recht darauf, von einem ausgeruhten Logenmitglied ermordet zu werden. Pfuscharbeit gab es bei Orkult nicht, wir arbeiteten stets sorgfältig und präzise.

*

Die Einsatzbesprechung für den Flug ASR 512 von Tanger nach Hamburg fand im kleinen Konferenzraum von Air Sans Rentrée statt. Ich traf als letzter dort ein und wurde von allen mißtrauisch beäugt. Zwar war ich nicht der einzige Ausländer im Team, aber der einzige, dem man seine Herkunft ansah; außer mir hatte niemand eine wirklich weiße Hautfarbe.

Das Gespräch wurde auf französisch geführt, weil das von allen Anwesenden verstanden wurde – selbstverständlich auch von mir, denn ich bin überaus sprachbegabt.

»Laut Flugplan sollte Rahet als mein Kopilot fungieren«, bemerkte der aus dem Sudan stammende Pilot Achmed Rammou mißbilligend, als ich ihm in meiner Pilotenuniform (die aus Rahets Kleiderschrank stammte) gegenüberstand. »Und nun schickt man mir einen Dänen? Uve Arnt?«

»Ich bin Deutscher«, erwiderte ich ruhig, »mit einer qualifizierten Ausbildung.«

»Uve ist ein deutscher Name?« wunderte sich Rammou. »Klingt eher nordisch.«

»Das ist er auch. Der Vorname Uwe ist vor allem in Ostfriesland und Schleswig-Holstein gebräuchlich«, erklärte ich ihm geduldig. »Beides liegt im Norden der Bundesrepublik Deutschlands, genau wie Hamburg.«

»Wenn Sie es sagen, Uve«, entgegnete der Sudanese mit einem desinteressierten Unterton.

Hätte ich ihm erzählt, ich käme aus einem neugegründeten friesischen Inselstaat, der zwischen Schweden und Finnland im Bottnischen Meerbusen angesiedelt war, hätte ihn das sicherlich genausowenig interessiert. Nicht wenige Afrikaner betrachten ihren Kontinent als Nabel der Welt, und alles, was jenseits des Mittelmeeres oder der Ozeane lag, war ihnen total egal.

An sich hatte ich nichts gegen Afrikaner. In unserer Loge arbeiteten hochqualifizierte afrikanische Fachkräfte, nur wenige zwar, doch man kam prima mit ihnen zurecht, wenn man sich ihrer Mentalität ein wenig anpaßte.

Trotzdem ärgerte mich das stoische Verhalten dieses Mannes, der das Wort »Bundesrepublik« vermutlich nicht einmal fehlerfrei aussprechen konnte. Von einem Piloten erwartete ich wenigstens ein paar Grundkenntnisse in Geographie, sonst hatte er seinen Beruf verfehlt.

Inkompetente Menschen waren mir ein Greuel, unabhängig von ihrer Herkunft und Hautfarbe. In der Loge waren alle Individuen gleich, Diskriminierung gab es bei uns nicht. Wichtig war nur, daß unsere Mitglieder dem Orkult-Glauben die Treue schworen und sich für unsere Belange einsetzten – andernfalls waren sie nichts weiter als verachtenswerte Koyam, Untermenschen, wertloses Leben, vogelfreies Wild für unsere Auslöschungstrupps.

So wie Jussuf Rahet. Er hatte weder unter unserem Schutz noch unter dem Schutz des Wächterordens gestanden. Jussuf war ein absoluter Niemand gewesen, nicht bedeutsam genug, um mein Freund zu werden, nicht clever genug, um als Feind gegen mich bestehen zu können. Ihn umzubringen war daher keine große Sache gewesen, ich kam mir vor, als hätte ich die Mitte von Nichts weggewischt.

Für Achmed Rammou, der als zweiter auf meiner Abschußliste stand, hatte ich ebenfalls nichts als Verachtung übrig. Er war nicht für uns, also waren wir gegen ihn. Eines unterschied ihn allerdings von Rahet, den ich an diesem Morgen mit einem sauberen Kopfschuß auf »seine letzte Flugreise« geschickt hatte: Rammou war der Pilot der Boeing B 757. Im Gegensatz zu Jussuf brauchte ich ihn also – noch. Nur deshalb benahm ich mich ihm gegenüber unterwürfiger, als man es von einem Mann meines Rangs gewohnt war.

»Jussuf wurde letzte Nacht von Einbrechern in seinem Haus getötet«, erklärte ich die Abwesenheit des Kopiloten. »Ich bin sein Ersatzmann. Haben Sie damit Probleme, Kapitän Rammou?«

»Nicht solange Sie Ihren Job beherrschen«, entgegnete der Pilot, ohne sich nach Details des Verbrechens zu erkundigen.

Rahet war Indonesier gewesen, daher empfand Rammou, der ebenfalls nicht von hier war, seinen Tod wohl als etwas ganz Normales. In allen Ländern der Erde lebten Einwanderer gefährlich, Marokko bildete da keine Ausnahme.

Auf mein Geburtsland traf dasselbe zu. Zwar galt die Bundesrepublik seit Anfang der 70erjahre als Einwandererparadies – dort wurden Fremde beinahe besser behandelt als Ortsansässige –, doch auch in Deutschland wurden Verbrechen verübt. An Einwanderern und von Einwanderern.

Trotzdem liebte ich dieses Land. Unser Reiseziel Hamburg, eine der schönsten Städte der Erde, hatte ich schon eine halbe Ewigkeit nicht mehr besucht, so daß ich mich eigentlich darauf hätte freuen müssen. Leider würden wir die zweitgrößte Stadt Deutschlands niemals erreichen – aber das wußte hier außer mir keiner, ansonsten wäre wohl niemand freiwillig eingestiegen.

5.

Jemina Halim war Putzteufel mit Leib und Seele. Nachdem die korpulente Marokkanerin ihren Ehemann und Ernährer regelrecht aus dem Haus geputzt hatte, hatte sie ihr Leben selbst in die Hand genommen und eine Einpersonenputzfirma gegründet. Seither fuhr sie mit ihrem Kleinwagen kreuz und quer durch Tanger, bewaffnet mit Staubsauger, Besen, Schrubber und Wischtuch.

Fürs Wochenende plante sie, mit ihrem Gatten – beide lebten seit Monaten getrennt –, in die Berge zu fahren. Möglicherweise würden sie sich bei diesem Ausflug wieder versöhnen.

Ibrahim Halim wollte Jemina unter allen Umständen zurückhaben. Er hatte sie offenbar unterschätzt und bewunderte sie für ihre Tüchtigkeit, die sie seit seinem Weggang an den Tag legte. Außerdem gab es noch einen gewichtigeren Grund für die Versöhnung: Mit ihrer Putzerei verdiente sie inzwischen mehr als er in der Fabrik.

Damit sie genügend Zeit zum Packen hatte, verlegte Jemina an diesem Freitag sämtliche Aufträge auf den Morgen und den frühen Vormittag.

Jussuf Rahet bewohnte ein kleines Haus am Stadtrand von Tanger. Da er als Kopilot dauernd unterwegs war, hatte er Jemina Halim seinen Schlüssel zur Hintertür überlassen. Ursprünglich hatte sie nachmittags kommen wollen, wenn er fort war, doch weil sie ihre Pläne geändert hatte, nahm sie an, daß sie ihn noch daheim antreffen würde. Deshalb läutete sie zunächst am Vordereingang. Erst als niemand öffnete, ging sie ums Haus herum und betrat es von hinten.

Drinnen rief sie mehrmals nach dem Hausherrn. Zu ihrer Erleichterung blieb es still.

Das kam ihr gut zupaß, denn Männer störten nur beim Saubermachen. Ihr eigener hatte beim Zeitunglesen nicht einmal die Füße hochheben wollen, wenn sie mit dem Staubsauger angerückt war. Nicht selten war es deshalb zum Streit gekommen.

Seit sie nicht mehr zusammenwohnten, hatten beide ihre Ruhe voreinander.

Vielleicht war es ja ein Fehler, dieses Idyll durch eine Versöhnung zu zerstören, überlegte sie, während sie ihre Putzutensilien ins Haus brachte. Wäre es nicht besser, alles so zu belassen, wie es war?

Jemina war keine sonderlich entscheidungsfreudige Person. Oftmals, wenn sie gar nicht mehr weiter wußte, hielt sie Ausschau nach einem himmlischen Fingerzeig – oder nach irgend etwas, das man mit etwas Wohlwollen als göttliches Zeichen deuten konnte. Verzweifelt sandte sie ein kleines Stoßgebet aus...

... und wurde erhört. Im Schlafzimmer traf sie auf Jussuf Rahet. Er lag im Bett und hatte ein Einschußloch in der Schläfe. Damit war der Nachmittag dahin, und ihr würde keine Zeit mehr zum Packen bleiben.

Rahits Telefon befand sich in der Diele. Von dort aus rief Jemina auf dem Polizeirevier an.

»Ich möchte einen Mord melden«, sagte sie, nachdem sie mit dem Revier verbunden war. »Nebenan im Schlafzimmer liegt eine Leiche. Wie bitte? Nein, er ist ganz sicher nicht im Schlaf gestorben. Man hat ihn erschossen. Soweit ich das in meiner Eigenschaft als Putzfrau beurteilen kann, handelt es sich um saubere Arbeit.«

*

Für Kommissar Abdelkarim gab es keinen Zweifel: Das Opfer war mit einem aufgesetzten Kopfschuß im Schlaf ermordet worden. Das Bett war nicht zerwühlt, und um die Kopfwunde lag ein feiner Schleier von Schmauchspuren. Der Mann hatte wahrscheinlich nicht viel gespürt.

»Für mich sieht das nach der Arbeit eines Profikillers aus«, meinte der Kommissar.

»Wer könnte Interesse daran haben, einem unbescholtenen Bürger einen Killer auf den Hals zu hetzen?« bemerkte Abdelkarims Assistent Mustafa nachdenklich.

»Vielleicht war er ja kein unbescholtener Bürger«, erwiderte der Kommissar. »Mal abwarten, was die Befragung der Nachbarn ergibt.«

Während die Spurensicherung drinnen zugange war, fragten einige Polizeibeamte in der Nachbarschaft herum, ob jemand etwas gehört oder gesehen hatte. Jemina Halim hielt sich ebenfalls noch in Rahets Haus auf. Der Kommissar hatte sie gebeten, zu bleiben und sich zu seiner Verfügung zu halten. Sie hatte nicht dagegen protestiert. Wie die meisten Reinemachefrauen war sie extrem neugierig und wäre jetzt an keinem Ort der Welt lieber gewesen.

Aufmerksam beobachtete sie die Beamten bei ihrer Arbeit. Als Khalid Abdelkarim den Kleiderschrank des Toten öffnete, stand sie dicht hinter ihm. Im Schrank hingen zwei Uniformen. Jemina hatte den Kommissar bereits darüber informiert, daß Jussuf Rahet zu seinen Lebzeiten Pilot gewesen war.

»Insgesamt besitzt er drei Uniformen«, teilte sie ihm ungefragt mit. »Vermutlich hat er sich die dritte irgendwo zurechtgelegt, denn er wollte heute nach Deutschland fliegen.«

Mustafa machte sich sofort auf die Suche nach der dritten Uniform, wurde aber nicht fündig.

Der Kommissar zog die Schranktür wieder zu. Irgend etwas war ihm aufgefallen, aber er konnte beim besten Willen nicht sagen, was es war.

Nach und nach kehrten die Polizisten ins Haus zurück. Kein Nachbar hatte etwas Verdächtiges bemerkt. Dadurch sah sich Abdelkarim in seiner Profikillertheorie bestätigt. Nur ein Berufsmörder brachte es fertig, mitten in einer Wohnsiedlung unbeobachtet in ein Haus einzudringen und es nach der Tat genauso unbemerkt zu verlassen. Höchstwahrscheinlich hatte er einen Schalldämpfer verwendet.

»Eventuell hat Herr Rahet die dritte Uniform in die Reinigung gegeben«, merkte die Putzfrau an.

Erneut öffnete der Kommissar den Kleiderschrank, ohne zu wissen, nach was er eigentlich suchte... und dann fiel es ihm wie Schuppen von den Augen.

Sein Blick fiel auf ein kleines Emblem, das auf beiden Uniformjacken aufgenäht war. Deutlich erkannte er die leicht verschnörkelten Buchstaben A, S und R.

»Air Sans Rentrée«, murmelte er. »Das gleiche Zeichen befand sich auf der Boeing, die vorige Woche aus der Werfthalle der Brüder Kaddur ins Freie geholt wurde.«

»Ja und?« entgegnete sein Assistent. »Was hat das mit unserem Fall zu tun?«

»Vielleicht gar nichts, es ist nur so ein Gefühl«, erwiderte Abdelkarim, dessen Fingerspitzen zu kribbeln begannen, wie immer, wenn er auf einer heißen Spur war. »Ich könnte mich irren, aber meine Spürnase signalisiert mir, daß der Mord an Jussuf Rahet und der angebliche Unfall meines Freundes Mesoud in irgendeinem Zusammenhang stehen, den ich nur noch nicht richtig durchschaue. Mal angenommen, die fehlende Uniform befindet sich nicht in der Reinigung. Dann könnte es doch sein, daß der Mörder sie gestohlen hat.«

»Aber wozu und für wen?« fragte Mustafa. »Wer braucht schon, abgesehen von einem Piloten, eine Pilotenuniform?«

»Jemand, der sich als Pilot ausgeben möchte?« warf Jemina ein.

Der Kommissar schickte sie aus dem Raum. Putzfrauen, die sich in polizeiliche Ermittlungen einmischten, mochten ja im Kino für eine gewisse Komik sorgen, doch in der Realität waren sie einfach nur lästig.

Dennoch ließ er bei seinen Überlegungen Jeminas Gedankengänge nicht außen vor. *Jemand, der sich als Pilot ausgeben möchte...* Also eine Person, die ein Flugzeug fliegen konnte, andernfalls wäre sie sofort enttarnt worden.

Oder *der* beziehungsweise *die* Betreffende kam nur kurz an Bord, deponierte dort etwas – eine Bombe? – und verließ den Flieger rechtzeitig vor dem Start. Die Passagiere würde man noch auf dem Flughafen in die Luft jagen, mitsamt der Maschine. Ein spektakulärer Akt mit vielen unschuldigen Opfern, der auf Terroristen untersten Niveaus hindeutete.

Abdelkarim griff zum Handy und rief den Flughafen an. Sein Gespräch wurde an einen Mitarbeiter der Flugkontrolle namens Abdullah Zakir weitergeleitet, der ihm Auskunft darüber gab, daß gleich eine Maschine der ASR starten würde. Auf Nachfrage erfuhr der Kommissar, daß überraschend ein neuer Kopilot zur Mannschaft gestoßen war.

»Halten Sie die Maschine unbedingt auf, und lassen Sie niemanden einsteigen!« wies ihn der Beamte an. »Die Boeing darf keinesfalls starten, hören Sie? Und die Sicherheitsbeamten sollen den neuen Kopiloten festnehmen. Ich bin sofort bei Ihnen.«

»Verstanden«, bestätigte Zakir, der jetzt erheblich leiser sprach. »Das Flugzeug bleibt am Boden, und die Passagiere warten in der Halle, bis Sie eingetroffen sind, Herr Kommissar. Der Neue wird umgehend arretiert.«

Khalid bedankte sich, setzte sich in sein Auto und machte sich auf den Weg zum Flughafen.

6.

Bei der Einsatzbesprechung für Flug ASR 512 von Tanger nach Hamburg waren außer dem sudanesischen Piloten und mir noch ein dickbäuchiger ägyptischer Purser* sowie mehrere Stewardessen anwesend; die Damen waren Marokkanerinnen.

Von mir als Kopiloten erwartete man die Vorlage des Wetterberichts. Natürlich war ich vorbereitet. Von der Witterung her würde der Flug unproblematisch verlaufen. Unvorhergesehene Zwischenfälle waren nicht zu erwarten – abgesehen von denen, für die ich selber sorgen würde.

Die Maschine war überwiegend mit Deutschen und Marokkanern besetzt. Die Deutschen kehrten aus dem Urlaub in ihre Heimat zurück, die Marokkaner flogen nach einem Besuch ihres Geburtslandes ebenfalls wieder heim. Wie ich schon sagte: Die Bundesrepublik war ein Einwandererparadies, dort fühlten sich alle zu Hause: Türken, Griechen und selbstverständlich auch Afrikaner. Meine zu Unrecht vielgescholtenen Landsleute nahmen jeden mit offenen Armen auf – unter anderem immens viele Verbrecher, beispielsweise Drogenhändler oder Zuhälter, welche die deutsche Gastfreundlichkeit schamlos ausnutzten.

Die Anzahl deutscher Touristen war auf diesem billigen Charterflug überaus hoch. Ich fühlte mich nicht wirklich mit ihnen verbunden, schließlich waren es nur Koyam. Skrupel konnte ich mir keine leisten, andernfalls würde ich versagen. Bei meiner weltumspannenden Mission ging es nicht um irgendwelche regionalen Interessen, sondern um Höheres.

Ich arbeitete im Auftrag der Götter, das wog mehr als alles andere.

Als über die zu tankende Spritmenge gesprochen wurde, erklärte ich mich freiwillig bereit, mich darum zu kümmern. Die

---

* Kabinenchef; der ranghöchste Flugbegleiter in einem Passagierflugzeug

anderen waren mir dankbar, weil sie dadurch Gelegenheit hatten, noch in aller Ruhe ein, zwei Becher Kaffee zu trinken.

Ich begab mich nach draußen, erteilte die nötigen Anordnungen und überwachte auf dem Flugfeld höchstpersönlich das Volltanken der Maschine. Vom Konferenzraum aus hatte man keinen direkten Blick auf diesen Teil des Flughafens, allerdings zeigten die großen Fenster der im zweiten Stockwerk gelegenen Personalkantine nach hierher.

Hoffentlich funktioniert die Kaffeemaschine im Besprechungszimmer, dachte ich, *sonst stehen gleich alle in der Kantine auf der Matte und beobachten mich.*

Hinter den Scheiben nahm ich lediglich eine einzelne Person wahr, die nach draußen schaute und mich regelrecht zu fixieren schien. Vielleicht bildete ich mir das aber auch nur ein.

Das Gepäck der Passagiere wurde auf ein paar Karren zur Boeing gebracht und verladen. Ich kannte die Transportarbeiter, und sie kannten mich. Trotzdem grüßten wir uns nicht und taten so, als hätten wir uns noch nie zuvor gesehen.

Als die Ladeklappe geschlossen wurde, war das Flugzeug eine fliegende Bombe. Jedes soeben an Bord gebrachte Gepäckstück war randvoll mit Sprengstoff und Aufschlagzündern. Das Gesamtgewicht der Sprengladung lag bei etwa 15 Tonnen.

Die Koffer und Taschen der ASR-Passagiere standen nach wie vor dort, wo sie abgegeben worden waren: in der Gepäckaufbewahrung. Die Besitzer würden nichts davon vermissen. Dort, wo sie hingingen, brauchten sie kein Gepäck mehr.

Bald darauf traf der sudanesische Pilot mitsamt seinem weiblichen Anhang und dem Purser beim Flugzeug ein und schaute zu, wie die Gangway angebracht wurde. Seinem Gesichtsausdruck nach fühlte er sich wie ein Pascha in Begleitung seiner Haremsdamen und seines Eunuchen. Ich erstattete ihm kurz Bericht, und die Besatzung stieg ein.

Achmed Rammou und ich begaben uns gemeinsam ins Cockpit. Die üblichen Vorbereitungen überließ der faule Hund mir.

Das paßte mir gut.

Der Tower meldete, daß der erste Bus mit den Passagieren abfahrbereit sei. Rammou gab sein Okay, und das Fahrzeug fuhr los. Weitere würden folgen.

Während wir darauf warteten, daß alle eingestiegen waren, servierte uns eine ausnehmend hübsche Stewardeß starken Kaffee im Cockpit. Ich lächelte ihr dankbar zu – und ein wenig mitleidig, denn es war wirklich schade um sie. Doch wo gehobelt wurde, da fielen Späne. Wenigstens war sie ein besonders schöner Span.

Rammou kümmerte sich nicht um die Checkliste und ließ mich schalten und walten. Offensichtlich machte es ihm Spaß, den Europäer für sich arbeiten zu lassen und selbst nur Däumchen zu drehen. Ich gönnte ihm die kleine Freude, schließlich war es seine letzte. Außerdem kam mir seine Bequemlichkeit nur gelegen, so würde er erst viel zu spät merken, was hier tatsächlich vor sich ging.

Die Startfreigabe stand kurz bevor. Hoffentlich kam nicht noch etwas Unerwartetes dazwischen.

*

Abdullah Zakir trank einen starken Kräuteraufguß, dessen Zutaten er sich daheim selbst zusammengemischt hatte. Den kleinen Lederbeutel mit den Kräutern trug er immer bei sich, für den Fall der Fälle – und genau der war heute eingetreten.

Der Trank wirkte beruhigend auf ihn. *Phase eins.* Kommissar Abdelkarims Anruf hatte ihn seelisch völlig aus der Bahn geworfen, jetzt fühlte er sich ein bißchen besser – ein Zustand, der eine Weile anhalten würde, mindestens bis zur zweiten Phase.

Während er in kleinen Schlucken trank, schaute er aus dem Fenster der im zweiten Stockwerk gelegenen, momentan nur mäßig besuchten Flughafenkantine aufs Flugfeld. Abdullah verfolgte aufmerksam mit, wie die Maschine nach Hamburg beladen wurde. Der falsche Kopilot überwachte den Ladevorgang und das Betanken der Maschine.

Zakir hatte ihn aus dem Gebäude kommen sehen und ihn sofort erkannt: Es war der Sohn des Ritterkönigs; beide hatten früher schon einmal miteinander zu tun gehabt.

Der Fluglotse Zakir war nicht über jede Einzelheit des Logenplans eingeweiht, doch er konnte sich ausmalen, daß diese Maschine ihren Zielflughafen niemals erreichen würde. Vermutlich würden die Passagiere alle sterben, darunter zahlreiche seiner marokkanischen Landsleute. Dennoch dachte er nicht eine Sekunde daran, die todgeweihten Menschen zu warnen, denn das stand ihm nicht zu – er hatte klare Befehle.

Dagegen zu verstoßen, wäre ihm schlecht bekommen. Mit Verrätern machte die Orkult-Loge nicht viel Federlesens. Erst folterte man die Familie des Deserteurs zu Tode, wobei er zusehen mußte, dann kam der Abtrünnige selbst an die Reihe.

Über derlei blutige Regeln und sonstige knallharte Vorschriften war Abdullah unterrichtet worden, bevor er sich mit der Loge eingelassen hatte. Er hätte ablehnen und ein Koyam bleiben können. Doch die Bezahlung, die man ihm einst angeboten hatte – dafür, daß er hier weiter seinen Job ausübte und sich ansonsten auf Abruf bereithielt –, war zu verführerisch gewesen. Seit er Page in der Loge war, mit Aufstiegsmöglichkeit zum Knappen, ging es ihm und den Seinen finanziell bestens.

Bisher hatte man nur Kleinigkeiten von ihm verlangt, wie die Weitergabe von wenig brisanten Informationen aus seinem Arbeitsbereich. Diesmal lagen die Dinge anders. Zwar mußte er nichts weiter tun, als weiterhin den Mund zu halten, doch das brachte vielen Menschen unweigerlich den Tod – so war es Tiamats Wille.

Über Tiamat, die Urmutter allen Seins, erzählte man sich viele Legenden. Mal wurde sie als Ursprung alles Bösen dargestellt, mal als Opfer der Umstände, verbannt von ihren mißratenen Kindern. Für die Logenangehörigen war sie eine anmutige Gottheit, ein liebliches Idol, das jedem Orkult-Mitglied die Lebensrichtlinie vorgab. Diese Version oder gar Tiamats Existenz in Zweifel zu ziehen, kam einem Todesurteil gleich.

Nur die Führungsspitze kannte die laut eigenem Bekunden einzig wahre Überlieferung der Tiamat-Geschichte vollständig von A bis Z. Die übrigen Logenmitglieder verfügten lediglich über Teilwissen. Je höher der Rang, desto breiter war das Informationsspektrum, auf das man zurückgreifen konnte. Auch

Pagen oder Knappen beließ man nicht völlig im Unklaren, sie mußten schließlich wissen, wofür und für wen sie kämpften. Abdullah hatte so manches Mal an der Logendarstellung gezweifelt und sich gefragt, ob der Ritterkönig und seine engsten Getreuen tatsächlich selbst daran glaubten, oder ob sie das Ganze nur frei erfunden hatten, um ihre riesige Anhängerschar bei der Stange zu halten. Der Anblick des Königssohns auf dem Flughafen beantwortete seine Frage. Wenn der zweithöchste Uradelige bereit war, sich selbst zu opfern, mußte sein Glaube unendlich stark sein.

Zakir schämte sich jetzt seiner Zweifel, doch zum Glück bot sich auch ihm die Gelegenheit, der Loge zu beweisen, was für ein treuer Gefolgsmann er war. Er würde dem Sohn des Ritterkönigs, einem wahren Märtyrer, in nichts nachstehen.

»Wir sehen uns im göttlichen Reich von Tiamat, mein Freund«, sagte er leise und hob die Tasse mit seinem Spezialaufguß. »Gute Reise!«

Für einen Moment sah es so aus, als würde Uwe Arndt zu ihm hinaufblicken, aber wahrscheinlich bildete er sich das nur ein. Oder hatte ihn der designierte Nachfolger des Ritterkönigs tatsächlich gehört? Schließlich war er ein direkter Abkömmling von Tiamat und verfügte möglicherweise über mystische Kräfte.

Nachdem die Passagiere eingestiegen waren und man den Piloten die Startfreigabe erteilt hatte, rollte die Boeing auf die Startbahn – doch das bekam Abdullah Zakir nur noch verschwommen mit. *Phase zwei* setzte jetzt ein: Er wurde allmählich schläfrig.

Zakir trank seine Tasse aus und machte, daß er von hier wegkam, solange er sich noch aufrecht halten konnte. Je länger sie nach ihm suchen mußten, desto mehr Zeit verschaffte er dem Königssohn zur Durchführung seiner Aktion.

*

Die Boeing 757 rollte zur Startbahn. Von nun an übernahm Achmed Rammou das Zepter. Die lästige Kleinarbeit war erledigt, und den Spaß, das Flugzeug in die Luft zu bringen, gönnte er mir nicht. Rammou gab Vollgas. Der Sudanese machte ein erstauntes Gesicht, als er merkte, daß die Maschine nur langsam beschleunigte. Erst jetzt fiel ihm auf, daß die Tanks randvoll waren.

»Sind Sie eigentlich noch bei Trost, Sie Anfänger?« schnauzte er mich an. »Wofür brauchen wir so viel Kerosin? Der Flug nach Hamburg ist doch nur ein Katzensprung!«

Noch bevor ich ihm darauf antworten konnte, ging eine Meldung vom Tower ein, auf französisch.

Rammou wurde vom Fluglotsen aufgefordert, den Start sofort abzubrechen.

Der Pilot war irritiert. »Ist das deren Ernst? Wir sind doch schon so gut wie oben! Fragen Sie mal nach, worum es geht, Arndt!«

Ich war nicht minder verwundert. Was war im Tower los? Wir beschäftigten dort einen Mann, der uns allen Ärger vom Halse halten sollte. Hatte man Zakir enttarnt?

»Hier Flug ASR 512«, sprach ich ins Funkgerät. »Leider haben wir den letzten Funkspruch nur verzerrt und undeutlich empfangen. Bitte wiederholen! Ende.«

»Ich habe Ihnen die Anweisung erteilt, den Start auf der Stelle abzubrechen!« ertönte es aus dem Gerät, diesmal auf Arabisch. »Bitte befolgen Sie die Anordnung unverzüglich. Ende!«

»Bitte wiederholen!« erwiderte ich in derselben Sprache. »Wir haben kein Wort verstanden! Ende!«

Anschließend schaltete ich das Mikrophon aus.

Mein Nebenmann blickte mich entgeistert an. »Was reden Sie denn da für dummes Zeug? Stellen Sie sofort die Funkverbindung zum Tower wieder her!«

Er machte Anstalten, die Geschwindigkeit zu drosseln. Ich langte mit der Hand unter meinen Kopilotensitz, eine Spezialanfertigung, die man in der Kaddur-Werft eingebaut hatte. Der Sitz enthielt so manche Überraschung, und eine davon holte ich jetzt heraus.

*

»Die Boeing befindet sich bereits auf der Startbahn?« Kommissar Abdelkarim war fassungslos. »Mir wurde versichert, die Maschine würde am Boden bleiben. Die Passagiere sind in höchster Gefahr!«

Gleich nach seinem Eintreffen vor Ort hatte er die von einem Privatunternehmen betriebene Revierwache der Flughafensicherheit aufgesucht. Hier wußte man weder etwas von seinen Ermittlungen noch von seiner Absprache mit der Flugkontrolle.

»Mit wem haben Sie telefoniert?« erkundigte sich der Revierleiter.

Der Kommissar verfügte über ein gutes Gedächtnis. »Sein Name lautet Abdullah Zakir.«

»Den kenne ich, er müßte gerade im Tower sein«, entgegnete der Leiter und griff nach dem Telefon. Damit Abdelkarim mithören konnte, schaltete er den Lautsprecher ein.

Kurz darauf war er mit dem Tower verbunden. Dort teilte man ihm mit, daß Zakir unter einem Vorwand seinen Arbeitsplatz verlassen hatte und bislang nicht zurückgekehrt war. Ein Ersatzmann war inzwischen für ihn eingesprungen.

»Sehr mysteriös das Ganze«, meinte der Revierleiter, nachdem er aufgelegt hatte. »Ich werde den Flughafen nach Abdullah...«

Er stockte, als er merkte, daß sich der elegant gekleidete Beamte gar nicht mehr im Raum befand. Khalid war hinausgestürmt und bereits auf dem Weg zum Tower.

Dort eingetroffen versuchte er mit möglichst wenigen Worten, dem Fluglotsen klarzumachen, daß die Passagiere gefährdet waren und man den Start der Boeing sofort abbrechen müsse. Der Mann begriff zwar nicht alles auf Anhieb, doch er war intelligent genug, erst einmal zu handeln und später weiter nachzufragen.

Seiner Aufforderung, den Start abzubrechen, wurde seitens der Piloten jedoch nicht Folge geleistet. Statt dessen behauptete der Kopilot, der Funk sei gestört.

Eine Weile blieb es still, dann knackte es in der Leitung. Offensichtlich hatte man im Cockpit das Mikrophon wieder eingeschaltet.

Plötzlich ertönte etwas, das sich wie ein Schuß anhörte! Unmittelbar danach wurde die Verbindung erneut unterbrochen, und das Flugzeug hob ab.

»Aufhalten!« brüllte der Kommissar völlig außer sich.

»Wie denn?« fragte ihn der Fluglotse. »Sollen wir die Maschine abschießen? Ich schlage vor, Sie beruhigen sich erst einmal und setzen sich. Und dann berichten Sie uns, was überhaupt los ist und wieso Sie glauben, den Passagieren könnte etwas zustoßen.«

*

Noch bevor ich meine versteckte Neunmillimeter-Automatikpistole unter dem Sitz hervorgeholt hatte, griff Rammou nach dem Mikrophon und schaltete es ein. Mir blieb keine Zeit mehr, es ihm aus der Hand zu reißen. Blitzschnell setzte ich ihm den Pistolenlauf auf die Uniformbrust und drückte ab, in der Hoffnung, daß der Schuß vom Lärm der unter Vollast laufenden Triebwerke übertönt werden würde.

Ein von unseren Waffenexperten bearbeitetes Teilmantelgeschoß jagte ihm in den Körper und zerlegte sich mitten in seiner Brust, ohne sie zu durchschlagen und hinten wieder auszutreten. Diese Munitionsart war speziell für Schießereien in Flugzeugen entwickelt worden, denn hoch in der Luft konnten herumfliegende Geschosse unbeabsichtigt größten Schaden anrichten. Achmed Rammou war auf der Stelle tot.

Damit hatte ich auch meinen zweiten Mordauftrag mit Bravour erledigt. Zählte man den Professor mit, hatte ich innerhalb kürzester Zeit drei Menschen zur Hölle geschickt. Allmählich lief ich wieder zu meiner früheren Form auf, und ich hatte noch immer Spaß an der Sache.

Ich legte die Waffe beiseite und brachte die Maschine in die Luft. Jetzt konnte mich nichts mehr aufhalten!

Um unnötigen Ärger zu vermeiden, meldete ich dem Tower, daß das Funkgerät weiterhin defekt sei und momentan scheinbar nur in eine Richtung funktionierte.

Ich versprach, mich gleich nach der Landung in Hamburg

darum zu kümmern und das Problem auf der dortigen Lufthansa-Werft beheben zu lassen.

Man bestätigte mir den Empfang der Meldung. Ich reagierte nicht darauf.

Als nächstes aktivierte ich den Autopiloten und verriegelte die Cockpittür, die von den Logentechnikern in der vorigen Nacht unauffällig verstärkt worden war, eine der letzten Arbeiten, die sie für mich erledigt hatten. Nun kam hier niemand mehr herein, wenn ich es nicht wollte – und ich wollte nicht.

Schon wenig später meldete sich der Purser übers Kabinentelefon und fragte nach, warum er nicht mehr zu uns ins Cockpit konnte. Ich behauptete, das Schloß sei defekt. Ob er mir das glaubte oder nicht, war mir egal, ich hatte ohnehin nicht die Absicht, noch einmal ans Telefon zu gehen.

Im Anschluß an das kurze Gespräch gab ich an der Schalttafel über meinem Kopf eine Tastenkombination ein, die im regulären Flugbetrieb nicht vorkam und somit keinen Einfluß auf die Geräte im Cockpit hatte.

Doch so aktivierte ich mehrere in der Kabine verborgene Störsender, die verhindern sollten, daß jemand mit seinem Handy nach draußen telefonierte.

»So, meine Herrschaften, jetzt sind wir unter uns«, bemerkte ich halblaut, natürlich bei ausgeschaltetem Bordmikrophon. »Legen Sie sich bequem auf Ihren Sitzen zurück und genießen Sie die letzten Minuten Ihres Lebens.«

Genaugenommen hätte ich auch die Passagiere und die Besatzung dieses Fluges auf meiner ganz privaten Totenliste verewigen können, schließlich ging deren baldiges Ableben ebenfalls auf mein Konto. Dennoch zählte ich sie nicht mit, weil ich nicht selbst Hand an sie legte. Für das, was ich vorhatte, waren sie nicht von Bedeutung, mir hätte auch ein menschenleeres Flugzeug ausgereicht. Sie hatten halt Pech, waren einfach nur zur falschen Zeit an der falschen Stelle.

Die Loge buchte sie als Kollateralschaden ab.

*

»Und ob das ein Schuß war!« Kommissar Abdelkarim schlug mit der Faust auf den Tresen in der Flughafenwache. »Ich bin lange genug im Polizeidienst und weiß genau, wie sich ein Schuß anhört! Sie müssen etwas unternehmen, verdammt!«

Mittlerweile hatte man ihn aus dem Tower hinauskomplimentiert, weil er dort nach Meinung der Mitarbeiter für zuviel Unruhe gesorgt und den Flugbetrieb gestört hatte. Auch bei den Angestellten der Flugsicherheit fand er kein Gehör, und das machte ihn zornig.

»Man hat Ihnen im Tower doch gesagt, es kann vorkommen, daß bei der hohen Geschwindigkeit unmittelbar vor dem Abheben schon mal das Fahrwerk poltert«, erwiderte der Revierleiter ungehalten. »Es gibt keinen Beweis für einen Schuß, also geben Sie endlich Ruhe!«

»Und was ist mit meinen Ermittlungsergebnissen? Wollen Sie die total ignorieren?«

»Seien wir doch mal ehrlich: Im Grunde genommen haben Sie überhaupt nichts ermittelt. Ein Pilot wird in seinem Haus am Stadtrand ermordet aufgefunden, und eine seiner Uniformen verschwindet spurlos. Das – und nichts anderes sonst – haben Sie herausgefunden. Alles weitere wurde lediglich von Ihnen konstruiert. Haben Sie schon mal daran gedacht, daß es nie eine dritte Uniform gegeben haben könnte? Die Aussage von Rahets Putze erscheint mir nicht sehr glaubwürdig. Vielleicht bedient sie sich ja heimlich an den Alkoholvorräten ihrer Kundschaft.«

»Typisch, im Zweifelsfall ist entweder Alkohol der Übeltäter oder Cannabis«, entgegnete der Kommissar. »Damit kann man wohl alles erklären, wie? So wie beim Tod von Mesoud Hemmadi, der hier auf diesem Flughafen starb.«

»Hemmadi? Das Unfallopfer?« wunderte sich der Revierleiter. »Ich verstehe nicht, was dieser Mann mit Ihrem Fall zu tun hat?«

»Ich glaube, daß beide Fälle miteinander... ach was, ich bin es leid, mir länger den Mund fusselig zu reden! Sie hören mir ja doch nur mit halbem Ohr zu. Darf ich mich auf dem Flughafengelände noch ein wenig umsehen? Oder werde ich jetzt zur unerwünschten Person erklärt?«

»Sie können gehen, wohin Sie wollen. Wir arbeiten stets eng mit den Polizeibehörden zusammen und werden Sie nicht bei Ihrer Arbeit behindern. Ich denke jedoch, daß Sie hier Ihre Zeit verschwenden. Müßten Sie sich nicht um Ihre Morduntersuchung kümmern?«

»Und müßten Sie nicht nach Abdullah Zakir suchen?« konterte Khalid Abdelkarim. »Ich möchte wissen, warum er nichts unternommen und mich am Telefon angelogen hat. Möglicherweise bringt uns seine Vernehmung weiter. Irgend etwas stimmt nicht mit dem Kerl. Eventuell hat man ihn dafür bezahlt, daß er den Start der Boeing nicht verhindert.«

»Keine Sorge, sobald wir ihn gefunden haben, werden wir ihn dazu befragen«, versicherte ihm sein Gesprächspartner. »Wittern Sie doch nicht überall gleich eine Verschwörung. Vermutlich gibt es irgendeine ganz simple Erklärung für sein Verhalten.«

*

Abdelkarim war fest entschlossen, sich von nichts und niemandem abwimmeln zu lassen. Wenn es sein mußte, würde er sich an die oberste Instanz des Flughafens wenden. Direktor Schirad galt als ein besonnener, kluger Mann. Zudem war er mit Khalids Vorgesetztem befreundet. Beide konnten dafür sorgen, daß die Mordkommission und die Sicherheitskräfte des Flughafens an einem Strang zogen.

Seinem Gespür folgend, wie er es immer tat, suchte der Kommissar die Gepäckabfertigung im Untergeschoß auf.

Zu seinem Erstaunen traf er in diesem Bereich niemanden an, alles wirkte wie verwaist. Um ihn herum erstreckten sich hohe, breite Regale mit Koffern und großen Taschen, Fahrzeuge standen zum Beladen bereit – aber nichts passierte.

Was war hier los beziehungsweise nicht los? Ausgerechnet in einer der wichtigsten Abteilungen des Flughafens machten alle Ferien?

In diesem Augenblick trudelten die ersten Arbeiter ein, gemächlich, ohne eine Spur von Eile. Abdelkarim ging zu ihnen.

Er hielt seinen Dienstausweis einem Mann unter die Nase, der aussah, als hätte er hier das Sagen.

»Warum wird hier nicht gearbeitet?« erkundigte er sich. »Kommen Sie immer so spät? Oder wurde gestreikt?«

»Seit wann kontrolliert die Polizei unsere Arbeitszeiten?« stellte ihm sein Gegenüber patzig die Gegenfrage. »Haben Sie nichts Besseres zu tun?«

»O doch, das habe ich«, erwiderte Abdelkarim und sah ihm fest in die Augen. »Ich versuche gerade, zwei Morde aufzuklären und habe bisher noch keinen Verdächtigen. Das macht mich ärgerlich, und wenn ich mich ärgere, verhafte ich auch schon mal einen Unschuldigen. Es wäre daher besser, Sie kooperieren mit mir, sonst könnte es passieren, daß ich Sie gleich in Handschellen abführe – quer durch die ganze Flughafenhalle, damit die übrigen Mitarbeiter heute mittag in der Kantine ein Gesprächsthema haben.«

Sein stechender Blick machte den Mann nervös.

»Ist ja schon gut«, schlug der nun versöhnlichere Töne an. »Ich bin hier der Vorarbeiter und kann Ihnen versichern, daß wir uns weder im Streik befinden noch zu spät dran sind – wir bauen lediglich Überstunden ab.«

»Alle Arbeitskräfte auf einen Schlag? Und wer hält den Betrieb aufrecht?«

»Die Anordnung, heute erst später mit der Arbeit anzufangen, kam von ganz oben. Die Kollegen von der Nachtschicht haben dafür wohl etwas länger arbeiten müssen. Ich hatte angenommen, wir würden sie hier noch antreffen, doch offenbar sind sie gerade gegangen.«

»Das kann nicht sein«, mischte sich einer seiner Kollegen ein. »Mein Nachbar gehört zur Nachtschicht. In unserem Haus sind die Wände ziemlich dünn, so daß ich in der Frühe hören konnte, wie er heimkam. Normalerweise bin ich um diese Zeit schon bei der Arbeit, doch heute morgen durfte ich mich noch mal ein Viertelstündchen auf die Seite drehen.«

»Demnach stand die Gepäckabfertigung für längere Zeit leer?« erwiderte der Vorarbeiter stirnrunzelnd. »Unmöglich, das würde gegen die Vorschriften verstoßen. Ich vermute eher, daß

Hilfskräfte eingesetzt wurden, denn laut Ladeliste mußte eine Boeing abgefertigt werden.«

Er begab sich zu einem der Regale. Dort reihten sich massenhaft Gepäckstücke aneinander. Jedes davon war sorgfältig mit einem ASR-Anhänger versehen, der die Aufschrift »Flug 512« und einen Nummerncode trug. In einem bereits beladenen Gepäckkarren befanden sich weitere Taschen und Koffer, die längst auf dem Weg nach Hamburg hätten sein müssen.

»Merkwürdig, das gesamte Gepäck ist noch da«, bemerkte der Vorarbeiter ratlos. »Wurde der Flug abgesagt?«

Abdelkarim antwortete ihm nicht, er wußte jetzt, was er wissen wollte. Sein Riecher hatte ihn wieder einmal auf die richtige Spur geführt. Eiligen Schrittes verließ er die Gepäckabfertigung und begab sich ins obere Stockwerk, wo Direktor Schirad sein Büro hatte.

Das Vorzimmermäuschen überrannte er einfach. »Tut mir leid«, entschuldigte er sich im Vorübereilen, »aber für Höflichkeiten habe ich keine Zeit.«

Der Direktor nahm ihm sein überraschendes Eindringen erstaunlicherweise nicht übel. Man konnte fast meinen, daß er bereits auf den Kommissar gewartet hatte.

Abdelkarim faßte die Ereignisse rasch zusammen. »Da sich das Gepäck für Flug 512 noch in der Abfertigung befindet, stellt sich mir die Frage: Womit wurde die Maschine wirklich beladen?« endete er.

»Mit dem falschen Gepäck«, entgegnete Schirad gelassen. »Das ist bedauerlich, aber nicht mehr zu ändern. Pannen dieser Art kommen nicht nur hierzulande häufig vor, auch in Europa oder Amerika kann es passieren, daß ein Flugpassagier und sein Koffer zwei verschiedene Länder besuchen.«

Abdelkarim setzte zu einer Erwiderung an, doch der Direktor brachte ihn mit einer unwirschen Handbewegung zum Schweigen.

»Unser Sicherheitspersonal hat mich längst über Ihre wüsten Theorien informiert, Herr Kommissar. Sie sollen im Tower und auf dem Revier ganz schön Rabatz gemacht haben. Angesichts der vielen terroristischen Anschläge auf den internationalen

Flugverkehr habe ich durchaus Verständnis für Ihre Ängste, und hätte ich die Möglichkeit, die ASR-Maschine zurückzubeordern, würde ich es tun, glauben Sie mir. Aber wie Ihnen bekannt ist, hat das Funkgerät an Bord einen Defekt. Ich kann also nichts unternehmen. Und Sie erwarten doch nicht ernsthaft, daß ich nur aufgrund Ihrer Spinnereien die Luftwaffe einschalte, oder?«

Vergeblich redete Khalid auf den Direktor ein; er beschwor ihn regelrecht, das marokkanische Verteidigungsministerium anzurufen. »Wenn Sie es nicht tun, mache ich es selber!« drohte er.

»Nur zu, jeder blamiert sich so gut er kann«, erwiderte Schirad mit süffisantem Lächeln. »Wahrscheinlich wird man Sie gar nicht ernst nehmen. Vielleicht sollten Sie den Anruf lieber Ihrem Vorgesetzten überlassen, der hat in den oberen Kreisen weitaus mehr Einfluß als Sie.«

Khalid Abdelkarim stand wortlos auf und verließ empört das Büro des Direktors, den er bis dahin für einen besonnenen, klugen Mann gehalten hatte. Offensichtlich lag er mit dieser Einschätzung falsch. Schirad war ein borniertes Ignorant.

Vor dem Flughafen setzte er sich in seinen Wagen, atmete erst einmal tief durch und regte sich allmählich wieder ab.

»Schirad ist so dumm wie ein Kameltreiber«, murmelte er, »doch wo er recht hat, hat er recht. Das Wort des Polizeichefs hat im Ministerium mehr Geltung als das eines gewöhnlichen Ermittlers.«

Er betätigte den Anlasser und fuhr los.

Zur gleichen Zeit wurde auf der Toilette der Personalkantine die Leiche von Abdullah Zakir gefunden. Da er sich eingeschlossen hatte, hatte man erst die Tür aufbrechen müssen, um den Toten zu bergen. Hinweise auf ein Verbrechen gab es nicht.

Die Ermittlungen und die Obduktion würden später ergeben, das er sich mit einem selbstgebrauten starken Kräutergebräu vergiftet hatte.

Phase drei.

*

»Keine Sorge, Schirad, ich kümmere mich darum. Der gute Khalid ist manchmal etwas aufbrausend und schießt leicht übers Ziel hinaus. Doch wenn man ihn ab und zu ein wenig ausbremst, leistet er gute Arbeit.«

Abdelkarims Vorgesetzter lehnte sich auf seinem Schreibtischstuhl zurück, während er mit dem Direktor des Flughafens telefonierte. Durch ein Fenster konnte er nach nebenan ins Vorzimmer blicken. Dort saß der Kommissar auf einem Stuhl und wartete voller Ungeduld, endlich hereingebeten zu werden. Ihm brannte erkennbar die Zeit auf den Nägeln.

»Er ist inzwischen eingetroffen und hat verlangt, mich zu sprechen«, fuhr der Mann hinter dem Schreibtisch fort. »Ich lasse ihn noch ein bißchen zappeln – und dann putze ich ihn nach allen Regeln der Kunst herunter. Wenn er nachher das Revier verläßt, wird er nicht größer sein als einen Zentimeter, mit Hut. Wie bitte? Ob man ihn für die Loge anwerben sollte? Daran hatte ich auch schon gedacht. Jemand mit seinen Fähigkeiten würde gut zu uns passen. Leider befürchte ich, daß er für eine Mitgliedschaft ungeeignet ist. Khalid ist viel zu ehrlich, stur und geradlinig, außerdem hat er ein Autoritätsproblem.«

Er legte auf und gab dem Kommissar durch die Scheibe einen Wink. Abdelkarim erhob sich von seinem Stuhl und kam herein.

Wenige Minuten später war er auch schon wieder draußen. Sein Chef hatte ihn zusammengefaltet wie ein Papierschiffchen, ohne ihn zu Wort kommen zu lassen.

Doch noch gab der Kommissar nicht auf. Wenn er sich erst einmal in etwas verbissen hatte, ließ er nicht mehr locker.

Bisher war er davon ausgegangen, einem gewöhnlichen Verbrechen auf der Spur zu sein, dessen Ausmaß er nur noch nicht überblickte. Auch Flugzeugentführer stufte er als gemeine Verbrecher ein, selbst dann, wenn sie kein Lösegeld verlangten, sondern gefangene Gesinnungsgenossen freipressen wollten. Mörder blieben Mörder, ganz gleich, welche »ehrenwerten« Motive solche Fanatiker für ihre Bluttaten vorschoben.

Aber in diesem Fall schien es um mehr zu gehen – anders konnte sich Abdelkarim die abschließende Warnung seines Vorgesetzten nicht erklären: »Kümmern Sie sich gefälligst um

Ihre Mordfälle, nicht um Politik! Es gibt Mächte auf dieser Welt, mit denen legt man sich besser nicht an, und damit meine ich keine irdischen Mächte. Und jetzt raus mit Ihnen! Kommen Sie erst wieder, wenn Sie Ergebnisse vorweisen können.«

Politik? Höhere Mächte? Was hatte das alles mit dem Tod eines Wachmanns und eines Kopiloten zu tun?

*

In wessen Hand befand sich Flug ASR 512 nach Hamburg? Diese Frage beschäftigte Kommissar Abdelkarim unablässig, als er das Polizeirevier verließ. Und auch diese Frage ließ ihm keine Ruhe: Warum verweigerte man ihm jegliche Unterstützung?

Wer auch immer im Hintergrund die Fäden zog, er mußte ungeheuer mächtig sein. Zu mächtig für einen unterbezahlten nordafrikanischen Kriminalkommissar kurz vor dem Ruhestand. Von allen Seiten warf man ihm Knüppel zwischen die Beine, und er mußte gut aufpassen, um nicht ins Stolpern zu geraten.

Lange würde er das wohl nicht mehr durchstehen. Khalid brauchte dringend Hilfe.

Um die Kasbah von Tanger hatte sich in den vergangenen Jahrhunderten eine belebte Medina entwickelt, mit labyrinthartig angeordneten Gassen, in denen kleine Läden Handelsware aller Art anboten.

Die Mauern der Häuser waren überwiegend weiß gestrichen – was nicht mit einem Mangel an Phantasie, sondern mit den hohen Temperaturen zu tun hatte: Weiße Wände reflektierten das Sonnenlicht, anstatt es aufzunehmen. In weißgestrichenen Häusern war es kühler als in anderen.

Auf dem Grand Socco, einem typisch marokkanischen Platz am Rande der Medina, setzte sich Abdelkarim vor eine Teestube und schaute dem Gewimmel auf dem Markt zu. Händler und Kunden feilschten miteinander um die Wette. Dazwischen liefen etliche hilflose Gestalten herum, von denen nur die wenigsten dem bunten Trubel gewachsen waren: Touristen aus aller Herren Länder. Bei ihrer Heimkehr würden sie haufenweise

Plunder mit dabeihaben, den sie im Alltag und bei klarem Verstand niemals gekauft hätten.

Der weißbärtige Wirt brachte Khalid den gewohnten schwarzen Tee. Beide kannten sich seit langem, daher wußte der Mann, wie sein bester Kunde das Getränk am liebsten mochte: »Mit viel Honig und so stark, daß dir beim Trinken die wackligen Zähne ausfallen.«

Abdelkarim bedankte sich mit einem gequälten Lächeln. Daß er mit irgend etwas unzufrieden war, konnte man ihm anmerken.

Der Weißbart bezog das auf seinen Tee. »Schmeckt er dir heute nicht, mein Freund?«

»Nein, nein, der Tee ist bestens, wie immer«, antwortete Khalid. »Mich beschäftigt ein Problem – und je mehr ich versuche, mit anderen darüber zu sprechen, um so abweisender reagieren sie. Und jeder will mir einreden, daß das Problem überhaupt nicht existiert.« Er deutete mit dem Zeigefinger gen Himmel. »Dort oben passieren augenblicklich merkwürdige Dinge, aber ich weiß nicht, womit ich es zu tun habe und wie ich dagegen vorgehen kann.«

Seine Worte machten den Wirt neugierig. Er setzte sich zu seinem Gast und hörte ihm geduldig zu...

Nachdem sich Khalid alles von der Seele geredet hatte, stand der Gastwirt wortlos auf und ging hinein. Nach einer Weile kam er wieder nach draußen, verabschiedete sich mit einem Handschlag von seinem Freund – normalerweise deutete er lediglich eine kurze Verbeugung an – und reichte ihm verdeckt einen zusammengefalteten Zettel, den Abdelkarim unauffällig einsteckte.

»Suche dir einen ruhigen Ort«, raunte ihm der Bärtige zu, »und benutze für den Anruf dein Mobiltelefon. Handygespräche können *sie* in Marokko noch nicht überwachen.«

Der Kommissar bezahlte den Tee und ging. Etwas abseits vom Trubel bog er in ein stilles Gäßchen ein. Dort faltete er den Zettel auseinander.

Darauf stand eine Telefonnummer mit belgischer Vorwahl.

Für einen Augenblick war Khalid Abdelkarim versucht, den

Zettel zusammenzuknüllen und wegzuwerfen. Vielleicht war es ja wirklich besser, sich nicht in Sachen einzumischen, die einen nichts angingen. Möglicherweise irrte er sich, und die Passagiere von Flug 512 waren gar nicht in Gefahr. »Jeder blamiert sich, so gut er kann«, hatte Schirad zu ihm gesagt. Hatte der Flughafendirektor recht? War er im Begriff, sich endgültig zum Idioten zu machen?

Oder noch schlimmer: Brachte er sich selbst in Lebensgefahr? Die Warnung seines Vorgesetzten kam sicherlich nicht von ungefähr. Irgendwer zog an seinem Chef und an dem Direktor wie an einer Marionette. Derjenige hatte bestimmt auch ihn schon im Blickfeld.

Es war so leicht, nichts zu unternehmen und einfach so zu tun, als wäre nichts Ungewöhnliches geschehen. Mesouds Ableben konnte Khalid als Unfall zu den Akten legen, und falls die Suche nach Jussuf Rahets Mörder zu keinem Ergebnis führte, gab es in Tanger halt einen ungeklärten Todesfall mehr, na und? Was war daran so schlimm? Besser, die anderen starben als man selbst...

Der Gedanke, sich herauszuhalten, war verführerisch.

Aber Abdelkarim widerstand ihm und wählte die seltsame Telefonnummer. Lieber starb er, als sich selbst zu verraten.

*Wenn ein Mensch nichts gefunden hat,
wofür er sterben würde,
eignet er sich nicht zum Leben.*

(Martin Luther King)

7.

Mir war danach, ein fröhliches Lied zu pfeifen. Keine Ahnung, warum ich es nicht tat. Möglicherweise aus Pietät, immerhin steuerte ich ein Flugzeug mit zum Tode Verurteilten durch die Lüfte – gewissermaßen ein »Geisterschiff«, das ich insgeheim »Fliegender Holländer« getauft hatte.

Während des Fluges verhielt ich mich möglichst unauffällig und führte den normalen Funkverkehr weiter. Wenn man sich auf eines fest verlassen konnte, war das die mangelnde Kommunikation zwischen zwei ungleichen Kontinenten. Die Flugsicherung in Tanger hatte ihre europäischen Kollegen natürlich nicht über mein angebliches Funkproblem informiert, so daß ich jetzt ganz schön in der Tinte sitzen würde, hätte ich tatsächlich eines gehabt.

Ich war ein Befürworter für eine bessere Verständigung der Kulturen untereinander, aber in diesem Fall hätte das möglicherweise den Plan der Loge durchkreuzt, zumindest in einem wichtigen Teilbereich, und ich hätte kurzfristig auf Plan B umdisponieren müssen. Es war immer gut, einen Plan B in der Tasche zu haben, aber noch besser war es, davon keinen Gebrauch machen zu müssen.

Ich warf einen Blick auf den toten Sudanesen, den ich auf seinem Sitz festgeschnallt hatte. Zwar hätte es mir zugestanden, mit ihm den Platz zu tauschen, denn jetzt war ich der Pilot und er nur ein Nichts, doch erstens konnte ich die Maschine ebensogut von meinem Platz aus steuern, und zweitens handelte es sich bei meinem Sitz um eine für mich unverzichtbare spezielle Ausführung.

Beim nächtlichen Werftaufenthalt vor einer Woche hatte man das Flugzeug dem Auftrag entsprechend präpariert. In der vergangenen Nacht war dann dem Cockpit noch der letzte Schliff verpaßt worden: Einbau meines Spezialsitzes und Verstärkung der Tür, beides keine große Sache, die insgesamt nur 30 Minuten in Anspruch genommen haben dürfte, schließlich beschäftigten wir die besten Techniker der Erde.

Die Leiche neben mir störte mich weniger als das fortwährende Klopfen des Pursers. Je mehr ich versuchte, es zu ignorieren, desto ärgerlicher machte es mich. Ich spielte mit dem Gedanken, die Tür zu öffnen und ihm einen gezielten Schuß in seinen Wabbelbauch zu verpassen, aber ich unterdrückte dieses Bedürfnis. Nur weil ich ein wenig Spaß haben wollte – die drei vorangegangenen Opfer hatten mich erst so richtig auf den Geschmack gebracht –, durfte ich nicht die ganze Aktion gefährden. Schließlich wußte ich nicht, welche Übermacht mich auf der anderen Seite der Tür erwartete. Vorsicht war besser als Nachsicht.

Ich schaute auf die Uhr, prüfte die Kontrollen. Wir näherten uns Freiburg, was bedeutete, daß bald Schluß mit dem Geklopfe sein würde.

Über Funk setzte ich mich mit der Flugkontrolle in Verbindung und meldete (nicht vorhandene) Probleme mit dem Kabinendruck. Wie zu erwarten erteilte man mir Anweisung, auf 6000 Fuß zu sinken. Zudem räumte man mir Priorität für eine Notlandung in Frankfurt ein.

Alles klappte völlig reibungslos, ohne den geringsten Zwischenfall. Irgendwie fand ich das schade, es mangelte diesem Auftrag an der nötigen Aufregung. Ich war ein Meister der Improvisation, doch solange alles wie geplant funktionierte, mußte auch nichts improvisiert werden, leider.

*

Über dem Rheingau schwenkte ich nach rechts und programmierte den Autopiloten auf das bevorstehende Landemanöver. Zusätzlich empfing ich ein Peilsignal vom Landeort. Der Bordrechner glich die Daten ab, sie stimmten exakt überein. Wie schon gesagt, alles verlief wie am Schnürchen. Selbst wenn das Peilsignal erlosch, würde die Maschine das Ziel dank Satellitennavigation trotzdem exakt erreichen, mit einer Abweichung von maximal einem Meter.

Meinen Ausstieg konnte man leider nicht derart genau programmieren. Vermutlich würde ich weitab vom Zielort am Boden landen, und mir stand ein längerer Fußmarsch bevor. Na ja, ein bißchen Sport hatte noch keinem geschadet.

Ich schnallte mich an meinem Sitz fest, stopfte mir mit Wachs getränkte Watte in die Ohren und leitete die Schlußphase meines Fluges ein. Kapitänen sagte man nach, daß sie ihr sinkendes Schiff stets als letzter verließen. Auf meinen »Fliegenden Holländer« traf das ebenfalls zu: Ich war der erste, der von Bord ging, zugleich aber auch der letzte, denn außer mir würde keiner den Kahn lebend verlassen.

*

Ein simpler Knopfdruck löste unmittelbar nacheinander mehrere technische Vorgänge aus: Über mir wurde mit einem lauten Knall das Kabinendach weggesprengt.

Wenige Augenblicke danach katapultierte mich eine eingebaute Vorrichtung mitsamt Sitz aus der Maschine.

Exakt 15 Sekunden später beendete die Automatik die Blockade des Mobilfunks an Bord.

Gleichzeitig wurde vom Cockpit aus ein Signal an die Zünder im Gepäckraum gesendet – sie wurden scharfgemacht. Sobald das Flugzeug in die Frankfurter Börse einschlug, würden die 15 Tonnen C4 im Gepäck mit Urgewalt explodieren, mitsamt den gewaltigen Mengen Treibstoff im Tank.

Was für ein Feuerwerk! Eines, das ich leider versäumen würde. Die aufregendsten Partys fanden bedauerlicherweise immer ohne mich statt.

Das C4 war eine Eigenproduktion der Orkult-Loge und konnte damit nicht zu seinem Hersteller zurückverfolgt werden. Wir dachten eben an alles, das war das Geheimnis unseres Erfolges.

Unmittelbar nach dem Verlassen der mit Todgeweihten besetzten Maschine stieß ich einen langgezogenen Schrei aus – nicht aus Angst, es war ein Glücksschrei, denn hoch in den Lüften fühlte ich mich am wohlsten. Mit meinem Privatflugzeug über den Wolken zu fliegen war ein herrliches Erlebnis, aber mit einem Schleudersitz in hohem Tempo durch die Atmosphäre zu jagen war das größte Abenteuer des Lebens.

Für einen Moment stand ich ganz still in der Luft. Die Aufwärtsbewegung war beendet, ab jetzt ging es nur noch in eine Richtung weiter: abwärts.

Nie war ich dem Tod näher als in diesem Augenblick. Falls sich der integrierte Fallschirm nicht öffnete, würde ich mir beim Absturz sämtliche Knochen brechen, und es würde von mir noch weniger übrigbleiben als von dem Niederen Doktor Krings.

Die algerische Hure im Hotel hatte mir süße Wonnen versprochen, doch ich war Besseres und Härteres gewohnt. Jetzt bekam ich es: Ein Sturz ins unendliche Nichts, ohne Netz und doppelten Boden – *das* war Ekstase!

Als mein Sitz in die Tiefe stürzte und der Fallschirm nicht aufging, stieg mein Adrenalinspiegel noch an. Mich überkam ein unbeschreibliches Glücksempfinden! So hatte ich mir immer meinen Tod vorgestellt: Sterben in einem Rausch der Verzükkung – freier Fall in die Arme der wunderschönen Göttin Tiamat.

Fast bedauerte ich es, daß sich der große Fallschirm doch noch öffnete. Mit einem Geräusch, das sich wie der Flügelschlag eines Riesenadlers anhörte, faltete er sich auseinander, und mein Tiefflug wurde abrupt abgebremst.

Langsam schwebte ich auf die Erde hinab. Offensichtlich blieb mir das Götterreich versperrt, und ich mußte noch eine Weile im Diesseits verweilen. Erst wenn ich alle Aufgaben bewältigt hatte, die mir vom göttlichen Schicksal vorherbestimmt waren, durfte ich heim ins Reich.

Nur wirkliche Experten brachten eine punktgenaue Landung zustande. Ich hatte nie eine Fallschirmausbildung absolviert, deshalb war es mir unmöglich, exakt dort zu landen, wo mich mein Mittelsmann erwartete. Während sich mein Sitz und ich wie eine verschweißte Einheit auf das Naturschutzgebiet hinabsenkten, orientierte ich mich aus der Luft und stellte fest, daß ich mindestens zwei Kilometer durch den Wald würde laufen müssen, um meinen Zielort zu erreichen. Das war weniger, als ich erwartet hatte.

Zu meinen Füßen erstreckte sich eine breite Lichtung. Ich hoffte, dort niederzugehen, doch diesmal waren die Götter nicht mit mir. Ein unerwarteter Windstoß beförderte mich mitten in den Wald hinein, und der Sitz krachte in das grüne Blattwerk eines Baumes. Äste brachen, Vögel flatterten aufgeregt davon, und für einen Moment sah es ganz danach aus, als würde ich gleich einem aus großer Höhe herabfallenden Holzpfahl in den Waldboden gerammt werden...

Mit einem Ruck wurde mein Sturz gestoppt. Der Fallschirm hatte sich im Geäst verfangen. Zum Glück hielten die Gurte.

Wie ein ungeschicktes Kind auf einer Schaukel pendelte ich eine Weile unkontrolliert hin und her und stieß gegen mehrere dicke Äste. Dabei wurde meine Vielzweck-Armbanduhr beschädigt, in die unter anderem ein Mobiltelefon eingebaut war. Hilfe konnte ich somit keine herbeitelefonieren.

Als endlich Ruhe einkehrte, tastete ich mich mit der Hand zur Unterseite des Sitzes vor, bis ich das dünne Drahtseil erfühlte, das dort befestigt war. Ich erwähnte ja bereits, daß es sich um einen Spezialsitz handelte, der einige Überraschungen bereithielt.

Nachdem ich das Seil hervorgeholt hatte, schlang ich das eine Ende um einen dicken Ast und zurrte es mittels eines Hakens und einer Öse fest. Das andere Ende befestigte ich an meinem Hosengürtel, der selbstverständlich ebenfalls eine Spezialanfertigung war. Die Kleidung des »Langeweilers in beige« diente mitunter auch praktischen Zwecken, ich war gern auf alle Eventualitäten vorbereitet.

Dank des Seils konnte ich mich problemlos aus meiner mißlichen Lage befreien. Den Fallschirm und den Sitz beließ ich vorerst an Ort und Stelle. Später würde sich die Spurenbeseitigungstruppe des für dieses Gebiet zuständigen Logentempels darum kümmern. Wer Leichen spurlos verschwinden lassen konnte, für den war solch ein Auftrag ein Klacks.

Unterhalb des Baumes entdeckte ich einen toten Vogel, einen hübschen kleinen Kerl mit buntem Gefieder. Bevor ich in den Baum gekracht war, hatte er sicherlich fröhlich zwitschernd auf einem Zweig gesessen oder in seinem Nest gehockt. Sein Tod war eine Verkettung unglücklicher Umstände gewesen. Ich hatte das nicht gewollt – und schämte mich zutiefst.

*

Es dauerte seine Zeit, bis ich mich durchs dichte Gestrüpp zu einem schmalen Wildpfad vorgekämpft hatte. Der Kompaß an meiner Armbanduhr wies mir die Richtung. An jeder Wegbiegung hinterließ ich versteckte Hinweise für die Spurenbeseitiger, damit sie nicht erst stundenlang suchen mußten.

Ein wenig erschöpft erreichte ich den Waldrand. Ich marschierte nun auf einer einsamen schmalen Landstraße weiter, die sich wie eine Schlange bergauf wand.

Endlich erblickte ich in der Ferne den Wagen, der mich abholen sollte. Der Chauffeur hielt sich außerhalb des Fahrzeugs auf. Ich winkte ihm zu, damit er mir entgegenkam. Doch obwohl ich unübersehbar auf einer Straßenkuppe stand, bewegte sich der Bursche um keinen Zentimeter.

Der Ritterkönig hatte mir versprochen, mir würden bei diesem Auftrag kompetente Leute zur Seite stehen. Mein Fahrer schien nicht mit dazuzugehören, scheinbar war er ein kompletter Vollidiot. Ich würde dafür sorgen, daß man ihn an den Südpol versetzte!

Je näher ich an ihn herankam, um so mehr ärgerte mich sein Verhalten. Obwohl er stetig in meine Richtung blickte, rührte er sich nicht vom Fleck. Meine ursprüngliche Absicht, ihn versetzen zu lassen, verwarf ich wieder. Sobald ich im Logentempel eintraf, würde ich ihn hinrichten lassen!

Als zukünftiger Ritterkönig hatte ich auf diesem Planeten die uneingeschränkte Macht über Leben und Tod, und ich genoß es, davon Gebrauch zu machen, wann immer mir danach war. Wer mir den nötigen Respekt versagte, der hatte sein Leben verwirkt.

Zufrieden stellte ich fest, daß über dem Rheingau keine Hubschrauber kreisten. Demnach hatte die Flugkontrolle meinen Ausstieg nicht bemerkt, ansonsten wäre hier bereits die Hölle los – so wie es in Frankfurt vermutlich gerade der Fall war. Bei den späteren Ermittlungen würde man wohl davon ausgehen, daß beide Piloten bei der Explosion umgekommen waren. Eine eingehendere Untersuchung war kaum noch möglich, da sich die fliegende Konservendose inzwischen in sämtliche Einzelteile zerlegt haben dürfte, mitsamt den darin enthaltenen Sardinen.

Ich bezweifelte, daß auf dem Flughafen von Tanger der Name von Jussufs Ersatzmann registriert worden war, in Nordafrika war man in Sachen Sorgfalt weniger pingelig als im nordwestlichen Teil Europas, aber selbst wenn, konnte man schlecht sämtliche »Arndts« rund um den ganzen Erdball überprüfen. Falls überhaupt würden die Fahnder vor allem in Deutschland nach dem verdächtigen Kopiloten suchen – ich lebte jedoch in den USA und galt dort als unbescholtener, einflußreicher Bürger.

Die Niederen agierten meist unter falschem Namen, weil sie ständig befürchten mußten, daß wir sie aufstöberten und ihre Rattennester ausräucherten. Wir von der Loge liebten den offenen Kampf Mann gegen Mann, solange unsere Männer in der Überzahl waren, und wir schlüpften nur in Ausnahmefällen in Tarnexistenzen. Dank unserer vielfältigen Verstecke und einer nahezu perfekten Spurenbeseitigung konnte man uns trotzdem niemals ausfindig machen, und falls sich doch einmal jemand auf die Spur eines Logenmannes setzte, war das mitunter ganz in unserem Sinne – denn nicht selten erwarteten den Verfolger am Zielpunkt unsere Auslöscher.

Mein Zielpunkt war der Wagen am Ende der Landstraße. Mittlerweile konnte ich bereits die Gesichtszüge des Fahrers erkennen.

Ich mochte ihn auf Anhieb nicht. Er machte einen arroganten

Eindruck und sah mir viel zu sehr nach einem dieser selbsternannten nordischen Herrenmenschen aus, von denen es im Orden der Wächter der Schwarzen Sonne nur so wimmelte: groß, blond, blauäugig, sportliche Erscheinung. Auf betont lässige Art lehnte er am Fahrzeug, einem unauffälligen SUV, und schaute herablassend zu mir herüber. Entweder hatte ihm niemand gesagt, daß ich der zweithöchste Mann in der Orkult-Loge war – oder er hielt sich für etwas Besseres.

Ich änderte meinen Entschluß erneut. Jetzt wollte ich ihn nicht mehr hinrichten lassen. Ich würde ihn selbst hinrichten.

Zunächst einmal sollte er mich zum Logentempel bringen. Erst bei unserer Ankunft würde er den ihm zustehenden Chauffeurslohn erhalten – in kleinen ungebrauchten Kugeln, keine größer als neun Millimeter.

*

Uwe Arndt erwartete, daß ihm der Fahrer den hinteren Wagenschlag aufhielt, doch der Mann, der nicht einmal den Gruß seines Chefs erwiderte, öffnete ihm lediglich die Beifahrertür.

Der Sohn des Ritterkönigs verspürte nicht die geringste Lust, die ganze Fahrt über neben einem arroganten Stockfisch zu sitzen. Er trat an die linke hintere Tür, drückte den Griff herunter und zog sie auf.

Verblüfft schaute er in den Wagen hinein. Im Fußraum vor der Rückbank lag ein regloser Mann.

Der echte Chauffeur! schoß es Uwe blitzartig durch den Kopf.

Demnach war der schweigsame Fahrer *einer von denen!*

Den kräftigen Schlag ins Genick, den Thorsten Steiner ihm verpaßte, spürte Arndt kaum noch. Bewußtlos sank er zusammen.

»Ich tue das nicht gern«, murmelte Thorsten, während er Arndts schlaffen Körper auf die Rückbank beförderte. »Ich tue das nur – weil ich es kann!«

Wir kommen zusammen, die Zukunft voraus.
Wir riechen die Freiheit und fühlen uns zu Haus.
Der Felsen steht –
bis einer geht...

(*Münchener Freiheit – »Helden«*)

8.

Ein paar Stunden zuvor in Brüssel

Der gewaltige Wohnblock stammte noch aus der Zeit des Ersten Weltkriegs und war weiß Gott kein Schmuckstück. Dennoch dachte bei der Stadtverwaltung niemand an einen Abriß. Zum einen sprach es für das bereits mehrfach renovierte Haus, daß es all die Jahrzehnte unbeschadet überstanden hatte und wie ein Fels in der Brandung mitten im Zentrum von Brüssel stand, zum anderen lebten dort zahlreiche Mieter, überwiegend aus dem europäischen Ausland, darunter einige hohe Tiere. Wie hätte man vor der Weltöffentlichkeit – diese Stadt wurde ständig von internationalen Journalisten belagert – deren Rauswurf erklären sollen?

Was nur Eingeweihten bekannt war: Sämtliche Mieter gehörten dem Wächterorden an, der hier die Europazentrale seiner weltweit operierenden Organisation betrieb – eine hochmoderne Kommunikations- und Einsatzleitstelle mit einer eigenen Krankenstation. In der belgischen Hauptstadt spannen viele Führungsleute der Orkult-Loge ihre Fäden, mehrten ihre Finanzmittel und bauten ihre Macht aus. Eben deshalb gehörte der wichtigste Vorposten des Ordens hierher – wo man sehen konnte, ohne gesehen zu werden.

Natürlich waren die offiziellen Mieter nicht die einzigen Mitarbeiter der Abtei, wie die Europazentrale und alle anderen Ordenshäuser genannt wurden. Sie waren nur diejenigen, die das Gebäude durch den Vordereingang betreten durften. Alle übrigen benutzten einen von vier über die Stadt verteilten geheimen Zustiegen, darunter einen ehemals zugeschütteten alten Kanalschacht, den der Orden heimlich wieder freigelegt hatte. Durch Fäkalien und Horden von Ratten mußte man sich dort allerdings nicht mehr kämpfen, der Schacht war gesäubert und ausgebaut worden, unter anderem hatte man ihn beleuchtet – die Lampen spendeten immer dann Licht, wenn jemand den Tunnel betrat – sowie elektronisch gesichert.

Leiter der Abtei war ein kräftiger breitschultriger Mann von dreiundsechzig Jahren. Seit Hermann von Hutten verwitwet war, kannte er nur noch seine Arbeit. Der Ordensmeister, so lautete sein offizieller Titel, hatte kräftiges volles Lockenhaar und stahlblaue Augen. Seine Mitarbeiter, die Wächter der Schwarzen Sonne, respektierten ihn, fürchteten ihn aber nicht – er wollte kein Schreckensimperium aufbauen, das war der schäbige Stil der weitaus mächtigeren Orkult-Loge, nicht seiner.

Hermann von Hutten besaß ein kleines Anwesen außerhalb der Stadt, natürlich unter falschem Namen. Haus und Grundstück hatte er vermietet, weil er sich auch des Nachts am liebsten in seinem Zweizimmerapartment auf der Führungsetage der Abtei aufhielt. Er ahnte nicht, daß er in diesem Punkt seinem höchsten Gegenspieler von der Loge ziemlich ähnlich war. Allerdings hauste von Hutten nicht unter der Erde, sein »Herrschaftsbereich« umfaßte das gesamte obere Stockwerk des Gebäudes, das nur nach außen hin etwas verwohnt aussah, es aber in sich hatte.

Als in der Telefonzentrale der Abtei der Anruf von Kommissar Abdelkarim aus Tanger einging, nahm man dessen Anliegen zwar ernst, bewertete es aber nicht über, denn derartige Mitteilungen bekam man täglich aus aller Welt. Der nordafrikanische Polizeibeamte, der selbst nicht so genau wußte, was er von der ganzen Angelegenheit halten sollte, hielt sich mit seinen Auskünften nur vage und sprach von einer verdächtigen Maschine, die sich auf dem Flug nach Hamburg befand. Er nannte die

Flugnummer und gab ein paar wenig plausibel klingende Gründe für seinen Verdacht an.

Der zuständige Mitarbeiter in der Zentrale leitete die aktuelle Meldung über den internen Nachrichtenkanal auf von Huttens Computer, wo sie als Dauerinformation am unteren Bildschirmrand lief, zusammen mit weiteren Verdachtsmeldungen anderer Art. Entscheiden zu müssen, worum man sich sofort kümmerte und was man erst einmal beiseite ließ, war ein harter verantwortungsvoller Job.

Auch Engelbert Münchner hatte es wieder einmal geschafft, über den Nachrichtenkanal eine Meldung in Huttens Allerheiligstes zu schicken, mit dem Vermerk »Dringend!«. Da er aber jeden seiner Hinweise über seltsame Vorkommnisse auf den internationalen Finanzmärkten mit diesem Eintrag versah, verfehlte er meistens die gewünschte Wirkung. Der Ordensmeister schaute nur oberflächlich hin und widmete sich zunächst einmal wirklich dringenden Problemen.

Münchner war ein Lernverweigerer, zumindest hatten ihn seine Eltern und Freunde früher so genannt, weil er nach dem Abitur beschlossen hatte, nicht zu studieren, um nicht vor unfähigen Lehrkräften buckeln zu müssen, nur um einen akademischen Titel zu ergattern. Seiner Ansicht nach konnte man ihm auf der Universität nichts beibringen, was er als Autodidakt nicht selbst schneller und besser erlernen konnte. Anfangs hatte man sich wegen dieser Einstellung lustig über ihn gemacht – inzwischen gab ihm der Erfolg recht. Trotz fehlender Studienabschlüsse verdiente er einen Haufen Geld, denn die Unternehmen rissen sich geradezu um den hyperbegabten Computerspezialisten.

Nach zahlreichen wechselnden Arbeitgebern hatte Engelbert bei einer großen Berliner Elektronikfirma ein endgültiges berufliches Zuhause gefunden, wie er glaubte – doch beim Wächterorden war man der Meinung gewesen, daß man ihn noch mehr fordern könnte.

Also hatte man ihn kurzerhand entführt und ihn vor eine bedeutsame Aufgabe gestellt. Anfangs nur widerwillig, später mit Begeisterung hatte er dann mitgeholfen, in Vietnam einen mörderischen Finanzcoup der Orkult-Loge zu vereiteln. Danach war er freiwillig beim Orden geblieben. In einer geheimen Zeremonie war er zum Knappen Thorsten Steiners geweiht worden, den man beim gleichen Anlaß in den Stand eines Ritters vom Orden der Wächter der Schwarzen Sonne erhoben hatte.

Im Wächterorden existierte eine ähnliche Hackordnung wie in der Loge, jedoch in kleinerem Rahmen, außerdem gebärdete sich Hermann von Hutten nicht als Herr über Leben und Tod. Ordensangehörige mußten nicht befürchten, ausgelöscht zu werden, wenn sie einen Auftrag verpatzten – statt dessen wurde ihnen nach Kräften geholfen, denn hier wußte man noch, was Kameradschaft bedeutete.

Für den Außendienst fühlte sich der bekennende Pazifist Münchner ungeeignet, er wollte lieber mit dem Verstand kämpfen als mit den Fäusten oder gar mit der Waffe. Von Hutten begrüßte es, daß er den Innendienst bevorzugte, denn insbesondere für Agententätigkeiten war es nicht grundverkehrt, wenn man ein wenig unauffälliger daherkam. Ein übergewichtiger chaotischer Nörgler, der sich schlecht kleidete und nur selten zum Friseur ging, stach einem sofort ins Auge und war somit als Einsatzkraft völlig ungeeignet.

Sobald sich Engelbert eine seiner selbstgedrehten Zigaretten angezündet hatte, konnte um ihn herum die Welt untergehen – er entspannte sich und kümmerte sich um nichts und niemanden mehr, frei nach der Devise: »Wer das Rauchen nicht in vollen Zügen genießt, sollte sein Geld nicht für edlen Tabak rausschmeißen.« Mit dieser Macke brachte er seine Mitmenschen mitunter fast zur Weißglut, vor allem dann, wenn Eile vonnöten war. Glücklicherweise hielt sein »komatöser« Zustand jedesmal nur exakt drei Minuten an, dann war die Kippe verglimmt – man konnte die Uhr danach stellen.

An diesem Morgen polterte Münchner unangemeldet in Hermann von Huttens Bürotrakt. Mit dem Hinweis »Ich lasse mich nicht abwimmeln!« verlangte er »den großen Boß« zu sprechen.

»In welcher Angelegenheit?« fragte ihn Huttens Sekretär, der immer ein wenig durch die Nase sprach und dadurch eingebildeter wirkte als er war.

Der Fünfundzwanzigjährige war neu auf diesem Posten. Er schien nur aus Muskelmasse zu bestehen, besaß aber sicherlich ebensoviel Gehirnmasse, andernfalls hätte er diese verantwortungsvolle Stelle niemals bekommen, denn er fungierte nicht nur als »Empfangsdame«, sondern auch als Leibwächter des Ordensmeisters.

»Das sage ich ihm schon selber«, erwiderte der unangemeldete Besucher grantig. »Richten Sie ihm aus, Engelbert Münchner will ihn sprechen, das dürfte genügen – mein Name ist sozusagen meine Dauereintrittskarte ins Büro des Chefs.«

»Sie sind Herr Münchner, der unseren Orden computertechnisch auf Vordermann bringt?« entgegnete der Mann hinter dem Schreibtisch. »Leider konnte ich bei Ihrer offiziellen Einführung nicht mit dabeisein, aber ich habe schon viel von Ihnen gehört. Man erzählt sich wahre Wunderdinge über Sie. Allerdings habe ich Sie mir ganz anders vorgestellt: klein, dünn, mit starken Augengläsern, wie das typische Klischeegenie halt.«

»So kann man sich irren«, sagte Engelbert schlecht gelaunt. »Ich habe mir eine Sekretärin auch ganz anders vorgestellt: groß, schlank, mit sagenhaften Möpsen. Und nun melden Sie mich endlich an, Sie Vorzimmerbulle.«

»Das würde ich ja gern, Herr Münchner, doch ich befürchte, das mit der Dauereintrittskarte sieht Herr von Hutten ein wenig anders, wenn ich seine diesbezügliche Anweisung recht verstanden habe.«

»Dann haben Sie ihn eben falsch verstanden. Was genau hat er denn gesagt?«

»Er ordnete an, alle Besucher namens Engelbert Münchner von ihm fernzuhalten. Wir Vorzimmerbullen sind ja bekanntlich nicht die Hellsten, doch je länger ich darüber nachdenke, desto mehr schleicht sich bei mir der Verdacht ein, damit könnten Sie gemeint sein.«

Engelbert verschlug es glatt die Sprache, was selten bei ihm vorkam. Offenbar hatte er Huttens neuen Sekretär unterschätzt, der Mann wirkte zwar wie ein strohdummer Muskelprotz, aber er konnte trefflich mit Worten umgehen.

Um doch noch ans Ziel zu gelangen, setzte Münchner ausnahmsweise nicht seine überragende Intelligenz, sondern seine schnellen Beine ein. Ohne Vorwarnung rannte er auf die geschlossene Tür zu Huttens Büro zu, seinen Laptop unterm Arm, und stürmte hinein. Der »Bulle«, der wendiger war als er aussah, setzte ihm nach.

Von Hutten saß hinter seinem Schreibtisch und studierte die eingehenden Meldungen am Bildschirm. Als er Münchner erblickte, entfuhr ihm ein leises Stöhnen. Sein Sekretär bekam den Knappen am Kragen zu fassen und wollte ihn aus dem Zimmer ziehen.

»Lassen Sie es gut sein, Achim«, wies ihn der Ordensmeister an. »Engelbert hat offenbar etwas immens Wichtiges auf dem Herzen... so wie immer.«

Er redete die meisten seiner Mitglieder beim Vornamen an, siezte sie aber. Das traf auch auf Thorsten Steiner zu, den Sohn seines Freundes Dietrich. Thorsten mochte es nicht, geduzt zu werden und bevorzugte die Anrede »Herr Steiner«, allerdings ließ er ein paar wenige Ausnahmen zu. Beispielsweise duzte er sich mit Bruder Bernard, von Huttens Mann für alle Fälle, oder mit der schönen norwegischen Ärztin Freia Thorn, die seine Gesichtsoperation durchgeführt hatte. Mit Engelbert war Thorsten ebenfalls auf Du, weil der darauf bestanden hatte, von ihm künftig mit »Bert« angeredet zu werden. Hätte Steiner, dem solche Vertraulichkeiten nicht behagten, nicht eingewilligt, wäre Münchner nie sein Knappe geworden.

Hermann von Hutten machte die beiden Männer in seinem Büro miteinander bekannt. »Sie haben sich ja schon kennengelernt, dennoch stelle ich Sie der Form halber einander vor: Engelbert Münchner – Achim Wiesnbach. Achim ist normalerweise im Außendienst tätig, wurde aber wegen eines Vergehens für ein paar Wochen in die Zentrale strafversetzt.«

Der Sekretär auf Zeit verließ den Raum. Engelbert rückte ungefragt einen Stuhl an von Huttens Schreibtisch heran.

»Es geht um meine Bezahlung«, kam er gleich zur Sache.

»Bekommen Sie zu wenig?« staunte der Ordensmeister. »Sie waren mit Ihrem Gehalt doch einverstanden. Mal ehrlich, Sie kosten uns ein ganz schönes Sümmchen.«

»Ich werde in der Tat fürstlich bezahlt«, bestätigte Münchner und stellte seinen Laptop auf den Tisch. »Ich frage mich bloß: Wofür? Scheinbar braucht man mich überhaupt nicht. Wann immer ich Ihnen einen Bericht oder eine dringende Meldung zukommen lasse, passiert – nichts.«

»Das ist nicht wahr, wir kümmern uns um jede eingehende Nachricht«, widersprach ihm von Hutten. »Wenn Sie ein Problem haben, stehen Ihnen haufenweise Experten zur Verfügung, mit denen Sie darüber reden können. Leider machen Sie davon kaum Gebrauch. Statt dessen decken Sie den obersten Chef höchstpersönlich, also meine Wenigkeit, laufend mit ›dringenden Anfragen‹ ein. Die kann ich unmöglich alle selbst bearbeiten und leite sie daher zur Prüfung an die zuständigen Mitarbeiter weiter, die sich gegebenenfalls mit Ihnen in Verbindung setzen. Ihre Wachsamkeit in allen Ehren, Engelbert, aber Sie sollten nicht überall das Gras wachsen hören. Vieles, das Ihnen verdächtig vorkommt, entpuppt sich bei eingehender Untersuchung als harmlos.«

»Harmlos? Die Börse steht kurz vor einem neuen Schwarzen Freitag, und Sie bezeichnen das als harmlos?«

Damit hatte Engelbert von Huttens volle Aufmerksamkeit.

*

»Schwarzer Freitag?« überlegte Hutten laut. »Und Sie meinen nicht den Schwarzen Montag, oder?«

In seiner Frage schwang ein wenig Hoffnung mit, denn heute war Freitag – hätte Münchners Verdacht den Montag betroffen, wäre etwas mehr Zeit zum Handeln verblieben.

Engelbert schaltete den Laptop ein. Wortreich und mit anschaulichen Beispielen informierte er seinen Auftraggeber über seine Nachforschungen im weltweiten Netz.

»Der Schwarze Freitag ist ein für Banken und Börsen mehrfach als Unglückstag aufgetretener Wochentag. Am 9. Mai 1873 beendete der Schwarze Freitag die Gründerjahre und leitete die Depression ein. Zudem gelten auch der 13. Mai 1927 und insbesondere der 25. Oktober 1929 als Schwarze Freitage. An letzterem Datum fielen innerhalb einer Woche die Kurse durchschnittlich um 40%, wodurch eine Weltwirtschaftskrise ausgelöst wurde, in einem Ausmaß, das heute unvorstellbar ist. Dagegen ist das, was momentan als Weltfinanzkrise medienwirksam breitgetreten wird, nur ein Furz. Analog zum Schwarzen Freitag gilt der 19. Oktober 1987 als Schwarzer Montag, an dem der Dow-Jones-Index um 22,6% fiel. Seinerzeit taten alle so, als stünde der Weltuntergang bevor – aber wir leben noch immer, voilà!

Wir werden auch die derzeitige popelige Krise überstehen, falls es überhaupt eine ist. Ich finde, das wird ziemlich hochgespielt, vor allem in Deutschland, wo die Regierung völlig plan- und einfallslos vorgeht. Die deutschen Politiker scheinen es momentan regelrecht zu genießen, laufend um Hilfe gebeten zu werden. Je mehr große Unternehmen die Hand aufhalten, desto mehr fühlen sie sich gebraucht. Leider fällt ihnen nichts Besseres ein, als die Steuergelder ihrer Bürger mit vollen Händen durch den Schornstein zu jagen, wie man anhand von schwachsinnigen Aktionen wie der sogenannten Abwrackprämie ersieht. Obwohl dadurch kleinere Werkstätten in den Ruin getrieben werden und die Entsorgung der zurückgegebenen Fahrzeuge die Umwelt versaut, werden sie nicht müde, ihren Wählern diesen Mist als die Lösung aller Probleme zu verkaufen.«

»Könnten Sie sich bitte auf das Wesentliche beschränken und auf politische Statements verzichten?« bat ihn von Hutten, dem diese Details im großen und ganzen bekannt waren. »Ihre Ausführungen sind wie üblich zu lang und ausschweifend. Kommen Sie bitte zur Sache, meine Zeit ist kostbar.«

»Mal angenommen, ein Ordensmitglied hätte ein Programm geschrieben, das für die heimliche Überwachung der internationalen Finanzmärkte perfekt geeignet ist«, fuhr Engelbert geheimnisvoll fort. »Und mal weiter angenommen, dieses Programm wäre illegal. Sollte derjenige dieses Programm, das ähnlich wie ein legaler Suchmaschinen-Bot funktioniert, jedoch viel effektiver ist, lieber nicht verwenden, oder wäre es besser, er würde es in den Dienst des Ordens stellen?«

»Wie zuverlässig ist denn das erwähnte Programm?«

»Überaus zuverlässig, aber auch überaus verboten. Wer davon profitiert, begibt sich in die Niederungen der Illegalität.«

»Damit kann ich leben«, erwiderte der Ordensmeister, der zwar über Ehre und Anstand verfügte, aber weit davon entfernt war, päpstlicher sein zu wollen als der Papst. »Der Zweck heiligt die Mittel. Läßt sich dieses ›Schnüfflerprogramm‹ aufspüren?«

»Nur von Computerspezialisten, die über meine überragenden Kenntnisse verfügen – also nein.«

»Und was haben Sie mit Hilfe jenes Programms herausgefunden?«

»Daß jemand in Milliardenhöhe gegen deutsche Aktien gewettet hat«, entgegnete Münchner, während er sich mit einer Hand eine Zigarette drehte und mit der anderen an der Tastatur seines Laptops herumfingerte, »und zwar an allen möglichen Börsen der Welt, seltsamerweise nur nicht in Frankfurt.« Er steckte die Zigarette in die oberste Hemdtasche, um sie später zu rauchen, wenn mehr Ruhe herrschte. »In den USA war ein gewisses Abwärtspotential auszumachen, während die Börse in Frankfurt am heutigen Freitag mit einem leichten Plus eröffnet. Die Terminkontrakte werden gegen Abend fällig, nach Börsenschluß in Frankfurt.«

»Und was schließen Sie daraus?« hakte Hermann von Hutten nach.

»Entweder verfügt dieser Jemand über streng geheime Insiderinformationen und weiß etwas, was sonst keiner weiß – oder derjenige hat sich gründlichst verspekuliert.«

»Irgendwer macht heute also den großen Reibach, oder er geht mit Pauken und Trompeten unter«, faßte der Ordensmeister zusammen. »Könnte die Orkult-Loge dahinterstecken?«

»Davon gehe ich aus, deshalb bin ich ja hier«, antwortete Münchner. »Ich bin mir fast sicher, daß die Loge wieder einmal einen Riesencoup plant, diesmal in Frankfurt. Vielleicht gelingt es uns erneut, den Mörderbrüdern in die Suppe zu spucken. Das dürfte ihnen einen gehörigen Stich versetzen – mehr wohl auch nicht, immerhin sind sie steinreich. Um das Logenpack wirklich und endgültig zu besiegen, fehlt uns leider die Macht.«

»Auch an vielen kleinen Stichen stirbt man früher oder später, dafür benötigt man keinen großen Stachel, nur zahlreiche scharfe«, meinte von Hutten zuversichtlich. »Danke für Ihr Engagement, Engelbert. Ich werde umgehend einige Finanzexperten an die Frankfurter Börse schicken. Unsere Leute werden Näheres in Erfahrung bringen und einem hinterhältigen Attentat auf die Finanzwelt nötigenfalls entgegenwirken.«

Beide Männer erhoben sich von ihren Plätzen und gaben sich über den Schreibtisch hinweg die Hand. Münchner öffnete die Tür und schickte sich an, das Büro zu verlassen, blieb aber im Türrahmen stehen und drehte sich um.

»Etwas macht mir noch zu schaffen«, bemerkte er nachdenklich. »Mein Spitzelprogramm funktionierte perfekt, so wie ich es erwartet hatte – und trotzdem…«

Er suchte nach den richtigen Worten. Hermann von Hutten ahnte, worauf er hinauswollte.

»Sie meinen, es lief alles viel zu perfekt?«

»Ja, genau das meinte ich. Ich stieß kaum auf Widerstände, so als ob man mir die gewünschten Erkenntnisse zukommen lassen wollte. Möglicherweise wurden absichtlich Teilinformationen ausgestreut, um sicherzugehen, daß der Orden beim geplanten Börsencrash anwesend ist.«

»Aber wozu? Nur um uns zu demütigen?« Von Hutten kratzte sich am Kinn. »Oder man will unsere Spitzenleute töten. Vielleicht lauern ihnen dort die Killer der Loge… Moment mal! Könnte es sein, daß Orkult einen blutigen Anschlag auf die Börse plant, um so eine gewaltige Finanzkrise auszulösen? Den Tod unserer Experten bekäme die Loge dann noch als Dreingabe.«

»Das wird mir jetzt zu kriegerisch«, erwiderte der Pazifist Münchner abweisend. »Ich ziehe mich wieder in meine Computerwelt zurück, wenn es recht ist.«

Der Ordensmeister blickte nachdenklich auf seinen Computerbildschirm und gab seinem Besucher durch einen Wink zu verstehen, noch zu bleiben. Dann griff er zum Telefon und setzte sich über eine abhörsichere Leitung mit dem Ordenshaus in Frankfurt in Verbindung. Das hätte ebensogut sein neuer Sekretär für ihn erledigen können, doch wichtige Sachen nahm er gern selbst in die Hand. Während von Hutten die Ordensbrüder telefonisch über den Stand der Dinge informierte, kam sich Engelbert ein bißchen verloren vor.

Er befand sich weder drinnen noch draußen. Mit einem Bein stand er im Büro des obersten Leiters der Europazentrale, mit dem anderen in dessen Vorzimmer, wo Achim Wiesnbach einige schriftliche Unterlagen sortierte und darin enthaltene wichtige Textstellen in seinen Computer eingab.

»Ganz schön langweilig hier«, knurrte der Vorzimmerbulle. »Ich wäre lieber wieder draußen, dort, wo die Aktion ist.«

»Welchem Vergehen hast du deine Versetzung in den Innendienst zu verdanken?« erkundigte sich Münchner.

»Der Benutzung des öffentlichen Nahverkehrs«, entgegnete Achim.

»Ach? Wird man dafür neuerdings bestraft? Oder bist du schwarzgefahren?«

»Wir befanden uns auf einer geheimen Übung des Ordens, deren krönender Abschluß ein kilometerlanger Fußmarsch sein sollte«, berichtete Wiesnbach. »Doch statt stundenlang über die Landstraße zu latschen, verschwand ich im Wald und nahm eine Abkürzung zu einem abgeschiedenen kleinen Bahnhof – es zahlt sich immer aus, wenn man die Gegend vor Beginn des Manövers genau studiert. Während alle anderen ordentlich Straßenstaub schluckten, fuhr ich gemütlich per Bummelzug in die Nähe des vereinbarten Treffpunkts. Auf dem Bahnsteig wurde ich von meinem Vorgesetzten in Empfang genommen, der mich darüber unterrichtete, daß alle Übungsteilnehmer einen Peilsender trugen. Bei der späteren Disziplinarverhandlung gab man mir dann die Chance, mich im Innendienst zu bewähren. Hätte ich abgelehnt, wäre ich zum Knappen zurückgestuft worden. Dabei hatte ich den Ritterschlag gerade erst erhalten.«

»Knappe ist nicht die schlechteste Stufe auf der Hühnerleiter«, bemerkte Münchner gelassen. »Für jeden Mist, den ich verursache, zieht man meinen Fürsprecher zur Rechenschaft.«

»Und wer ist das?« fragte Achim neugierig.

»Thorsten Steiner.«

Wiesnbach staunte nicht schlecht. »Man hat einen Neuling wie dich Dietrich Steiners Sohn zugeteilt? Gratuliere, du hast es gut getroffen. Der Junge ist erst seit kurzem beim Orden und entwickelt sich schon zur lebenden Legende. Meinst du auch, daß er 2012 der Dritte Sargon werden könnte?«

Engelbert Münchner hob nur kurz die Schultern. Er war Realist und wußte nicht so recht, was er von den Prophezeiungen der Seherin Sajaha halten sollte. Hatte sie überhaupt jemals existiert?

*

Schon die Babylonier kannten das kosmische Jahr, das 25 860 Erdenjahre dauerte. Wie ein normales Jahr hatte es zwölf Monate, allerdings erstreckte sich jeder kosmische Monat über 2155 Erdenjahre.

Der Übergang vom Fischezeitalter zum Zeitalter des Wassermanns vollzog sich in drei Phasen von jeweils 56 Jahren. *Phase eins* begann im Jahr 1900, *Phase zwei* 1956 und *Phase drei,* die stärkste und wichtigste Phase, würde 2012 eingeläutet werden.

Die Oberpriesterin und Seherin Sajaha hatte einst prophezeit, daß in der dritten Phase auch die lebende Verkörperung von *Agarthi* auf die Erde kommen würde: Sargon III. In einem Land des Nordens würde er ein neues Babylon errichten – auf den Trümmern einer geschmolzenen Eisfestung. Religionsexperten gingen davon aus, daß damit Grönland gemeint war.

Auf den ersten Eindruck schien Sargon III. eine Bedrohung für die Welt zu sein, denn er würde sich, laut Sajahas Weissagungen, über alle menschlichen Gesetze hinwegsetzen und nach eigenem Ermessen für Recht und Ordnung sorgen. Das roch nach grausamer Lynchjustiz.

Doch sein Wirken war frei von jedwedem Rachegedanken, und seine Antriebsfeder war auch nicht der Durst nach Blut und Tod. Der Dritte Sargon käme auf die Erde, weil man ihn brauchte – weil man nach ihm gerufen, ihn herbeigesehnt hatte! Er würde dieser durch und durch verkommenen Welt die Rettung bringen und sie aus der jahrtausendelangen Knechtschaft von Orkult befreien.

Sajahas Schreckensvisionen mangelte es nicht an Klarheit und Schärfe: Zum Zeitpunkt des Erscheinens des Dritten Sargons würde die Erde der Zukunft – *ihrer* Zukunft, aber die heutige Gegenwart – am Rande des Abgrunds stehen...

*

Was rein ist, wird niedergehen,
was unrein ist, das steigt auf.
Was unten war, das wird oben sein;
die Plätze tauschen Böse und Gut.

Trunken sein werden die Menschen.
Wahn wird regieren die Welt.
Eltern verlieren ihre Kinder,
Kinder verleugnen ihre Eltern.

Die Stimmen der Götter hört keiner mehr –
ausgenommen die einsamen Gerechten,
die nichts gelten werden in jener Zeit.

Die Völker werden ihren Sinn nicht mehr kennen.
Armeen werden streiten gegen ihre Feldherren.
Die Könige stürzen, und die Tempel werden zu Staub.

Unrat kommt empor, Unrat wird herrschen.
Alle Macht wird in den Klauen der Unwerten liegen.
Diese werden umkehren die Welt.

Sitte wird nicht mehr sein,
sondern Laster wird als vornehm gelten.

Männer werden ungestraft mit Knaben verkehren;
Weiber werden nicht mehr Weiber sein wollen,
sondern ungestraft wie Männer sich geben.

*Menschen werden sich ungestraft mit Tieren vermischen
und Bastarde zeugen.
Und die Bastarde der Bastarde
werden zahllos in den Straßen der Städte sein,
ohne daß man sie vertilgt.*

*Und die Niedrigsten werden zu Höchsten erhoben werden
durch die Knechte des bösen Geistes.
Und dieser betrachtet frohlockend dies alles
von seiner Finsternis aus.*

*(Sajaha – die Prophezeiungen der Seherin am Hofe des
Königs Nebukadnezar von Babylon)*

*

»Kommen Sie noch mal herein.«

Hermann von Huttens kräftige Stimme riß Engelbert Münchner aus seinen Gedanken. Er schloß die Tür und setzte sich wieder hin.

Von Hutten stand auf und drehte den Bildschirm seines Computers in Münchners Richtung. »Schauen Sie auf die Endlosnachrichtenschleife am unteren Bildschirmrand. Fällt Ihnen etwas auf?«

Engelbert nickte. »Meine Meldung mit dem Vermerk ›Dringend‹ wurde noch nicht gelöscht.«

»Das meinte ich nicht. Achten Sie auf die Nachricht, die direkt danach eingeblendet wird.«

Münchner las die Meldung von der verdächtigen Maschine aus Tanger, die sich im Anflug auf Hamburg befand. Seine Wißbegierde war geweckt. Er drehte den Bildschirm zurück, begab sich auf die andere Seite des Schreibtischs, betätigte die Tastatur und verschaffte sich detailliertere Informationen. Wie selbstverständlich setzte er sich dabei auf den Stuhl des Ordensmeisters.

»Bitte, nehmen Sie ruhig Platz«, bemerkte von Hutten sarkastisch, was Engelbert geflissentlich überhörte, denn er saß ja schon.

Immerhin begriff er auf Anhieb, was den Argwohn des Ordensmeisters geweckt hatte. »Sie glauben an keinen Zufall, richtig? Ihrer Meinung nach steht der geplante Anschlag auf die Börse in Frankfurt in Zusammenhang mit der aktuellen Entführung des Passagierflugzeugs in Tanger.«

»Gemach, mein guter Freund, gemach«, zitierte von Hutten aus einer nicht autorisierten Shakespeare-Übersetzung. »Noch ist nicht heraus, ob es überhaupt einen Anschlag auf die Börse geben wird, der über die üblichen zivilisierten Mittel hinausgeht. Und daß die Maschine entführt wurde, wurde bisher von keiner offiziellen Stelle bestätigt.«

»Einen Anschlag auf die Börse, der über die üblichen zivilisierten Mittel hinausgeht«, wiederholte Münchner gedehnt. »Zivilisierte Mittel und Anschlag! Ist das nicht ein Widerspruch in sich?«

»Nicht zwangsläufig. Wenn jemand in einem Casino den Croupier austrickst und am Spieltisch die Bank sprengt, bezeichne ich diesen verbrecherischen Coup als zivilisiert. Sprengt derjenige jedoch das Casino und tötet Unbeteiligte, nenne ich das unzivilisiert – und unehrenhaft! Es mag ja zur Steinzeit üblich gewesen sein, seinem Feind hinterm Busch aufzulauern, um ihm den abgebrochenen Rippenknochen eines Tieres in den Leib zu rammen, aber heutzutage gibt es zivilisiertere Kampfmittel als rohe Gewalt.«

»Der Orden wendet ebenfalls Gewalt an.«

»Weil wir uns gegen Orkult nicht anders zur Wehr setzen können. Die Loge bestimmt die Spielregeln, nicht wir. Falls Sie mir nicht glauben, leihe ich Ihnen gern ein weißes Taschentuch, Herr Pazifist. Gehen Sie nach draußen, stellen Sie sich in Brüssels belebteste Einkaufsmeile, winken Sie kräftig mit dem Tuch und rufen Sie fortwährend: ›Ich gehöre dem Wächterorden an und möchte mit den Logenbrüdern verhandeln!‹ In der Abtei schließen wir derweil Wetten ab, wie lange es wohl dauert, bis Ihnen ein Orkult-Fanatiker einen Dolch in den Rücken jagt oder Ihnen ein Loch in den Hinterkopf schießt – diese Feiglinge greifen meist von hinten an, Sie werden Ihren Tod also nicht kommen sehen.«

Engelbert hob abwehrend die Hände. »Schon gut, ich habe verstanden. Was glauben Sie, wie die Loge in Frankfurt vorgeht? Ein Bombenattentat?«

»Etwas in der Art«, überlegte von Hutten. »Ich habe gerade Anweisung gegeben, einige unserer Frankfurter Agenten loszuschicken, um die Börse unauffällig nach Sprengsätzen zu durchsuchen. Es könnte aber auch sein, daß die Loge andere Pläne hat. Vielleicht wurden die Passagiere als Druckmittel entführt, zwecks Erpressung. Wir überprüfen bereits, ob Angehörige von hochgestellten Börsianern an Bord sind.«

Derweil prüfte Münchner die für die Boeing vorgesehene Flugroute. Sie führte über das Rheintal. Aus der Luftperspektive gesehen war das nicht weit von Frankfurt entfernt, nur wenige Flugminuten.

Der Ordensmeister dachte an den 11. September 2001. Er wußte, daß die Loge auch vor drastischen Mitteln nicht zurückschreckte, um ihr Kapital zu mehren und sich die Weltherrschaft zu sichern. Aber würden die Verantwortlichen wirklich so tief sinken…? Die Orkult-Loge wäre mit einem Schlag weltweit verpönt. Beim Anschlag auf das World Trade Center hatten die islamistischen Terroristen den Haß fast aller Völker auf sich gezogen und so ihrer eigenen Anhängerschaft schweren Schaden zugefügt.

Andererseits konnte man nur etwas hassen, das auch vorhanden war. Bis dato wußte die normale Bevölkerung nicht, daß es die Loge überhaupt gab; ihre Existenz wurde genauso hartnäckig geleugnet wie die Existenz der Mafia. Und einen Mitgliederschwund mußten die Logenführer nicht befürchten, denn aus dieser kriminellen Vereinigung trat man nur auf eine Weise aus: als Toter.

Von Hutten hoffte, daß er sich irrte. Falls nicht, waren ihm die Hände gebunden, denn er verfügte nicht über die Mittel, um kurzfristig ein Flugzeug aufzuhalten. Selbst wenn dem Orden in diesem Gebiet eine Raketenabschußbasis zur Verfügung gestanden hätte, hätte man sie nicht eingesetzt, schließlich durfte man nicht die Passagiere gefährden, schon gar nicht auf einen unbewiesenen Verdacht hin.

Engelbert Münchner wies übers Internet das deutsche Verteidigungsministerium eindringlich auf das Problem hin, natürlich anonym, und forderte ein schnelles Eingreifen. Er bezweifelte jedoch, daß man seine Warnung überhaupt beachtete, denn zum einen konnte er keine präzisen Angaben machen – die Maschine galt nicht als entführt –, zum anderen saßen die Logenspitzel in allen wichtigen Schaltzentralen der Welt. Manche E-Mails verschwanden genauso schnell aus dem Posteingang, wie sie eingetroffen waren. Hinzu kam, daß in den Ministerien täglich Nachrichten von irgendwelchen Spinnern oder Denunzianten eintrafen, die man dort zu Recht nicht ernst nahm.

Doch auch der Orden verfügte über zuverlässige loyale Agenten. Über die Sprechanlage gab Hermann von Hutten seinem Sekretär die Anweisung, sich mit dem Kontaktmann bei der zuständigen deutschen Flugsicherung in Verbindung zu setzen.

»Er soll uns jeden ungewöhnlichen Vorfall im Zusammenhang mit Flug ASR 512 sofort mitteilen.«

Lange warten mußte er nicht. Kurze Zeit später ging in der Europazentrale in Brüssel die Nachricht ein, daß die marokkanische Boeing einen Druckabfall in der Kabine gemeldet hatte und zur Notlandung nach Frankfurt umgeleitet wurde. Diese Information wurde über die Frankfurter Abtei sofort an die aktiven Agenten weitergegeben, die sich vor Ort mit dem möglichen Börsenattentat befaßten. Trotz der eventuell drohenden Gefahr setzten sie ihre Durchsuchung des Gebäudes fort, denn noch war die Maschine weit genug entfernt.

Von Huttens Unruhe steigerte sich, sein schrecklicher Verdacht schien sich zu bewahrheiten. Der Orden mußte jetzt handeln, und zwar mit Tempo – und mit den besten Männern, die zur Verfügung standen.

Er schaltete die Sprechanlage ein. »Wo halten sich die Steiners gerade auf?«

»Augenblick bitte, ich schaue nach«, antwortete Wiesnbach und betätigte die Tastatur seines Computers.

Engelbert Münchner wartete das Ergebnis der Suche erst gar nicht ab und zog sein Mobiltelefon aus der Tasche.

»Thorsten befindet sich in Wiesbaden und läßt es sich in der Fürst-von-Metternich-Lounge des Nassauer Hofs gutgehen«, bemerkte er. »Ich gebe ihm Bescheid.«

»Ach ja, er trifft sich dort mit Finanzfachleuten«, fiel es von Hutten wieder ein. »Respekt, Engelbert, Sie sind ja bestens informiert.«

»Ein guter Knappe weiß immer, wo sich sein Herr herumtreibt«, erwiderte Münchner mit unverhohlener Ironie und tippte die Nummer des Hotels ein.

»Dietrich Steiner traf heute morgen zwecks eines Freundschaftsbesuchs in unserer Frankfurter Abtei ein«, ertönte es derweil aus der Sprechanlage. »Und Thorsten Steiner...«

»Danke, Achim, das weiß ich bereits«, unterbrach ihn der Ordensmeister und wandte sich Engelbert zu, der dem Rufsignal lauschte. »Demnach war Dietrich in der Frankfurter Abtei, als dort vorhin mein erster Anruf einging. Wie ich ihn kenne, hat er sich sofort freiwillig für den Einsatz an der Börse gemeldet. Damit wären die Karten verteilt – jetzt ruht unsere Hoffnung auf den beiden Jokern.«

9.

Wer im berühmtesten Hotel Wiesbadens die Fürst-von-Metternich-Lounge mietete, dem stand ein neunzig Quadratmeter großer, stilvoll eingerichteter Raum zur Verfügung, der für Feiern, Empfänge aller Art oder Geschäftsbesprechungen geradezu ideal war. Für letzteres tat es notfalls zwar auch ein Bretterverschlag, doch Thorsten Steiner verband gern das Angenehme mit dem Nützlichen.

Er traf sich hier mit drei Ordensmitgliedern aus drei verschiedenen Abteien sowie einigen hochrangigen internationalen Finanzmanagern. Diskutiert wurde über halbwegs sichere Anlagestrategien in Zeiten der sogenannten Finanzkrise.

Obwohl Steiner Münchners Ansicht, daß die Krise in allen betroffenen Ländern unnötig hochgespielt wurde, im großen und ganzen teilte, wollte er keine unnötigen Risiken eingehen, schließlich ging es um die finanzielle Sicherung des Ordens. Ohne genügend Geld mußte man den Aktivitäten der Orkult-Loge hilflos zusehen, und das wollte er auf gar keinen Fall.

Mittlerweile hatte er seine Kenntnisse im Finanzwesen durch ständiges Hinzulernen erweitert – gemeinsam mit seinem Knappen, der für seine Beobachtungen und Nachforschungen im weltweiten Netz zumindest ein bestimmtes Grundpotential an Finanzwissen benötigte, damit ihm nichts entging. So leicht ließ sich Thorsten kein X für ein U vormachen, auch nicht von den Managern, mit denen er in der Lounge zusammensaß. Vergebens versuchten sie, ihn mit ihrem erlernten Fremdwörterschatz zu beeindrucken; er redete lieber Klartext.

»Meine Auftraggeber möchten Beteiligungen an Firmen mit zukunftssicherem Geschäftsmodell erwerben, deren Aktienkurse derzeit gesunken sind. Außerdem benötigen wir eine Analyse über Unternehmen, die momentan noch gut im Geschäft sind, deren Kurse sich aber allmählich nach unten bewegen. Sobald sie sich auf dem Tiefpunkt befinden, greifen wir ihnen unter die Arme und bringen sie wieder nach oben – natürlich erst, wenn wir Unmengen ihrer Aktien erworben haben und so von ihrem erneuten Aufstieg ordentlich profitieren. Uns kommt es darauf an, unser Kapital dauerhaft zu mehren, im Geschäftsleben geschieht nichts aus lauter Selbstlosigkeit.«

Es bestand Konsens darüber, vor allem in Lebensmittelkonzerne und Rüstungsfirmen zu investieren.

»Große Rüstungsprogramme werden in Krisenzeiten rigoros zusammengestrichen, daher gebe ich Ihnen den Rat, sich an die Hersteller kleinerer Geschütze und Handfeuerwaffen zu halten«, merkte ein französischer Fachmann an, der auf diesem Gebiet bereits einschlägige Erfahrungen gesammelt hatte. »Solche Waffen werden immer gebraucht, so wie Speis' und Trank.«

Ja, leider ist das so, dachte Thorsten im stillen. *Solange Orkult über die Erde herrscht, gehören kriegerische Auseinandersetzungen zum normalen Alltag.*

Es fiel ihm schwer zu glauben, daß der Dritte Sargon an diesem Zustand etwas würde ändern können.

Und noch weniger glaubte er daran, selbst jener Weltenretter zu sein.

Dennoch identifizierte er sich mit den Zielen des Wächterordens. Die Orkult-Loge in ihre Schranken zu verweisen und sie eines Tages vielleicht gänzlich von diesem Planeten zu fegen war eine große, ja, heilige Aufgabe, der er sich mit Leib und Seele widmete.

An sein früheres Leben dachte Thorsten kaum noch zurück, nicht an seine tyrannischen Schüler, nicht an seine intriganten Lehrerkollegen, nicht an seine meist ebenso dummen wie arroganten Kunden – und auch nicht an seine besitzergreifende Mutter. Im Anschluß an die in Brüssel durchgeführte Gesichtsoperation hatte er sich ihr noch ein einziges Mal gezeigt, damit sie sich nicht um sein Leben und vor allem um ihre finanzielle Unterstützung sorgte. Seitdem hatte er sie nicht mehr besucht, zu ihrem Schutz und zu seinem Selbstschutz, denn die Meuchelmörder der Loge lauerten überall.

Die am Gespräch in der Lounge beteiligten Finanzexperten wußten nichts von der Existenz des Wächterordens, und sie gehörten auch nicht der Orkult-Loge an, das hatten die Ermittlungen des Ordens ergeben. Für sie waren Thorsten Steiner – der sich momentan Jens Petersen nannte – und seine drei Begleiter Mittelsmänner einer ungenannten geschäftlichen Organisation. Derlei verdeckte Geschäfte waren ihnen nicht neu; wer sich mit Finanzberatung sein Geld verdiente, mußte flexibel sein und sich selbst auf die außergewöhnlichsten Wünsche seiner Kundschaft einstellen.

Auch sonst bemühten sich die beratenden Geschäftsleute darum, ihre potentiellen Kunden für sich zu gewinnen. Drei ihrer Gesprächspartner waren Deutsche (der vierte Ordensbruder hatte einen finnländischen Paß), deshalb machten sie krampfhaft einen auf *deutsch* und legten dabei die gewohnten Verklemmungen an den Tag.

»Ihr Deutschen seid das liberalste Volk, das ich kenne«, schmeichelte einer der Anwesenden, ein Brite. »Ihr habt diese Hitler-Vergangenheit hinter euch, und trotzdem dürfen Rechtsextremisten bei euch kandidieren. Die DDR zählte zu den erbärmlichsten Unrechtsstaaten in der Geschichte der Menschheit, dennoch stellen sich bei euch Linksextremisten zur Wahl und bekommen sogar viel Zuspruch aus der Bevölkerung. In jedem anderen Land auf der Erde…«

»Offensichtlich wissen Sie nur wenig über die deutsche Geschichte und ›diese Hitler-Vergangenheit‹,« unterbrach Thorsten den Mann ungehalten. »Damals schaffte es ein österreichischer Einwanderer aus mir unerfindlichen Gründen, sich zum größenwahnsinnigen Diktator und Massenmörder aufzuschwingen und das deutsche Volk in einen sinnlosen Krieg zu führen. Das haftet uns noch heute an und ist wahrlich kein Ruhmesblatt für unser Land.

Die sogenannte Deutsche Demokratische Republik wurde erst sehr viel später gegründet, in Besatzungszeiten. Ein ohnehin schon genug gedemütigtes Volk von Kriegsverlierern wurde mit brutalen Mitteln in zwei Hälften zerrissen. Fortan mußte die eine Hälfte fortwährend dafür um Vergebung bitten, Hitler nicht rechtzeitig umgebracht und dadurch den Holocaust zugelassen zu haben, während die Regierung der anderen Hälfte so tat, als habe deren eingesperrte Bevölkerung mit der ganzen Sache nie etwas zu schaffen gehabt. Bevor man sich's versah, war unser einst stolzes Volk zweigeteilt in grausame Faschisten, die von so ›abgrundtief schlechten Menschen‹ wie Konrad Adenauer oder Willy Brandt angeführt wurden, und selbstlose Freiheitskämpfer, deren ›gutherzige selbstlose‹ Anführer Walter Ulbricht oder Erich Honecker hießen.«

Der Brite war über den Ausbruch etwas irritiert. Anscheinend hatte er unabsichtlich einen empfindlichen Nerv seines Gesprächspartners getroffen.

»Und wie sieht es heutzutage aus?« fuhr Thorsten Steiner grantig fort. »Die allgemeine Freude über den verdienten Zusammenbruch des DDR-Unrechtsregimes ist kaum verhallt, schon krauchen die angeschlagenen roten Ratten wieder aus ihren Löchern und pupsen lautstark herum, alles sei ja gar nicht so schlimm gewesen. Wagt es aber jemand, vorsichtig anzudeuten, daß auch die fast 65 Jahre zurückliegende Regentschaft der Nationalsozialisten eventuell ein, zwei gute Seiten gehabt haben könnte, wird derjenige öffentlich geschmäht und ins berufliche Abseits gedrängt. Schlagzeilen machte beispielsweise der Fall eines hyperaktiven Fernsehmoderators, der eine ›blonde Hexe‹ aus seiner Talkshow wies, weil ihre Meinung zu diesem Thema nicht seiner Meinung entsprach – und hinterher suhlte er sich dann im Applaus der Selbstgerechten. Soweit zur im deutschen Grundgesetz verankerten Redefreiheit! Wenn das so weitergeht, mutiert die Bundesrepublik Deutschland zu einer zweiten DDR!«

»Ich wollte doch nur...« stammelte der Brite.

Das Läuten von »Petersens« Handy ersparte ihm eine nichtssagende Rechtfertigung.

»Es sind unsere Auftraggeber«, behauptete Thorsten nach einem kurzen Blick auf das Display. »Wahrscheinlich wollen sie wissen, zu welchem Ergebnis wir inzwischen gelangt sind.«

Er zog sich aus der Lounge zurück, um ungestört telefonieren zu können. Nur wenige Menschen kannten die geheime Telefonnummer seines Notfallhandys. Einer davon war sein Knappe, ein schwieriger, aber überaus vertrauenswürdiger und loyaler Mann.

»Was gibt es, Bert?« fragte Thorsten, immer noch leicht aufgebracht. »Und gnade dir Gott, wenn es nicht wichtig ist!«

»Verzeiht mir die Störung, o ritterlicher Herr!« erwiderte Münchner spitz. »Erscheint Euch ein zweiter 11. September als wichtig genug, oder soll ich lieber später noch mal anrufen, um Euer Gnaden nicht zu belästigen?«

»Rede!« entgegnete Steiner knapp, aber mit voller Aufmerksamkeit.

Engelbert schilderte ihm auf die Schnelle, worum es ging. »Die Frankfurter Ordensbrüder sind informiert und bereits in der Börse im Einsatz«, endete der Computerspezialist. »Falls es sich bei der Druckabfallmeldung um einen echten Notfall handelt, müßte die Boeing derzeit über dem Rheingau einschweben. Wie viele Leute hast du für entsprechende Beobachtungen greifbar vor Ort?«

»Vier, mich eingeschlossen«, antwortete Thorsten entschlossen. »Danke, Bert, wir kümmern uns darum!«

Er begab sich zurück in die Lounge. »Es tut mir leid, daß ich unsere Zusammenkunft abbrechen muß, meine Herren, aber ein dringender Notfall macht unser persönliches Eingreifen erforderlich«, wandte er sich an die Beraterriege. »Es ist ohnehin alles gesagt, und ich erwarte demnächst Ihre konkreten Vorschläge. Bitte lassen Sie sich nicht zuviel Zeit damit, Sie wissen ja selbst, wie sprunghaft der Aktienmarkt ist. Auf Wiedersehen!«

Mit diesen Worten eilte er nach draußen. Seine drei Mitstreiter folgten ihm, ohne Fragen zu stellen. Ganz gleich, was getan werden mußte, sie würden es tun.

Die Personaldecke des Wächterordens war so dünn, daß nötigenfalls jeder alles können mußte. Die meisten Ordensbrüder waren Multitalente – das erhob sie über die Loge, die zwar die besten und teuersten Experten beschäftigte, darunter aber auch jede Menge Fachidioten, die nur auf ihrem Spezialgebiet wirklich gut waren und selten über ihren eigenen Tellerrand zu blicken vermochten.

Thorsten informierte seine drei Begleiter im Hinausgehen...

*

Vier Ordensbrüder hasteten aus dem Hotel. Vier Taxis standen vor dem prächtigen Eingang. Vier Männer stiegen ein und fuhren los.

Für die jeweiligen Taxifahrer wurde es ein gutes Geschäft. Ihre elegant gekleideten Fahrgäste wiesen sie an, verschiedene Landstraßen des Rheingaus, der vom Hotel aus in 25 Minuten erreichbar war, zu befahren – ohne festes Ziel und in höchstem Tempo, natürlich gegen ein anständiges Extrageld.

Die geheimnisvollen Passagiere redeten nur wenig. Sie hielten Ausschau nach verdächtigen Vorkommnissen.

Thorsten Steiner wurde als erster fündig: Am Rand einer einsam gelegenen Straße lehnte ein Mann an seinem Wagen, einem SUV – also einem nachgemachten oder Möchtegern-Geländewagen –, und rauchte gemächlich eine Zigarette. Allem Anschein nach wartete er auf jemanden, mit dessen Ankunft er nicht so bald rechnete.

»Soll ich anhalten?« erkundigte sich die rothaarige Taxifahrerin, der Thorstens Interesse an dem Raucher nicht entging.

»Auf gar keinen Fall«, antwortete er. »Fahren Sie an dem parkenden Fahrzeug vorbei, und stoppen Sie hinter der nächsten Biegung.«

Sie tat, wie ihr geheißen wurde.

»Brauchen Sie wirklich keine Hilfe?« erkundigte sie sich, als ihr Fahrgast ausstieg.

»Und was ist mit Ihnen?« entgegnete Steiner und hielt ihr ein kleines Geldbündel hin. »Brauchen Sie Hilfe, beispielsweise finanzieller Art?«

»Wer braucht die nicht?« erwiderte sie und griff nach den Scheinen. »Meine steuerfreie Altersversorgung ist noch nicht komplett.«

Thorsten zog das Geld rasch weg. »Wenn dem so ist, rate ich Ihnen, mir keine weiteren Fragen zu stellen und zu vergessen, daß Sie mich hierhergefahren haben.«

»Ich soll jemanden gefahren haben?« sagte die schon etwas in die Jahre gekommene, mit Jeans bekleidete Dame. »Wohin denn, bitte schön? Wer sind Sie überhaupt? Ich kenne Sie nicht!«

Das war es, was Thorsten hören wollte. Er bezahlte die Frau höchst überdurchschnittlich und ließ sie ihrer Wege fahren – geradeaus, ohne nochmals an dem rauchenden Mann vorbeizukommen.

*

Kaum war das Taxi seinem Blickfeld entschwunden, sah Steiner die B 757 in kaum mehr als 1000 Meter Höhe über Grund heranfliegen. Rasch nahm er seinen Feldstecher zur Hand und stellte ihn auf die entsprechende Entfernung ein. Soweit er das abschätzen konnte, liefen die Motoren auf Vollast – jedenfalls flog die Maschine ohne ausgefahrene Klappen oder Fahrwerk. Nach einem soliden Landeanflug sah das ganz und gar nicht aus.

Irgend etwas flog weg von der Maschine. Wenig später entfaltete sich ein großer Fallschirm und schwebte mit seiner Last auf den Wald herab.

Thorsten rief umgehend in der Frankfurter Abtei an. Er ordnete an, die Börse sofort räumen zu lassen.

»Und wenn ich sage sofort, dann meine ich auch sofort – in fünf Minuten ist es bereits zu spät, dann trifft die Maschine in Frankfurt ein. Erfinden Sie eine Bombendrohung oder sonst etwas, Hauptsache, die Leute verschwinden aus dem Gebäude, und zwar einschließlich unserer eigenen Männer, die offenbar in eine Falle gelockt wurden! Ich regele derweil die Dinge hier vor Ort.«

*

Thorsten Steiner näherte sich dem Mann am SUV betont gemächlich, wie ein Spaziergänger, der alle Zeit der Welt hatte. Als er auf Höhe des Wagens war, blieb er stehen und grüßte freundlich, erhielt aber keine Antwort. Der Fremde musterte ihn ebenso wortlos wie mißtrauisch.

»Darf ich Sie etwas fragen?« erkundigte sich Thorsten wie beiläufig. »Kennen Sie…?«

»Nein!« schnitt ihm der kräftig gebaute Mann barsch das Wort ab. »Ich kenne mich in dieser Gegend nicht aus. Verschwinde!«

Dem Aussehen und dem Akzent nach zu urteilen war er Türke. Thorsten war die Herkunft egal – in mancher Hinsicht teilte er die multikulturelle Einstellung der Logenbrüder. Ob einer eine dunkle oder eine helle Hautfarbe hatte, oder ob er Türke, Deutscher oder deutschtürkischer Doppelpaßinhaber war: Ein Verbrecher blieb ein Verbrecher und mußte mit allen Mitteln schachmatt gesetzt werden. Für viele Gutmenschen in Thorstens Heimatland erfüllte diese einfache Weltanschauung bereits den Tatbestand der Diskriminierung; daß diese Aktionisten mit ihrer realitätsfernen Haltung das Verbrechen überhaupt erst förderten, kam ihnen nie in den Sinn.

»Das ist ein Mißverständnis«, entgegnete Thorsten mit gewinnendem Lächeln. »Ich wollte Sie nicht nach dem Weg fragen.«

Während er sprach, schwebte er langsam in die Höhe.

»Ich wollte von Ihnen lediglich wissen, ob Sie die Orkult-Loge kennen?«

Dem SUV-Fahrer fiel vor Schreck die Zigarette aus dem Mund. Viel zu spät begriff er, wen er vor sich hatte: *einen von denen*. Ein Fußtritt, so hart, daß ihm fast der Kopf wegflog, beförderte ihn ins Reich der Träume. Thorsten schwebte wieder herab auf den Boden.

In Fernsehkrimis genügte ein einziger treffsicherer Schlag, und der Kontrahent war stundenlang bewußtlos. Das war natürlich haltloser Unsinn. Entweder erwachte der Betreffende nach einer Weile mit einem Brummschädel, oder man hatte dermaßen fest zugeschlagen, daß er nie mehr aufstand.

Eine exakt dosierte Ohnmacht ließ sich nur mit Medikamenten bewerkstelligen.

Steiner zog eine gefüllte Wegwerfspritze aus dem medizinischen Notfallpack, den er in der Innentasche seiner Jacke bei sich trug.

Das darin enthaltene Betäubungsmittel spritzte er dem Bewußtlosen in eine Armvene. Dann lud er den Mann ins Auto.

Er tastete kurz nach der zweiten Spritze in dem Päckchen.

Thorsten rechnete damit, über kurz oder lang Gesellschaft zu bekommen. Während er wartete, brachte er sich per Mobiltelefon auf den aktuellen Stand der Weltnachrichten. Seine schlimmste Befürchtung wurde wahr – eine Schreckensmeldung dominierte: Der rätselhafte Absturz einer Boeing genau in die Frankfurter Börse. Es war von zahlreichen Toten und Schwerverletzten die Rede.

Steiner war geschockt. Und er spürte, wie der Zorn auf die feigen Mörder in ihm hochkochte...

Aus der Ferne näherte sich bald darauf ein etwas erschöpft wirkender Mann, der ihm von einer Straßenkuppe aus zuwinkte. Thorsten reagierte nicht darauf, um ihn zu provozieren – ein verunsicherter, verärgerter Gegner war leichter zu besiegen.

Der einsame Wanderer kam näher – und Thorsten erkannte Uwe Arndt. Daß ein so hohes Tier der Loge es nicht für nötig hielt, auf Veränderungstechniken zu setzen wie der Orden, empfand Steiner fast schon als Frechheit. Arndt, der schon zahlreiche Menschen umgebracht hatte, sah genauso aus wie auf den Fotos, die überall in den Abteien aushingen.

Thorsten war überzeugt, daß umgekehrt in den Orkult-Tempeln Aufnahmen von seinem Vater und ihm die Runde machten, schließlich waren die Logenbluthunde hinter ihnen her. Dennoch konnte Uwe Arndt unmöglich wissen, wen er vor sich hatte, dank der Gesichtsoperation, die der junge Steiner über sich hatte ergehen lassen.

Thorsten war nicht übermittelt worden, unter welchem Namen Arndt in Tanger das Flugzeug bestiegen hatte – vermutlich hatte er seinen echten benutzt, so sicher fühlte er sich. Diese Großkotzigkeit der Loge ging ihm gehörig gegen den Strich, und er legte seinen ganzen Ärger in den Genickschlag, den er Uwe Arndt verpaßte.

Anschließend zückte er die zweite Spritze...

*

Auf der Rückfahrt rief Steiner im Kloster Thalstein an.

»Thorsten Steiner. Ich bin unterwegs zu Ihnen«, sagte er, als die Verbindung stand, »und ich bringe einen lieben Gast mit: Uwe Arndt, den Sohn des Ritterkönigs.«

Die Antwort bestand zunächst einmal aus einem verblüfften Schweigen. Dann bat man Thorsten darum, langsam von eins bis zehn zu zählen. Er kam der Aufforderung nach und vernahm leise Hintergrundgeräusche. In der hochmodern ausgestatteten Telefonzentrale prüfte man per Stimmenschnellanalyse, wie hoch die Wahrscheinlichkeit war, daß der Anruf wirklich von ihm stammte.

»In Ordnung, Herr Steiner, wir bereiten alles vor«, ertönte es schließlich aus dem Lautsprecher seines Mobiltelefons. »Können wir sonst noch etwas für Sie tun?«

»Ja, bitte benachrichtigen Sie die Zentrale in Brüssel, und lassen Sie sich dort mit Dr. Freia Thorn verbinden«, erwiderte Thorsten. »Sie soll alles stehen- und liegenlassen und auf schnellstem Wege ins Kloster kommen. Am besten, sie bringt noch zwei, drei weitere Hohe Frauen mit. Wir dürfen uns die Gelegenheit, Arndt mit deren ganz speziellen Methoden zu verhören, nicht entgehen lassen.«

Kloster Thalstein war eine ehemalige Zisterzienserabtei, etwas versteckt gelegen in einem Tal im Rheingau. Aufgrund der eindrucksvollen romanischen und frühgotischen Bauweise zählte es zu den bedeutendsten Kunstdenkmälern Hessens. Nur das berühmte Kloster Eberbach, gewissermaßen das Wahrzeichen des Rheingaus, konnte einem Vergleich mit Thalstein standhalten, wobei Eberbachs Bekanntheitsgrad vor allem in den Jahren 1985/1986 in die Höhe geschnellt war, als man dort einen Großteil der Innenaufnahmen zum düster-spannenden Kinofilm *Der Name der Rose* gedreht hatte – damit konnte Thalstein nicht aufwarten.

Beide Klöster waren mit großen Sälen ausgestattet, geeignet für stilvolle Veranstaltungen, beispielsweise für Weinproben oder Bankette. In Thalstein gab es zudem einen gewerblich angemeldeten Hotelbetrieb, allerdings nur in bescheidenem Rahmen. Mit der Zimmervermietung verdiente sich der steinreiche Winzer, dem das Kloster gehörte, ein »Zubrot«, immerhin kostete die Erhaltung des ehrwürdigen Gemäuers nicht gerade wenig – so lautete zumindest die offizielle Version für die Behörden.

In Wahrheit war jener Winzerkönig ein Mäzen des Wächterordens, und daß seine Hotelzimmer auf Jahre hinaus ausgebucht waren, hing mit seinen vielen »Stammgästen« zusammen – Ordensbrüder, die sich hier zeitweise verstecken mußten, sich zu Koordinationsgesprächen trafen oder sich einfach nur vom kräftezehrenden Kampf gegen die Logenpest erholten.

Nachdem er sein Telefonat mit Thalstein beendet hatte, versuchte Thorsten Steiner, seinen Vater zu erreichen. Ursprünglich hatten sich die beiden für den Nachmittag in Wiesbaden verabredet, doch daraus wurde ja jetzt nichts mehr. Thorsten wollte ihm das Kloster als neuen Treffpunkt vorschlagen.

Dietrich Steiner hatte sein Handy nicht eingeschaltet, demnach befand er sich wohl in einem Einsatz.

Thorsten hinterließ ihm eine Mitteilung auf der Mailbox, mit einem unguten Gefühl. Sein Vater hatte des Morgens im geheimen Frankfurter Ordenshaus, einer verhältnismäßig kleinen Abtei, etwas zu erledigen gehabt. Womöglich hatte er sich dort freiwillig zur Bombensuche in der Börse gemeldet, das paßte zu ihm. Aber war er auch rechtzeitig wieder aus dem gefährdeten Gebäude herausgekommen?

Dietrich Steiner, ein 1,86 Meter großer Achtzigkilomann, bekleidete im Wächterorden einen hohen Posten und war ein enger Freund des Ordensmeisters. Seit vielen Jahren war er als Topagent der Wächter der Schwarzen Sonne weltweit unterwegs, und er hatte der Loge schon so manches Schnippchen geschlagen. Genau wie Thorstens verstorbener Großvater Eugen war er im verborgenen tibetischen Kloster Agarthi – benannt nach der gleichnamigen heilbringenden Sonnenkraft – ausgebildet worden.

Auch Thorsten hatte drei Jahre lang in jenem Kloster gelebt und dort das *Phukor* durchlaufen. Unter anderem hatte man ihm beigebracht, die ihm angeborene Gabe der Levitation praktisch anzuwenden, doch höchstwahrscheinlich steckte noch viel mehr in ihm. Das Tragische daran war: Der jüngste Sproß der Steinerfamilie konnte sich an seinen Klosteraufenthalt nicht mehr erinnern. Aus unbekanntem Grund fehlte ihm die komplette Erinnerung daran – die drei Jahre in Agarthi waren einfach aus seinem Gedächtnis verschwunden. Ein Teil seiner Fähigkeiten ebenfalls?

Wie es zu dem Aussetzer gekommen war und wer ihm das angetan hatte, vermochte er nicht zu sagen. Er erinnerte sich vage an die Begegnung mit dem »Engel der Schwarzen Sonne«, mitten im tiefsten Schneesturm...

Danach war er übergangslos und drei Jahre später in einer kleinen Landarztpraxis im Himalaja erwacht.

Das Agarthi-Kloster hatte er seitdem nie mehr aufgesucht. Genau wie sein Vater kannte er nur dessen ungefähre Lage und wußte nicht exakt, wo es sich befand. Es hieß, die Mönche könnten nur gefunden werden, wenn sie gefunden werden wollten.

Trotz seiner unerklärlichen Gedächtnislücke hatte sich Thorsten Steiner ein neues Leben als erfolgreicher Geschäftsmann aufgebaut – das ihm die Mörder der Loge brutal zerstört hatten, weil sie in ihm den Dritten Sargon vermuteten. Seither kämpfte er für den Orden gegen die Übermacht von Orkult.

Thorsten gab tüchtig Gas, um so früh wie möglich im Kloster Thalstein einzutreffen und seinen bewußtlosen Mitfahrer loszuwerden. Arndts Logenfahrer hatte er wieder aus dem Fahrzeug gezogen und am Rand der Landstraße in einem dichtbewachsenen Graben zurückgelassen, ihm stand nach dem Erwachen ein längerer Fußweg bevor. Den Wagen würde der Orden umspritzen und als »Kriegsbeute« behalten.

Steiner freute sich schon auf sein Wiedersehen mit Freia. Beide hatten sich eine Weile nicht gesehen.

Dr. Freia Thorn war eine gebürtige Münsteranerin, obwohl sie eigentlich aus Norwegen stammte. Im September 1978 war sie sechs Wochen zu früh auf die Welt gekommen, als ihre Eltern in Deutschland Urlaub gemacht hatten. Seither hatte sie sich prächtig entwickelt: 1,81 Meter groß, 59 kg leicht, lange blonde

Haare, unergründlich-tiefblaue Augen, klassisch-schönes Gesicht mit hoher Stirn, attraktive Figur. Freia war eine hervorragende Ärztin und vor allem eine Kapazität auf dem Gebiet kosmetischer Chirurgie sowie eine begabte Fremdsprachenexpertin, die manchmal auf Außeneinsätzen als Dolmetscherin eingesetzt wurde.

Im Sajaha-Bund – einem eigenen Frauenverband innerhalb des Wächterordens, der sich um die spirituellen Angelegenheiten kümmerte – trugen alle so langes Haar wie sie. Unter den Hohen Frauen bekleidete Freia die dritthöchste Position, lehnte aber, trotz vorliegender Angebote, weitergehende Aufstiegsmöglichkeiten ab, um ihrer eigentlichen Aufgabe besser gerecht werden zu können: der Menschheit beizustehen und die Orkult-Loge aus dieser Welt zu verjagen. Sie hatte eine psychologische Ausbildung absolviert, kehrte das aber nie heraus.

Zwischen Thorsten Steiner und Dr. Freia Thorn hatte sich vorsichtig eine zärtliche Romanze entspannt. Sie mochten sich sehr, waren aber noch weit davon entfernt, eine Liebschaft oder gar eine feste Bindung einzugehen. Sowohl Thorsten als auch Freia warteten erst einmal ab, wie sich ihre freundschaftliche Beziehung entwickelte – beide waren sie gebrannte Kinder, die das Feuer scheuten.

Thorstens Trennung von der Möchtegernkünstlerin Marianne »Mandy« Winter lag noch nicht lange zurück. Die teuflisch schöne Frau verstand sich perfekt darauf, Männer zu verwirren und für sich zu vereinnahmen. Sie hatte sich von Thorsten aushalten lassen und war ihm auf der Nase herumgetanzt – bis ihm der Kragen geplatzt war, und er sie vor die Tür gesetzt hatte.

Um ihn an sich zu ketten, hatte sie ihm am Tag ihres Rauswurfs mitgeteilt, heimlich die Pille abgesetzt zu haben und ein Baby von ihm zu erwarten. Dennoch hatte er sich nicht umstimmen lassen…

Da er behördlicherseits als tot galt – man hatte seinen zerfetzten Leichnam und Teile seines Ausweises auf einem belgischen Bauerngehöft gefunden, unter rätselhaften Umständen –, konnte sie keine Alimente mehr von ihm fordern. Trotzdem wollte sich »der Tote« nicht vor seiner Verantwortung drücken, daher hatten Beschatter des Ordens Mandy eine Weile unbemerkt beobachtet. Von Anfang an war ihr jedoch von einer Schwangerschaft nichts anzumerken gewesen. Demzufolge war sie entweder ein medizinisches Wunder oder eine infame Lügnerin – oder sie hatte ihr Baby sogar abgetrieben, wie sie es ihm seinerzeit bereits auf dem Anrufbeantworter angedroht hatte. Mandy liebte es, mit dem Entsetzen zu spielen. Nachforschungen bei entsprechenden Kliniken hatten nichts Konkretes ergeben, weshalb wohl eher der zweite Fall zutraf.

Freia Thorns letzte feste Beziehung war ebenfalls Knall auf Fall in die Brüche gegangen. Achtzehn Monate lang hatte sie geglaubt, die Liebe ihres Lebens gefunden zu haben, bis sie dahintergekommen war, daß ihr Freund während ihrer berufsbedingten häufigen Abwesenheit noch andere Frauen mit seinem Charme beglückt hatte – und nicht nur damit.

»Ich brauche das, deshalb solltest du dich besser daran gewöhnen, mich zu teilen«, hatte er ihr grausam klargemacht. »Keine Sorge, du wirst immer meine Hauptfrau bleiben, komme was wolle. Willst du mich heiraten?«

Im nachhinein fragte sich die schöne Ärztin, ob wohl jemals eine Frau einen unverschämteren Heiratsantrag bekommen hatte. Sie hatte es jedenfalls abgelehnt, als oberste Konkubine seinem Harem beizutreten und die Beziehung zu ihm rigoros abgebrochen. Seitdem hatte sie nichts mehr von ihm gehört, doch sie hatte keinen Zweifel daran, daß er den »Trennungsschmerz« längst in den Armen von ein paar Nebenfrauen überwunden hatte.

Treue und Verläßlichkeit waren ihr wichtiger denn je, sowohl im Beruf als auch im Privatleben. Wie es in dieser Hinsicht um Thorsten Steiner bestellt war, vermochte sie nicht zu sagen, dafür kannte sie ihn noch zuwenig. Freia spielte allerdings mit dem Gedanken, ihm – und vor allem sich selbst – eine ehrliche Chance zu geben; schließlich war sie keine keusche Nonne, auch wenn sie ihr Leben einem Orden verschrieben hatte.

Die Hohen Frauen verfügten nicht über die Gabe der Levitation, die blieb den Ordensbrüdern vorbehalten. Statt dessen besaßen Freia und andere Mitglieder des Sajaha-Bundes eine eigene besondere Fähigkeit, eine genetisch bedingte Kraft, die bei den betreffenden Ordensschwestern allerdings mittels einer speziellen Ausbildung und langem Training erst geweckt werden mußte. Sie konnten Männer, die sich völlig entspannt hatten, dazu bringen, ihnen die Wahrheit zu sagen.

Sicherlich schafften es auch manche Ehefrauen, ihre Gatten im Schlaf auszuhorchen, doch die konnten sich nie sicher sein, ob sie nicht belogen wurden, weil der vermeintliche Schläfer nur so tat, als ob er weggetreten sei. Die Hohen Frauen zu belügen war hingegen unmöglich, sie spürten das sofort. Ihnen etwas zu verschweigen war ebenfalls völlig ausgeschlossen.

Vor allem deshalb zögerte Thorsten Steiner noch, sich mit Freia Thorn näher einzulassen. Wahrheit war für ihn ein hohes Gut, doch keine Zweierbeziehung kam ohne ein paar kleine Notlügen aus. Während Freia jedoch schwindeln konnte, was das Zeug hielt, mußte er jedesmal befürchten, daß sie mit ihm eine Vernehmung durchführte, sobald er eingeschlafen war – und am nächsten Morgen wußte er dann nichts mehr davon.

Für eine derartige Beziehung brauchte man vor allem eines: sehr viel Vertrauen zueinander.

*

Thorstens Sorge um seinen Vater war glücklicherweise unnötig – sein alter Herr konnte gut und gern auf sich selbst aufpassen, und er erfreute sich bester Gesundheit. Nachdem er seine Mailbox abgehört hatte, fuhr er zum Kloster Thalstein, wo er als erstes mit dem Eigentümer des altehrwürdigen Anwesens zusammentraf.

Erhard Dollinger erblickte Dietrich Steiner im Klostergarten. Der Sonnenwächter war über die Mauer geschwebt, weil das Tor am Außenparkplatz abgeschlossen war und er keine Lust gehabt hatte, zum Haupttor zu gehen. Dollinger ging zu ihm, um ihn zu begrüßen. Er reichte ihm die Hand – und plötzlich war Steiner verschwunden. Als sich der Winzer verwirrt umblickte, stand sein Besucher überraschenderweise hinter ihm. Wie hatte er das gemacht?

Am Abend saßen dann alle beieinander: die Steiners, Dr. Freia Thorn, drei weitere Hohe Frauen, die am Börseneinsatz beteiligten Männer sowie einige zeitweise im Kloster untergebrachte Ordensbrüder.

Erhard Dollinger, der sechzigjährige Besitzer des Anwesens, war natürlich ebenfalls mit dabei.

Sein Engagement für die Wächter der Schwarzen Sonne war nicht ganz selbstlos. Trotz seiner angehäuften Reichtümer war sein Dasein bislang ziemlich langweilig verlaufen: ein paar erfolgreiche Geschäfte hier, ein paar noch erfolgreichere Geschäfte da... Für eine Familiengründung hatte ihm immer die Zeit gefehlt, und wenn er auf Reisen gegangen war, dann nur, um irgendwo in fernen Städten weitere erfolgreiche Geschäfte zu machen. Richtig gelebt hatte er nie.

Erst seit der Orden in sein Leben getreten war, war selbiges wirklich aufregend. Dollinger und die Sonnenwächter gegen den Rest der verkorksten Welt – das gefiel ihm.

Mit modernsten Mitteln war das Kloster inzwischen zu einer uneinnehmbaren Festung ausgebaut worden, an der sich zu früheren Zeiten jede Belagerungsarmee die Zähne ausgebissen hätte. Die Orkult-Loge kannte die jeweiligen Standorte der Ordenshäuser und sonstigen Verstecke nicht. Falls sie doch einmal eine Abtei ausfindig machte, wurde die vom Orden sofort verlegt – was die marodierenden Logentruppen nicht davon abhielt, die betreffenden Gebäude noch im nachhinein sinnlos zu zerstören, auch wenn sie leerstanden. Selbst vor denkmalgeschützten Häusern machten sie nicht Halt, diese Barbaren hatten eben keinen Sinn für Kultur. Dollinger war sich des Risikos bewußt, und er war bereit, im Fall einer Entdeckung seinen Besitz bis aufs Messer zu verteidigen.

Gegen eine herabstürzende Boeing hätte allerdings auch ein wehrhafter Mensch wie er nichts ausrichten können.

Im historischen Konferenzsaal des Klosters – einst hatte hier die Inquisition getagt – waren schon den ganzen Tag über unablässig zwei Fernseher in Betrieb. Auf großen Wandbildschirmen sah man immer wieder die gleichen blutigen Bilder vom feigen Anschlag auf die Frankfurter Börse, und die Journalisten wurden nicht müde, fortwährend von den vier schwebenden Männern zu berichten, obwohl es weder Aufnahmen von ihnen noch von ihrem Fluchtwagen gab, da die einzige Kamera auf dem Vorplatz im entscheidenden Moment ausgesetzt hatte.

An Handy-Kameras hatte in diesem Augenblick entweder niemand gedacht, oder auch sie hatten aus unerfindlichen Gründen versagt.

Auch Zeugen des Vorfalls waren rar gesät, weil diejenigen, die sich so nahe am Ort des Geschehens aufgehalten hatten, daß sie etwas Brauchbares hätten aussagen können, den Tod gefunden hatten – unter ihnen Otto Graf, der Reporter der ersten Stunde.

Die Antworten der meisten Befragten begannen standardmäßig mit: »Eigentlich war ich ja viel zu weit weg...«

»... weshalb ich die vier nur ungenau erkennen konnte. Sie trugen olivgrüne Kampfanzüge oder dunkelrote Trainingsanzüge, glaube ich.«

»Es war schier unglaublich. Die vier sprangen ohne Seile vom Dach und prallten hart auf dem Boden auf, ohne sich sämtliche Knochen zu brechen.«

»Nein, sie sprangen nicht! Sie schwebten herab wie Federn im Wind – trotz der schweren Maschinengewehre, die sie in den Händen hielten.«

»Ihre Anzüge waren schwarz, und sie trugen Pistolenhalfter. Einer der Männer hatte einen dicken Bauch, dem zweiten war die Kleidung viel zu groß, der dritte hatte eine Art Rucksack bei sich, und der vierte schwebte von der Dachkante aus erst einmal ein Stück in die Höhe – überaus schnell, wie ein Katapultgeschoß –, bevor er sich wie die anderen langsam in die Tiefe senkte.«

»Genau, es waren die reinsten Luftartisten. Einer von denen gab noch eine Zugabe fürs Publikum, indem er über der Menschenmenge kreiste und uns allen zuwinkte.«

Bruder Bernard schaltete den Ton an beiden Fernsehgeräten leiser. »Das ist ja unerträglich! Niemand hat wirklich etwas gesehen, aber alle drängeln sich vor die Kameras der Reporter, weil man heutzutage nur dann als bedeutsam gilt, wenn man mindestens einmal in seinem Leben in der Glotze zu sehen war. Von wegen dicker Bauch!«

»Zumindest dieser Zeuge hat sich als sehr guter Beobachter entpuppt«, meinte Dietrich, ohne das näher zu erläutern.

Man merkte ihm an, daß ihm etwas auf dem Herzen lag, doch statt sich den anderen mitzuteilen, zog er es erst einmal vor zu schweigen.

»Über der Menge kreisen«, murmelte Dollinger und kratzte sich nachdenklich am Kinn. »Ist so etwas überhaupt möglich?«

Bodo Labahn schüttelte den Kopf. »Natürlich nicht. Die Flugbegabten unter unseren Ordensbrüdern, und das sind eine ganze Menge, besitzen lediglich die Gabe der Levitation – sprich: Sie können sich erheben oder sanft auf etwas herabschweben, nicht mehr und nicht weniger. Wollen sie sich seitwärts bewegen, müssen sie sich irgendwo abstoßen, wie wir es bei unserem Einsatz in der Fabrik in Vietnam getan haben. Aber auch im Freien gibt es bedingte Möglichkeiten, die Richtung zu wechseln, beispielsweise durch bestimmte antrainierte Armbewegungen, wobei es von Vorteil ist, mit dem Wind zu schweben. Diese Methode ist jedoch unheimlich anstrengend und daher nur für eine kurze Strecke geeignet.«

»Eine weitere Anwendungsmöglichkeit ist der Schwebegang«, ergänzte Werner Wendt. »Man erhebt sich ein paar Zentimeter vom Boden und ›geht‹ los. Auf diese Weise kommt man sehr viel schneller voran als beim normalen Gehen, allerdings muß man sich gut konzentrieren, sonst kommt man aus dem Takt. Für welche Art der Fortbewegung sich ein Sonnenwächter auch immer entscheidet, eines sollte er stets berücksichtigen: Wer hochkommt, kommt auch wieder herunter – das ist ein Naturgesetz. Unsere Gabe funktioniert nur für begrenzte Zeit, dann müssen wir erst einmal ruhen, um frische Kräfte zu tanken.«

»Faszinierend«, meinte Erhard Dollinger. »Schade, daß mir keine derartige Fähigkeit in die Wiege gelegt wurde.«

»Das kann man nie wissen«, sagte Dietrich. »So mancher Nord- und Westeuropäer würde staunen, wüßte er, was so alles in ihm steckt. Vereinzelte Ordensbrüder können sogar mehr als nur levitieren. Thorsten beispielsweise hatte in verschiedenen

Extremsituationen Visionen und Vorahnungen. Ich bin überzeugt, daß damit noch längst nicht das Ende der Fahnenstange erreicht ist. Das Logengesocks glaubt sogar, er sei der zukünftige Sargon, deshalb gilt er allerorten als Orkultfeind Nummer eins.«

»Was auch immer diese Schwachmaten von mir denken oder über mich verbreiten, nichts davon ist wahr«, warf Thorsten ein. »Falls die Sajaha-Prophezeiungen zutreffen, erscheint 2012 oder etwas später eine Art Gottheit auf der Erde, um die in Schieflage geratene Menschheit wieder geradezurücken. Wäre ich zu so etwas befähigt, müßte ich es doch wissen.«

Nur einige wenige Eingeweihte, darunter von Hutten, Dr. Thorn und Münchner, hatten Kenntnis von seiner Dreijahresgedächtnislücke, ansonsten behielt er dieses Geheimnis lieber für sich. Seinen Aufenthalt im Kloster Agarthi stritt er zwar nicht ab, schließlich deutete alles darauf hin, daß er tatsächlich dort gewesen war, aber er band die Sache nicht jedem ungefragt auf die Nase. Innerhalb des Wächterordens kursierten schon genug Gerüchte über ihn, die wollte er nicht noch unnötig mehren.

Auch Dietrich Steiner glaubte nicht so recht daran, daß sein Sohn der angekündigte Dritte Sargon war. Falls doch, würde Thorsten 2012 in erhebliche Schwierigkeiten geraten. Wie sollte er die Welt davor bewahren, in ihrem eigenen Sündenpfuhl zu ertrinken, wenn er sich nicht mehr an seine Vorbestimmung und seine Fähigkeiten erinnerte? Die Loge hätte dann leichtes Spiel mit ihm.

Freia Thorn ergriff die Fernbedienung und stellte einen der Fernseher wieder lauter. Anschließend wählte sie ein anderes Programm. Auch dort wurde über den Anschlag auf die Börse berichtet.

»... bleiben viele Fragen offen. Wer war der anonyme Anrufer, der einen Bombenanschlag androhte und dadurch die sofortige Evakuierung der Börse veranlaßte? Obwohl bei der entstehenden Panik zahlreiche Menschen noch vor dem Einschlag der Boeing umkamen – die von Todesangst getriebenen Horden trampelten alles nieder, was ihnen im Wege stand –, sind sich die Analytiker einig, daß ohne die eingegangene Bombendrohung die Anzahl der Todesopfer um ein Zehnfaches höher gewesen wäre. Der Anrufer hat somit sehr vielen Menschen das Leben gerettet.

Doch ist er deshalb ein Samariter? Oder nur ein Terrorist, der plötzlich ein schlechtes Gewissen bekam? Gleich mehrere Terrororganisationen haben sich zu der feigen Tat bekannt, allen voran El-Kaida, jene berüchtigte islamistische Verbrecherorganisation, die sich grundsätzlich zu allem bekennt, das mit blutigem Terror und namenlosem Entsetzen verbunden ist.«

»Müssen wir uns das wirklich anhören?« fragte Dietrich entnervt und stellte den Apparat mit der zweiten Fernbedienung leiser. »Die Journalisten und Kommentatoren verzetteln sich immer mehr in ihren eigenen Hypothesen. Einige mutmaßen sogar, ihr ums Leben gekommener Kollege Otto Graf habe die vier Schwebenden nur zum Scherz erfunden – als ob ein Profi wie er in einer solchen Situation makabre Witze reißen würde.«

»Würden Sie uns endlich detailliert berichten, was wirklich passiert ist, müßten wir uns nicht mit den Spekulationen der Fernsehreporter begnügen, Herr Steiner«, meinte Freia. »Ihre Kurzversion der Ereignisse war nur wenig ergiebig, das genügt mir nicht. Ich bin nun einmal eine Frau, und Frauen sind bekanntlich neugierig.«

Sie drehte erneut am Lautstärkeregler, was mit beiden Fernbedienungen möglich war. Thorsten schmunzelte. Die schöne Ärztin ließ sich nichts gefallen, das gefiel ihm.

»Im Gefolge des Anschlags auf die Börse sind die Aktienkurse weltweit abgestürzt«, ertönte es aus dem Apparat. »Der New Yorker Dow Jones sank sogar auf den tiefsten Stand seit 1958. Experten halten das für überzogen und glauben an eine rasche Erholung der Märkte.«

Thorstens Vater schaltete beide Geräte seufzend aus. »Na schön, ihr habt gewonnen. Eigentlich wollte ich meinem schriftlichen Bericht nicht vorgreifen, doch wenn ihr alle darauf besteht, schildere ich euch das Geschehen in aller Ausführlichkeit.«

»Ich bitte darum«, erwiderte Erhard Dollinger. »Darauf freue ich mich schon den ganzen Abend.«

*

»Wie ich bereits erwähnte, hielt ich mich in unserer Frankfurter Abtei auf, als der Anruf vom Ordensmeister einging«, begann Steiner senior. »Thorsten und ich hatten uns für heute abend in Wiesbaden verabredet, aber der Alarm aus Brüssel kam uns dazwischen. Ich übernahm die Leitung der Durchsuchungsaktion, orderte einen mit modernster Technik ausgestatteten Fluchtwagen und ließ rasch das elektronische Handwerkszeug zusammenstellen. Außerdem benötigten wir leichte dehnbare Spezialanzüge, die sich zusammengefaltet problemlos am Körper verbergen und auseinandergefaltet über die normale Oberbekleidung streifen ließen. Da die ganze Aktion möglichst unauffällig vonstatten gehen sollte, nahm ich nur drei Ritter mit, obwohl mir im Ordenshaus noch mehr Freiwillige zur Verfügung gestanden hätten – im Prinzip die gesamte Abtei. Zum Fluchtwagenfahrer bestimmte ich einen technisch versierten Knappen.«

Die drei genannten Ritter waren im Klostersaal persönlich anwesend.

Bruder Bernard, ein im Saarland geborener Franzose mit deutschem Paß, war 56 Jahre alt und Privatsekretär des Ordensmeisters. Von Hutten setzte den gedrungenen Mann mit dem ansehnlichen Wanst gern bei Außeneinsätzen ein, da es sich bei ihm um einen erfahrenen Kämpfer handelte. Brauchbare Sekretäre gab es schließlich wie Sand am Meer, wie man an Achim Wiesnbach ersah, aber wirklich gute Frontkämpfer waren rar gesät.

Bodo Labahn war ein waschechtes Ordensfossil, das im Jahre 1942 seinem Dinosaurierei entschlüpft war. Als direkter Nachfahre von Ansgar Labahn, der im zwölften Jahrhundert einige brisante Pergamentfetzen entdeckt hatte, auf denen starke Zweifel am Wahrheitsgehalt des Alten Testaments geäußert wurden, was damals noch als Gotteslästerung gegolten hatte und mit dem Tode bestraft wurde, war Bodo geradezu prädestiniert für eine Mitarbeit im Orden. Den Falten in seinem Gesicht nach zu urteilen, hätte er mindestens 80 Jahre alt sein müssen, doch er war sportlich wie ein Vierziger.

Mit einem Dreißigjährigen wie Werner Wendt konnte Bodo allerdings nicht mithalten. Wendt, den die Ordensbrüder wegen seiner Gelenkigkeit gern Wendy nannten, war nur 1,62 m groß, wog knapp 60 Kilo und hatte verdammt flinke Beine. Zudem war er ungeheuer potent. Seine geräumige Wohnung in der Frankfurter Innenstadt war von vier Kindern unterschiedlichen Alters bevölkert – und von einer gebärfreudigen putzmunteren Ehefrau, die nach dem vierten Baby die Notbremse gezogen und ihrem Gatten nach dem Verlassen des Kreissaals ein Päckchen Kondome in die Hand gedrückt hatte.

»Die Pille vertrage ich nicht, und andere Verhütungsmittel sind mir zu unzuverlässig«, hatte sie zu ihm gesagt. »Entweder wir benutzen ab jetzt Kondome, oder ich liege in einigen Monaten erneut in der Klinik, und der Arzt überreicht mir lächelnd das nächste Baby mit den Worten: Nummer fünf lebt!«

Seither hatte sich die Anzahl der Familienmitglieder auf insgesamt sechs eingependelt – allerdings hatte der Älteste seine Eltern kürzlich gefragt, ob er einen Hund haben dürfe...

»Auf dem Vorplatz interviewte ein Reporter von n-tv einige Börsianer und fragte sie provozierend, wer sich an der derzeitigen Finanzkrise bereicherte und auf wessen Privatkonten die Milliarden lagerten, die dem Weltfinanzmarkt entzogen wurden«, fuhr Dietrich Steiner fort. »Am liebsten wäre ich zu ihm gegangen und hätte ihm geraten, einmal bei der Loge von Orkult nachzufragen – was ich aus Geheimhaltungsgründen selbstverständlich unterließ. Bis auf Bruder Bernard, der die Vibro-Alarmfunktion aktivierte, schalteten wir unsere Mobiltelefone ab, bevor wir hineingingen. Jeder von uns trug eine Pistole in einem verborgenen Schulterhalfter.

Heimlich schauten wir uns in allen öffentlich zugänglichen Räumen um. In einer rucksackähnlichen Tasche hatten wir getarnte kleine Sprengstoffspür- und Peilgeräte mit dabei.

Zunächst fanden wir nichts, bis Bodo ein Funksignal auf einer unüblichen Frequenz anpeilte. Es schien vom Dach zu kommen. Just in jenem Augenblick erreichte uns über Bernards Mobiltelefon die erste Warnung vor der herannahenden B 757. Wir nahmen sie ernst, leiteten aber trotzdem nicht den sofortigen Rückzug ein, nicht jetzt, wo wir fündig geworden waren. Noch war die Maschine weit genug weg, und wir wollten unter allen Umständen aufs Dach, komme was da wolle.

Bis wir einen geeigneten Aufgang gefunden hatten, der nicht von Kameras beobachtet wurde, verstrichen wertvolle Minuten. Und dann kam uns zu allem Überfluß auch noch dieser Riesenkerl in die Quere...«

*

Der hünenhafte, etwa fünfunddreißigjährige Mann, der Werner Wendt im Treppenhaus mit verschränkten Armen und finsterer Miene gegenüberstand, war zweifelsfrei ein Grieche, dessen war er sich absolut sicher.

Er hatte bereits des öfteren in Griechenland Urlaub gemacht; dieses Land hatte es ihm irgendwie angetan, allem voran die historischen Kulturdenkmäler. Auch mit der Bevölkerung kam er recht gut klar, man konnte ihn fast schon als Griechenexperten bezeichnen. Zwar hatte er mitunter Schwierigkeiten, Spanier und Italiener auseinanderzuhalten, aber einen echten Griechen hätte er in jeder internationalen Gruppe auf Anhieb entdeckt.

Sein Erfolgsgeheimnis war eigentlich gar keines, denn es fiel einem regelrecht ins Auge: Werner brauchte sich nur die Nase einer männlichen Person anzusehen, und schon wußte er, ob der Betreffende griechischer Abstammung war oder nicht. Eine klassische griechische Nase war etwas Einmaliges, etwas Hervorstechendes – ein typisches Erkennungsmerkmal.

Solche Feststellungen traf Werner völlig wertfrei. Es wäre ihm nie in den Sinn gekommen, Angehörige eines anderen Volkes zu beleidigen – zumindest nicht grundlos.

»Wo wollen Sie hin?« fragte der griechische Hüne mit tiefer Stimme; erstaunlicherweise sprach er akzentfrei deutsch.

Die Frage richtete sich an Wendt und seine drei Begleiter, die hinter ihm auf den Stufen standen, in Reih und Glied, denn der obere Teil des Treppenhauses war nicht sonderlich breit. Der

Ausstieg zum Dach befand sich bereits in Sichtweite. Es gab noch andere Wege nach oben, doch dieser Teil des Gebäudes konnte vom Wachpersonal nur schwer eingesehen werden. Daß sie ausgerechnet hier einem übereifrigen Hausmeister begegnen würden, damit hatten die vier Ordensbrüder nicht gerechnet.

Der bartlose große Mann trug einen grauen Kittel und war mit einem Schlüsselbund und einem Besen »bewaffnet«. Sonstige Waffen hatte er scheinbar nicht bei sich – wenn man von seinen mächtigen Händen absah, die sich bestimmt zu gewaltigen Fäusten ballen ließen.

»Soll ich ihn übernehmen, Wendy?« raunte Bruder Bernard seinem Mitstreiter zu. »Der Lulatsch ist wohl eher meine Gewichtsklasse.«

»Danke, aber ich gedenke, mich friedlich mit ihm zu einigen«, flüsterte Wendt und wandte sich wieder an den Hausmeister. »Wir möchten gern aufs Dach, mein Guter. Wären Sie bitte so freundlich, beiseitezutreten?«

Der Gefragte rührte sich nicht vom Fleck. Lediglich Bodo Labahn, Bruder Bernard und Dietrich Steiner kamen dieser Aufforderung nach und preßten sich dicht an die Wand. Jeder der drei hatte bereits mit Wendy zusammengearbeitet; daher wußten sie, daß es immer dann gefährlich wurde, wenn er einen höflichen Tonfall anschlug.

»Der Ausstieg ist abgeschlossen«, antwortete der Hüne knapp.

Werner deutete auf den Schlüsselbund, den der Hausmeister in der Hand hielt. »Einer dieser praktischen Türöffner paßt doch sicherlich ins Schloß, nicht wahr? Würden Sie uns den betreffenden Schlüssel bitte kurz ausleihen?«

Der Große kam sich allmählich veralbert vor und verlor die Fassung. »Wo ich herkomme, veranstalten wir an den Wochenenden traditionelles Zwergenwerfen. Mal sehen, wie gut ich noch in Form bin.«

Er stellte den Besen beiseite, ließ die Schlüssel in der rechten Kitteltasche verschwinden und streckte seine Mordspranken nach dem vermeintlich wehrlosen Winzling aus, der ihm kaum bis zur Brust reichte...

Wendy, dem man nachsagte, daß ihn noch nie jemand zu fassen bekommen hatte, machte seinem Spitznamen alle Ehre. Geschickt entzog er sich dem Griff, was ihm gleich darauf noch ein zweites Mal gelang – eine wahre Meisterleistung angesichts der beengten Umgebung. Beim dritten Zugriff nutzte Wendy den Schwung des immer zorniger werdenden Riesen, zog kräftig an seinem Ärmel und beförderte ihn die Treppe hinunter. Hätten ihm Dietrich und die anderen nicht vorsorglich Platz gemacht, hätte der Fallende sie mit sich gerissen.

Benommen blieb der Hausmeister auf dem unteren Treppenabsatz liegen. Labahns Handkantenschlag gab ihm den Rest. Bodo nahm ihm den Schlüsselbund ab.

Nun mußte nur noch der richtige Schlüssel gefunden werden.

»Irgendwie sehen sie alle gleich aus«, meinte Bruder Bernard, der sich an der Tür redlich abmühte.

»Dabei habe ich ihn höflich um die Aushändigung des Türschlüssels gebeten und sogar ›bitte‹ gesagt«, entgegnete Wendt verständnislos. »Doch obwohl ich mit Griechen normalerweise bestens zurechtkomme, scheint dieser hier ein besonders aggressives Exemplar seiner Spezies zu sein.«

»Wieso Grieche?« wunderte sich Bodo. »Das war ein typisch deutscher Blockwart, der schlecht bezahlt wird, nicht viel zu melden hat und sich nur wichtig machen wollte.«

»Seit wann veranstaltet man in Deutschland Zwergenwerfen als Volkssport?« warf Steiner ein. »Meines Wissens nach übt man dieses unkulturelle Spektakel in...«

Niemand würde je erfahren, was er sagen wollte, denn in diesem Augenblick öffnete Bernard die Tür, und alle vier begaben sich sofort nach draußen. Man hatte durch den kleinen Zwischenfall schon genug Zeit verloren.

Der Rest ging wesentlich schneller vonstatten. Das verräterische Funksignal führte die Männer zu einem nicht sonderlich großen Sender mitten auf dem Dach. Weit und breit war niemand zu sehen. Dietrich vermutete, daß der Hausmeister das Gerät aufgestellt und eben noch ein letztes Mal auf seine Funktionstüchtigkeit hin überprüft hatte.

Der Sender strahlte ein Dauerpeilsignal aus. Offenbar bewahrheitete sich der furchtbare Verdacht, der in der ersten telefonischen Warnung geäußert worden war: Die marokkanische Boeing war auf dem Flug hierher.

Wie aufs Stichwort vibrierte Bruder Bernards Handy erneut. Die Frankfurter Abtei forderte die vier Ritter jetzt noch eindringlicher auf, die Börse sofort zu verlassen. Bernard berichtete von dem Sender.

»Sofort zerstören!« lautete die Anordnung.

»Schon passiert!« erwiderte er und schaute zu Bodo Labahn, der das Peilsignal auf unkonventionelle Weise abschaltete, indem er den Sender in seine Einzelteile zerschmetterte.

Dietrich bezweifelte, daß das genügte, um die Flugbahn der Maschine gravierend zu verändern. Die Börse befand sich nach wie vor im Visier der Orkult-Terroristen. Steiner zog einen Zettel aus seiner Hemdtasche, nahm Bernard, der sein Gespräch gerade beendete, das Mobiltelefon aus der Hand und wählte die Nummer der Börsenleitung, die er sich vorsorglich notiert hatte.

Derweil suchte Wendy mit einem starken Feldstecher den Himmel ab. Aus der Ferne sah er einen Punkt näherkommen.

»Bei den 600 km/h, die ein so großes Flugzeug in dieser niedrigen Höhe mit Vollast erreicht, bleiben uns jetzt noch ungefähr fünf Minuten zum Abhauen«, bemerkte er.

Als er sah, wie erstaunt Bernard und Bodo ihn ansahen, fügte er hinzu: »Was ist? Ich fliege mit Frau und Kindern viel in Urlaub und interessiere mich daher für Passagierflugzeuge. Schließlich will man als verantwortungsbewußter Familienvater wissen, wie schnell und sicher solche Maschinen sind.«

»Hören Sie mir gut zu, oder schneiden Sie das Gespräch mit, denn was ich Ihnen jetzt sage, sage ich Ihnen nur ein einziges Mal, mehr Zeit haben wir nicht!« sprach Dietrich laut und deutlich ins Telefon. »Im Gebäude der Frankfurter Börse befindet sich eine Bombe von ungeheurer Sprengkraft. Warnen Sie die Menschen über Lautsprecher! Die Börse muß sofort – ich betone: sofort! – geräumt werden! Eine gesittete Evakuierung ist nicht mehr möglich, weil die Bombe in zirka fünf Minuten alles zerstören wird. Tun Sie, was ich Ihnen sage, und retten Sie dann Ihr eigenes Leben! Viel Glück!«

Retten Sie Ihr eigenes Leben! Diese Parole galt jetzt auch für die vier Ritter des Wächterordens. Sie holten die zusammengefalteten, am Innenfutter ihrer Jacken befestigten dehnbaren Kampfanzüge hervor und schlüpften mitsamt ihrer normalen Kleidung hinein. Bruder Bernard brachte seinen Bauch nur mit viel Mühe unter, während Werner Wendt noch locker Platz für ein halbes Schwein gehabt hätte. In der Kleiderkammer hatte man auf die Schnelle eine Einheitsgröße herausgesucht.

Dietrich hatte die schwarzen Spezialanzüge und vier Skimasken vorsorglich mitgenommen, für den Fall einer überstürzten Flucht. Natürlich hätten sich die Ritter aus der Garderobe der Frankfurter Abtei auch maßgeschneiderte Kampfkleidung heraussuchen und während der Durchsuchung ihre eigene darüber tragen können, doch die Anprobe wäre zu zeitraubend gewesen. Zudem hätten sie vor der Flucht erst ihre Oberbekleidung ausziehen, bündeln und mitnehmen müssen, um keine verräterischen Spuren zurückzulassen. Ohne viel Federlesens etwas drüberziehen war einfacher und problemloser.

Die Spürgeräte wurden in einem kleinen Rucksack verstaut, den sich Bodo Labahn umschnallte.

Wann begann endlich die Räumung des Gebäudes? Diese Frage drängte sich den vier aufbruchsbereiten Rittern förmlich auf, als der Punkt am Himmel bereits mit bloßem Auge zu erkennen war. Es war nicht ihre Art, wegzulaufen, aber hier konnten sie absolut nichts mehr ausrichten – und es gab keinen logischen Grund, das eigene Leben sinnlos zu opfern.

Dietrich Steiner nahm Funkverbindung mit dem Fluchtwagen auf. »Wir sind unterwegs! Aktivieren Sie das Rückzugsprogramm!«

In einem alten Gangsterfilm hätte dieser Hinweis bedeutet: *Dreh den Zündschlüssel um, laß den Motor laufen, und halte dich abfahrbereit.* Im realen 21. Jahrhundert reichte das jedoch bei weitem nicht aus. Der Knappe im Wagen startete nicht nur den Motor, er schaltete zudem einen starken Störsender ein, der alle elektronischen Kameras rund um den Vorplatz lahmlegte. Heutzutage mußte man an alles denken, wenn man in geheimer Mission unterwegs war.

Ihre Schulterhalfter mit den Pistolen trugen die Ordensbrüder, die jetzt maskiert auf den Rand des Daches zuliefen, über den Spezialanzügen, falls es auf dem Vorplatz zu einem Zusammenstoß mit Mördern der Loge kam. Die Orkult-Führung war dafür berüchtigt, ihre eigenen Anhänger in den Tod zu schicken, meist ohne deren Wissen.

Bernard, Bodo und Werner sprangen fast gleichzeitig über die Dachkante und setzten ihre Levitationskräfte ein. Dietrich war mit geringfügigem Abstand hinter ihnen und kam wenige Sekunden nach ihnen unten an.

Kurz bevor sie den Boden berührten, bremsten sie den Sinkflug ab und liefen dann voll konzentriert mit großen Sprüngen auf das Fluchtfahrzeug zu, wobei sich ihre Schuhsohlen meist wenige Zentimeter über dem Asphalt befanden. Keinem der vielen verblüfften Beobachter fiel das auf, für Außenstehende sah das wie normales Laufen aus, das allerdings besonders schnell vonstatten ging.

Wachsam sondierten die vier Männer ihre nähere Umgebung, doch kein Logenmörder versuchte, sie aufzuhalten.

Steiner stieg als letzter ein, er wirkte ein wenig verstört. Kaum saßen alle im Wagen, startete der Fahrer durch. Weg, nur weg von hier!

Die Boeing raste über den Dächern der Stadt heran. Nichts und niemand konnte den mächtigen Todesvogel noch aufhalten. Die Panik an Bord drang nicht nach draußen, sie lag aber erfühlbar in der Luft. Dietrich Steiner konnte sich ausmalen, was in den eingesperrten Menschen in den letzten Sekunden ihres Lebens vorging.

Krachend schlug die Maschine in die Börse ein, und die Welt versank im Chaos...!

*

»Wir kamen uns so klein und hilflos vor wie nie zuvor«, bekannte Dietrich im Kloster Thalstein. »Die drohende Gefahr war schon lange vorher bekanntgeworden, und trotzdem hatte niemand etwas unternommen. Vielleicht hätte ein beherzteres Eingreifen der marokkanischen oder deutschen Behörden das Ausmaß der Katastrophe wenigstens begrenzt. Warum hat das Verteidigungsministerium nichts unternommen? Und was ist mit uns? Haben wir vom Wächterorden wirklich unser Menschenmögliches getan?«

»Ja, das haben Sie, und zwar unter Einsatz Ihres eigenen Lebens«, erwiderte Erhard Dollinger. »Die Schuldigen sind weder bei den Behörden noch im Orden zu suchen, sondern ausschließlich bei der Loge. Orkult hat all diese Menschenleben auf dem Gewissen, nicht die Wächter der Schwarzen Sonne.«

Als Außenstehender stand ihm dieses Urteil zu.

Sein Verstand sagte Dietrich, daß der Winzer recht hatte. Dennoch würde er seine innere Ruhe nicht so bald wiederfinden. Dieses Abenteuer würde noch lange an ihm nagen.

Erst jetzt fiel ihm etwas ein, das er völlig vergessen hatte: War der niedergeschlagene Hausmeisterhüne rechtzeitig genug erwacht, um sich retten zu können? Wohl kaum.

Höchstwahrscheinlich war der Mann sowieso ein Vasall der Orkult-Loge gewesen. Er hatte den Sender mit dem Peilsignal auf dem Dach aufgestellt und war letztlich in dem Sturm umgekommen, den zu säen er mitgeholfen hatte.

Aber vielleicht tat man ihm ja unrecht, und er war nur ein ganz normales Arbeitstier gewesen, irgendein Hamster im Laufrad, froh über jeden Job, den er bekam…

Das Nagen an Dietrichs Seele setzte sich verstärkt fort. Er wußte, daß er dagegen ankämpfen mußte, ansonsten war er für den Wächterorden nicht mehr zu gebrauchen, zumindest nicht in vorderster Linie, wo es härter und kompromißloser zuging als in den Büros.

Die leitenden Angestellten waren wichtig, keine Frage, denn ohne eine perfekte Koordination versandete jeder Betrieb. Doch das wahre Leben spielte sich nicht in Aktenordnern und Dateien ab, sondern draußen auf der Straße – und Dietrich Steiner war ein Mann der Straße.

Einer wie Khalid Abdelkarim, mit dem Dietrich am späten Nachmittag vom Kloster aus telefoniert hatte. Der marokkanische Kommissar war eine ehrliche Haut, das hatte Steiner gleich gespürt.

Trotz seiner nervenaufreibenden Anstrengungen hatte Khalid den feigen Anschlag leider nicht verhindern können, es war viel Blut geflossen – doch die vielen Menschen, die durch das Eingreifen des Wächterordens verschont geblieben waren, hatten ihr Leben eigentlich ihm zu verdanken.

»Gibt es einen bestimmten Grund für deine Nachdenklichkeit?« fragte Thorsten seinen Vater.

»Ich dachte nur gerade an den mutigen Marokkaner«, erwiderte Dietrich. »Wieso fragst du? Mache ich einen depressiven Eindruck auf dich?«

»Eher einen verstörten. Du warst vorhin schon so merkwürdig, als im Fernsehen die Augenzeugen befragt wurden, die größtenteils nichts als Unsinn daherredeten.«

»Ganz meine Meinung!« warf Bruder Bernard ein. »Einer behauptete sogar, einen Mann mit einem dicken Bauch gesehen zu haben. Vielleicht sollte er gelegentlich mal wieder zum Optiker gehen.«

»Reg dich ab, Bruder Tuck«, lästerte Wendy. »Vom vielen Schimpfen wirst du auch nicht schlanker.«

Dietrich Steiner atmete tief durch und sagte dann: »Na schön, einmal muß es ja heraus! Ich habe im Zusammenhang mit der Levitationsgabe heute eine neue Fähigkeit an mir entdeckt.«

Schweigen breitete sich aus. Alle hörten ihm jetzt gespannt zu.

»Es geschah ganz plötzlich. Ich lief hinter Bodo, Bernard und Werner auf die Dachkante zu, als ich vor meinem inneren Auge einen Lichtreflex aufblitzen sah – anders kann ich es nicht beschreiben. Mir war, als hätte sich ein Teil meiner Seele aus meinem Unterbewußtsein gelöst, um in mein Bewußtsein vorzudringen. Von diesem Moment an wußte ich, daß sich meine Gabe der Levitation um eine Nuance erweitert hatte, und ich verspürte den Drang, das Ganze sofort auszuprobieren. Abrupt blieb ich am Rand des Daches stehen und schwebte dann aus dem Stand heraus zwei Meter in die Höhe, bevor ich zusammen mit euch auf den Boden herabsank.«

»Ja und? Das ist doch nichts Besonderes«, meinte Wendt. »Jeder von uns kann aus dem Stand levitieren.«

»So ist es«, bestätigte Labahn. »Warum bist du nicht mit uns anderen einfach hinuntergeschwebt, schließlich hatten wir es eilig. Wieso hast du eine derart umständliche Methode angewendet?«

»Anscheinend habe ich mich falsch ausgedrückt«, entgegnete Dietrich. »Ich schwebte nicht auf gewohnte Weise in die Höhe – sondern sehr viel schneller. Der Augenzeuge hat es treffend beschrieben: wie ein Katapultgeschoß. Nach ungefähr zwei Metern beziehungsweise einer Sekunde wurde der Blitzflug gestoppt, und ich sank wie gewohnt nach unten, wobei ich mittels Armbewegungen meine Position leicht veränderte, um nicht wieder auf dem Dach zu landen. Dadurch traf ich ein paar Sekunden später als ihr am Boden ein.«

»Erstaunlich! Ob wir alle diese Fähigkeit besitzen?« fragte sich Wendy.

»Darauf kann ich gern verzichten«, erwiderte Bodo. »Wozu sollte die gut sein?«

»Man könnte sie im Nahkampf anwenden«, überlegte Thorsten. »Als ich heute vormittag Arndts Fahrer überwältigte, schwebte ich zunächst ein Stück empor und verpaßte ihm dann einen Tritt gegen die Stirn – erledigt! Offenbar hatte er noch nie einen levitierenden Menschen gesehen, weshalb er für einen Moment verblüfft und abgelenkt war. Ohne dieses Überraschungsmoment hätte der Kampf sicherlich länger gedauert. Würde ich hingegen über diese ganz spezielle Gabe verfügen, könnte ich jede andere Auseinandersetzung ebenso rasch und kompromißlos beenden. Man befördert sich innerhalb eines Sekundenbruchteils zwei Meter in die Höhe und fällt dann blitzartig von oben über seinen Gegner her.«

»Man kann aber auch über den Gegner hinwegspringen und ihm eins von hinten verpassen«, bemerkte Dietrich.

Dollinger ging ein Licht auf. »Deshalb standen Sie vorhin plötzlich hinter mir – Sie haben Ihre neue Kraft ausprobiert. Und ich dachte schon, ich hätte Halluzinationen.«

»Wie die Levitation an sich muß man die Zusatzgabe ständig trainieren«, erklärte Steiner. »Das gleiche gilt für meinen *Phukor*-Kampfstil, der in unseren Trainingslagern auch Ordensbrüdern beigebracht wird, die nicht im Himalaja waren. Wie sagt doch der Volksmund: Übung macht den Meister.«

»Tu mir einen Gefallen, Dietrich«, sagte Bruder Bernard. »Wenn du das nächste Mal eine neue Begabung an dir entdeckst, dann bitteschön nicht mitten im Einsatz. Normalerweise bin *ich* der letzte, der das bereitstehende Fluchtfahrzeug erreicht – und das sollte auch so bleiben.«

»Ich werde mich bemühen«, entgegnete Steiner lächelnd, »insofern ich das unter Kontrolle habe. Es überkam mich ganz überraschend, ohne daß ich etwas dagegen tun konnte. Manchmal habe ich das Gefühl, der Dritte Sargon ist längst eingetroffen, und die Mächte der Schwarzen Sonne bereiten uns allmählich auf unsere große Aufgabe vor.«

1. Ein kupferner Spiegel – leuchtend –
verwirrend den Unkundigen.
Sein blankes Metall greifst du nicht an,
es will deinen Blick.

2. Und du schaust durch den Spiegel
über die Ränder der Zeiten.
Auf seinem Wasser reisen die Kundigen.

3. Auf dem Gipfel des Nordbergs
landet des so dahinreisenden Wanderers Schiff.
Niemals findet die Reise ein Ende, die so begann.
Den Schall der Stimmen vernimmst du,
die sonst keiner hört.

4. Ich sah durch den Spiegel, ich sah den Wanderer.
Vom Gipfel des Weltbergs aus winkte er mir zu,
ihm zu folgen.
Ich aber blieb, treu meinem König.

5. Dort oben sammelt der Wanderer Früchte,
die ihm bestätigen seine Kenntnis, die er schon gehabt.
So gerüstet kehrt er zurück ins Diesseits,
zu folgen seiner Bestimmung.

6. Ohne die Früchte aus dem Diesseits,
verwirrende Welt hinter dem Spiegel,
ist kein Sieg der Hohen möglich.
Doch Ischtars unsichtbares Licht der Schwarzen Sonne
ist die schärfste seiner Klingen.

*7. Eine affenartige Kreatur tritt ihm entgegen
nach der Rückkehr ins Diesseits.
Er erkennt sie sofort, obwohl er sie nie gesehen.
Das Blut seiner Art spricht zu ihm,
die Kreatur zu bannen.*

*8. Dort neben der Bestie wartet ein Mensch,
von Gestalt so wie der Wanderer.
Die Tücke ist, er scheint nur zu sein von seiner Art.
Die Jahrtausende in ihm erwachen.
Er kennt erst jetzt Vergangenheit und Zukunft.*

*9. Die Schwarze Sonne wählt unter allen Gängern
durch den Spiegel nur jenen aus,
dessen Hand den Speer Marduks zu führen vermag.
Dieser Wanderer wird zum Dritten Sargon.*

*10. Die Erschöpfung ist gewaltig.
Leere verhüllt den Blick.
Der Spiegel ruft nicht mehr.*

*11. Die Welt ist bereit für das neue Babylon.
Die Kreaturen sind hinfort.
Der Blick hinauf zeigt kein erhellendes Gesicht.
Überall und immer schon war die Schwarze Sonne.
In ihm.*

*(Sajaha, die vollständige 18. Prophezeiung – so dokumentiert
im Geheimen Zentralarchiv der Loge von Orkult)*

10.

Manche Menschen schreckten vor einem Zahnarztbesuch zurück wie der Teufel vor dem Weihwasser. Ich mochte meinen Zahnarzt. Es gab für mich keinen Grund, ihn zu fürchten, das war eher umgekehrt der Fall. Seine beiden Vorgänger lagen bereits auf dem Friedhof – zwei »unerklärliche« Unfälle in ihrer Praxis –, weil sie mir unnötige Schmerzen zugefügt hatten. Dieses Schicksal wollte Nummer drei ganz sicher nicht teilen, also gab er sich Mühe, mir nicht mehr weh zu tun, als unbedingt vonnöten war.

Auf ein perfekt funktionierendes Gebiß legte ich größten Wert. Das traf insbesondere auf vier ganz spezielle Zähne zu, die ich als meine engsten Freunde betrachtete und denen ich sogar Namen gegeben hatte. Ich nannte sie Fernandel, Charles (Aznavour), Yves (Montand) und Maurice (Chevalier). Für Frankreich hatte ich schon immer eine Schwäche gehabt, vor allem für die französische Sprache. Wer diese schöne Sprache nicht beherrschte, war in meinen Augen ein göttlicher Fehlgriff – so wie die Franzosen selbst, die ich im Grunde genommen nicht ausstehen konnte.

Nun ja, eine Meisterleistung hatten sie immerhin vollbracht: Sie hatten in ihrer Hauptstadt ein riesiges Stahlgerüst errichtet und verkauften diesen »Ölbohrturm« der ganzen Welt als großartiges Kunstwerk. Gewisse puritanische Kreise wurmte das maßlos, und obwohl ich diesen Leuten im Grunde genommen recht gab, erfüllte mich ihr Ärger mit Schadenfreude – meinethalben konnten sie daran krepieren.

Eiffel war für mich ein Zauberer, ein genialer Blender, der sich vermutlich noch im Jenseits über seinen gelungenen Coup amüsierte. Im neunzehnten Jahrhundert gab es in ganz Europa – auch in Frankreich! – verstärkt Bestrebungen von Historikern, alte Schlösser und Burgen der Nachwelt möglichst im Originalzustand zu erhalten. Und dann kam 1889 zur Pariser Weltausstellung so ein Filou daher, scherte sich keinen Deut um Tradition und Kultur und setzte sich selbst ein Denkmal, indem er einen Stahlturm konstruierte, der seither von vielen Menschen regelrecht angebetet wurde.

Dieser Geniestreich war bis heute unübertroffen. Ganz gleich, wie sehr sich die gegenwärtigen Baumeister und Künstler auch anstrengten, egal, wieviel Stahl, Beton und schrille Farben sie verwendeten, den Ruhm des Meisters aller Meister würden sie niemals erreichen. Der Eiffelturm war einmalig – Gott sei Dank!

Zurück zu meinen Zähnen: Den bekannten französischen Filmschauspieler Fernandel hatte ich vor allem als bedrohlichen katholischen Priester in Erinnerung, der grundlos einen pfiffigen kommunistischen Bürgermeister schikanierte – eine völlig inakzeptable Rolle. Allerdings erinnerte ich mich auch an intelligentere Filmauftritte, beispielsweise an seine Darbietung als Pfarrer in Gewissensnöten. Ein Mörder hatte ihm an einem frostigen Winterabend seine blutige Tat gebeichtet und ihm sogar verraten, wo er den Leichnam des Opfers versteckt hatte: in einem Schneemann auf dem Kirchenvorplatz. Aufgrund des Beichtgeheimnisses durfte der Pfarrer der Polizei nichts verraten, doch in der fulminanten Schlußszene warf Fernandel einen harten Eisball nach dem Schneemann und animierte dadurch andere Werfer. Die Leiche wurde daraufhin entdeckt. Man nahm den Täter fest.

Fernandel rechtfertigte sich mit seinem unverkennbaren breiten Lächeln: »Ich habe kein Wort verraten – nur einen Schneeball geworfen!«

Seither war er für mich der Prototyp des Wahrheitsverbiegers. Dieser ausgekochte Hund konnte jeden überlisten: beichtende Sünder, die Kirche, seinen Gott und vielleicht sogar den Tod. Somit lag es nahe, den mächtigsten meiner vier »Giftzähne« nach ihm zu benennen.

Fernandel wuchs im äußersten Winkel meines Oberkiefers und enthielt eine Plombe mit einer tödlichen Arznei, die ich jederzeit einsetzen konnte, wenn ich Gefahr lief, Geheimnisse der Orkult-Loge preiszugeben. Um die in der Spezialplombe verborgene Kunststoffkapsel zu zerbeißen, war eine antrainierte leichte Verrenkung des Unterkiefers nötig. Die Wirkung trat nahezu blitzartig ein, der Tod erfolgte innerhalb von vier Sekunden.

Ich war mir sicher, Fernandel niemals einsetzen zu müssen. Als echtes Kindeskind Tiamats hielt ich jeder Folter stand und war immun gegen Wahrheitsseren aller Art. Aber man wußte ja nie... ich fürchtete den Tod jedenfalls nicht.

Die Plombenkapsel in Zahn zwei, Charles, half mir, Schmerzen besser zu ertragen oder sie zu beseitigen. Was auch immer mir der falsche Chauffeur in die Vene gespritzt hatte, es hatte mir gehörige Kopfschmerzen bereitet. Seit ich die Kapsel mit der Zunge aufgebrochen hatte – auch dafür benötigte man etwas Übung –, war es mit dem Schädelbrummen vorbei, und ich konnte wieder klar denken.

Mittlerweile hatte ich meine Situation analysiert. Ich war auf einer unbequemen Holzpritsche erwacht, in einem ansonsten kahlen, fensterlosen Raum mit dicken alten Mauern. Der einzige Ausgang wurde von einer massiven Eichentür versperrt. Verborgene Kameras oder Mikrophone gab es hier nicht, die hätte ich entdeckt, dafür hatte ich ein Auge. Abgesehen von dem modernen Beleuchtungskörper unter der niedrigen Decke, der viel zu grelles Licht ausstrahlte, das meinen Augen weh tat, ähnelte alles einer Kerkerzelle in einer hochherrschaftlichen Burg – oder in einem Kloster.

Da ich über dem Rheingau abgesprungen war, hielt man mich vermutlich im Kloster Thalstein gefangen. Wie unsere Logenagenten vor einigen Monaten herausgefunden hatten, stand der Besitzer Erhard Dollinger mit den verhaßten Sonnenwächtern in Kontakt. Der vermögende Winzer war kein Ordensbruder, aber ein Sympathisant und Mittelsmann des Ordens, und deshalb mußte er aus dem Verkehr gezogen werden. Unsere Auslöschungstruppen arbeiteten bereits daran.

Es wäre unseren Scharfschützen ein Leichtes gewesen, Dollinger aus dem Hinterhalt zu erledigen, diese Gelegenheit hatte sich ihnen schon oft geboten.

Aber die Loge begnügte sich nicht mit einem Bauernopfer – wir wollten mehr.

Das ganze verdammte Kloster sollte vom Erdball ausradiert werden, und dabei sollten möglichst viele unserer Erzfeinde sterben!

Die Vorbereitungen für den großen Knall hatten wir inzwischen abgeschlossen. Am und im Gemäuer waren mehrere hundert Tonnen Trinitrotoluol verborgen, die jederzeit per Fernzündung zur Explosion gebracht werden konnten.

Das TNT hatte die Loge herangeschafft, heimlich, allen Sicherungsmaßnahmen des Winzermillionärs zum Trotz, der sich in seinem Kloster viel zu geborgen fühlte. Sein Heim war seine Burg – aber nicht mehr lange.

Der Orden trug ebenfalls seinen Teil zur geplanten Zerstörung des Klosters bei: In den großen Fässern im Weinkeller lagerten nicht nur gute Tropfen, sondern auch Waffen und Nitroglyzerin. Glaubten diese armseligen Wächterkreaturen wirklich, daß das genügte, um es mit uns aufzunehmen? Wir würden dafür sorgen, daß ihnen ihr eigener Sprengstoff gehörig um die Ohren flog.

Wäre es nach mir gegangen, hätte ich die Klosterbewohner längst auf ewige Himmelfahrt geschickt. Doch das Sagen hatte nun einmal der Ritterkönig. Auf Befehl meines Vaters warteten wir den bestmöglichen Zeitpunkt ab. Das Kloster wurde rund um die Uhr beobachtet, und sobald es von unverzichtbaren Führungspersönlichkeiten oder besonders lästigen Agenten des Ordens aufgesucht wurde, je mehr, desto besser, würde man es in die Luft sprengen.

Hoffentlich war das nicht gerade heute der Fall.

Da man mir meine angeschlagene Vielzweckuhr und alle sonstigen technischen Spielereien abgenommen hatte, wußte ich nicht, wie lange ich mich schon in diesem ungleichmäßig beleuchteten Verlies befand. Meinem Hunger nach zu urteilen – mir stand lediglich eine Flasche Mineralwasser zur Verfügung – mußten es bereits mehrere Stunden sein. Ich überlegte, ob ich mich bemerkbar machen sollte, aber vielleicht war es ja von Vorteil, sich weiterhin bewußtlos zu stellen.

Kam jemand herein, würde ich ihn überraschend angreifen und überwältigen. Die Ordensbrüder besaßen zwar bemerkenswerte Kampffähigkeiten, doch ich beabsichtigte nicht, ehrlich zu kämpfen. Ich würde Yves einsetzen. Wie die übrigen Spezialzähne enthielt auch er eine Plombenkapsel – mit einem brandgefährlichen Aufputschmittel, das selbst aus einem harmlosen Schwächling für ein paar Minuten einen knallharten, gnadenlosen Krieger machte, eine Bestie, die nur noch Töten im Sinn hatte. Ein schwaches Herz durfte derjenige allerdings nicht haben, andernfalls streckte ihn die Droge während seines Blutrauschs nieder, und er stand nie wieder auf.

Meine inneren Organe waren glücklicherweise intakt, ich ließ mich jeden Monat von Kopf bis Fuß medizinisch untersuchen.

Ein Geräusch an der Tür erweckte meine Aufmerksamkeit. Rasch legte ich mich wieder auf die Pritsche und mimte den Bewußtlosen. Mit der Zunge legte ich mir Yves' Inhalt bißbereit zurecht...

*

»Wie ein wildes Tier in einem Käfig«, kommentierte Dietrich Steiner Uwe Arndts Verhalten in der altehrwürdigen Kerkerzelle. »Er bewegt sich verzweifelt von einer Wand zur anderen, tastet nervös die Decke ab und kriecht auf dem Boden herum, so als ob er es nicht fassen kann, daß man ihn eingesperrt hat, ausgerechnet ihn, den Herrn über Leben und Tod.«

»Du solltest ihn nicht unterschätzen«, meinte Thorsten Steiner, während er den Gefangenen am Bildschirm beobachtete. »Der Mann ist nicht verzweifelt, sondern kalt wie eine Hundeschnauze. Seine vermeintliche Nervosität dient einem praktischen Zweck: Er sucht alles sorgsam nach Kameras und Mikrophonen ab – und sieht dabei den Wald vor lauter Bäumen nicht.«

Die Sonnenwächter waren es gewohnt, im Geheimen zu operieren, was allerdings nicht bedeutete, daß sie ständig durch Kanalisationsschächte schlichen, sich mit Schlapphut und Regenmantel an Straßenecken und in Gassen herumtrieben oder sich in Kleiderschränken verbargen. Frechheit siegte bekanntlich, deshalb vollzogen sie so manches Husarenstück direkt vor der

Nase der Logengenossen, die nie genau wissen konnten, ob sie gerade Freund oder Feind vor sich hatten. Auf diese Weise glich der Orden die überlegene Masse und Stärke der Loge durch Raffinesse und Dreistigkeit aus.

Eine bewegliche Kamera und ein leistungsstarkes Mikrophon sandten Bilder und Töne auf einen Wandmonitor beziehungsweise in einen großen Raum am entgegengesetzten Ende des niedrigen Kellergangs, in unmittelbarer Nähe der Treppe. Wer in den Keller wollte, mußte an der offenstehenden Tür des Beobachtungsraums vorbei, es gelangte also niemand ungesehen zu dem Gefangenen. In dem nicht sonderlich breiten Gang war es trocken; es gab keinen Moosbewuchs an den Wänden, und in versteckten Ecken lauerten fette Spinnen auf Insektenbeute.

Schon seit geraumer Weile beobachteten einige Männer und Frauen des Ordens den Sohn des Ritterkönigs in seiner Zelle. Daß Arndt die Spionagegeräte nicht entdeckt hatte, hing mit seinem fehlenden Blick für das Offensichtliche zusammen. Anstatt die Wände und die vom Boden nur knapp 2,50 m entfernte Decke zu betasten und mit Argusaugen abzusuchen, hätte er lieber genauer dorthin schauen sollen, wo ihn das grelle Licht blendete. Kamera und Mikrophon waren in die Deckenlampe integriert.

Dr. Freia Thorn und ihre drei Ordensschwestern Martina, Marion und Marlies hatten genug gesehen. Sie verließen den Beobachtungsraum und begaben sich zu dem Kerker, einer ehemaligen Ausnüchterungszelle für Mönche, die zu sehr dem Alkohol zugesprochen hatten – in Klöstern wurde nicht nur gebetet, das war schon zu allen Zeiten so gewesen.

Dietrich und Thorsten begleiteten das Quartett als Leibwächter. Mehr Personenschutz, so glaubten sie, war nicht nötig, schließlich handelte es sich nur um eine einzelne Person, und auch die Hohen Frauen verfügten über eine kleine Nahkampfausbildung »für den Hausgebrauch«.

Vor der geschlossenen Eichentür bat Thorsten seinen Vater, draußen zu bleiben und nur im äußersten Notfall hereinzukommen.

Dietrich Steiner nickte. »Verstehe. Wenn Arndt uns beide zusammen sieht, könnte er auf den Gedanken kommen, eins und eins zusammenzuzählen – und dann ahnt er vielleicht, wer du wirklich bist.«

»So ist es«, entgegnete Thorsten. »Ich verspüre keine Lust, schon wieder auf Freias Operationstisch zu landen.« Er lächelte sie an. »Obwohl ich unsere ausgiebigen Gesprächsabende vermisse.«

Sie seufzte leise. »Ich auch. Seit du laufend im Einsatz bist, sehen wir uns kaum noch.«

»Wenn wir erst Arndt tüchtig zu Leibe gerückt sind, führe ich dich ganz groß aus«, versprach er ihr, »in das beste Lokal der Welt, eins mit einem unheimlich schönen Panorama.«

»Hört sich vielversprechend an«, meinte die norwegische Ärztin. »Wo liegt dieses Lokal?«

»Laß dich überraschen«, antwortete Thorsten nur, öffnete die Zellentür und ging als erster hinein.

Der Gefangene lag auf der Pritsche und rührte sich nicht. Steiner wußte jedoch, daß Uwe nur simulierte. Er begab sich zu ihm, packte ihn im Nacken und rüttelte ihn heftig.

In diesem Augenblick sprang Arndt von der Pritsche und griff ihn an. Damit hatte Thorsten gerechnet, er war darauf vorbereitet. Mit einer geschmeidigen Bewegung wich er dem ihm zugedachten Faustschlag aus und ließ seinerseits die Faust vorschnellen.

Thorstens rechte Gerade verfehlte ihr Ziel nicht. Doch Arndt schien ein Kinn aus Eisen zu haben. Der Schlag brachte ihn nur leicht ins Wanken, haute ihn aber nicht um.

Der oberste Logenmörder hatte sich völlig verändert. Seine Augen waren blutunterlaufen und sein Gesicht vor Wut verzerrt. War das noch derselbe kühle, berechnende Mann, für den Menschenleben nichts weiter waren als Massenware für den Tod?

Arndt stürzte sich haßerfüllt auf seinen Widersacher und trommelte mit den Fäusten auf ihn ein. Es gelang Thorsten, das Stakkato eine Weile abzuwehren und selbst ein paar harte Schläge auszuteilen, die jedoch kaum Wirkung erzielten.

Urplötzlich änderte sein Gegner die Angriffstaktik, ergriff ihn an der Jacke, wirbelte ihn mit zornigem Brüllen herum, riß ihn zu Boden und warf sich auf ihn. Hände wie Schraubzwingen legten sich um Thorstens Hals.

Freia Thorn legte ihre ganze Kraft in einen Handkantenschlag, der auf Arndts Genick niederkrachte. Der getroffene Mann schrie zwar laut auf, würgte Thorsten aber weiter.

Dietrich kam hereingestürmt, packte Arndt bei den Schultern und versuchte, ihn von seinem Sohn, der kaum noch Luft bekam, herunterzureißen. Doch der Logenmann, der sich wie ein Berserker aufführte, krallte sich regelrecht in Thorstens Hals fest.

Mittels Handzeichen gab Thorsten seinem Vater zu verstehen, Arndt loszulassen. Dietrich war verwirrt. Drehte der Junge jetzt durch? Was hatte er vor?

Obwohl er am Verstand seines Sohnes zweifelte, befolgte er die Anweisung...

*

Noch bevor mich der Kerl anfaßte, spürte ich unbändigen Zorn in mir hochkochen. Sein Griff in mein Genick und das Rütteln machten mich noch wütender! Die Droge entfaltete ihre volle Wirkung, jetzt gab es kein Zurück mehr.

Mein erster Hieb zerteilte nur die miefige Kellerluft. Die Gegenreaktion fiel eher harmlos aus...

Und plötzlich erkannte ich ihn wieder, den elenden Wurm, der mich auf der Landstraße so arrogant gemustert und dann niedergeschlagen hatte! Sein Anblick machte mich rasend! Ich hatte noch eine Rechnung mit ihm offen – jetzt war Zahltag!

Ich wollte Blut sehen!

Wild schlug ich auf ihn ein. Es gelang mir, ihn niederzuringen und mit meinen Händen seinen Hals zu umschließen. Mich traf ein schmerzvoller Hieb in den Nacken, trotzdem ließ ich diesen Mistkerl nicht aus meinen Klauen! Er mußte sterben, sterben, sterben! Jemand versuchte, mich von ihm herunterzuzerren, aber ich würde ihn erst loslassen, wenn der Körper unter mir erschlaffte.

Ich hatte schon häufig Menschen getötet oder ihnen beim

Sterben zugeschaut, und es war immer wieder ein faszinierendes Erlebnis! Diesmal versetzte es mich beinahe in Ekstase! Ich fühlte mich so aufgedreht wie vor ein paar Stunden, als ich im Kopilotensitz durch die Lüfte geschleudert wurde. Zu diesem Zeitpunkt hätte ich nicht gedacht, daß man dieses Wahnsinnsgefühl noch steigern konnte.

Ein Hoch auf Yves' Superdroge!

Doch dann zertrümmerte mir ein mächtiger Schlag fast die Schädeldecke. Augenblicklich wurde es Nacht um mich...

*

Thorsten hechelte wie ein durstiger Hund. Es dauerte eine Weile, bis sich seine Atmung wieder normalisierte.

»Ich dachte schon, das war's!« krächzte er. »Aber offensichtlich wollen mich die Sonnengötter noch nicht.«

Mittlerweile hatte sein Vater Arndts reglosen Körper von ihm heruntergezogen. Uwe rührte sich nicht mehr.

»Wie viele Männer habt ihr gebraucht, um den Rasenden zu überwältigen?« fragte Thorsten heiser.

»Gar keinen, das hast du ganz allein geschafft«, antwortete ihm Dietrich zu seiner Überraschung. »Auf ein Handzeichen von dir habe ich ihn losgelassen – und dann ging auch schon die Post ab!«

»Die Post ab?« wiederholte Thorsten Steiner ungläubig. »Was meinst du damit?«

Dietrich deutete mit seinem Zeigefinger nach oben. »Dein Körper schoß plötzlich raketenartig aufwärts. Du hast am Boden gelegen, Uwe Arndt saß aufrecht auf dir, die Decke ist ungefähr 2,50 m vom Boden entfernt... muß ich noch mehr sagen?«

»Du meinst, auch ich besitze die neue Gabe?«

Allmählich fiel es Thorsten Steiner wieder ein. Er erinnerte sich an einen Lichtreflex in seinem Kopf, der von irgendwoher gekommen war, wie ein Signal aus unendlich weiter Ferne.

Hatte es die geheimnisvolle Schwarze Sonne ausgesandt?

Thorsten hatte sich *Agarthi* geöffnet und die fremde Kraft in sich aufgenommen. Alles weitere war nur noch eine Frage der

Konzentration gewesen – er war in die Höhe geschnellt wie ein begehrtes Aktienpaket.

Arndt muß mit mächtigem Schwung unter die steinerne Decke der Zelle gekracht sein, dachte Thorsten und erkundigte sich, ob sein Todfeind noch lebte.

Dr. Thorn und ihre Ordensschwestern gaben Entwarnung. »Offenbar hat er einen verdammt harten Schädel.« Sie verarzteten den Bewußtlosen und verabreichten ihm schmerzstillende Medikamente.

Anschließend kümmerte sich Freia um Thorsten.

»Anscheinend stehe ich auf deiner Skala der beliebtesten Personen deutlich unter Arndt«, bemerkte der junge Steiner muffelig. »Erst versorgst du ihn, dann mich. Vielen Dank, jetzt kenne ich wenigstens meinen Stellenwert.«

»Arndt hat wesentlich mehr abbekommen als du«, entgegnete die Norwegerin sanftmütig. »Du hast ihn ganz schön zugerichtet.«

»Ach, soll ich mich dafür bei ihm entschuldigen? Dieser tollwütige Hund wollte mich umbringen! Ich möchte wissen, wieso er auf einmal so stark ist.«

»Stark *war*«, verbesserte ihn Freia Thorn. »Seine gesteigerte Körperkraft schöpfte er vermutlich aus einer effektiven Aufputschdroge, die rasch wieder ihre Wirkung verlor. Hättest du noch zwei, drei Minuten länger die Luft angehalten, hätte sich das Problem von allein erledigt, aber du wolltest ja unbedingt atmen.«

Thorsten richtete sich entrüstet auf, doch Freia drückte ihn mit zarter Hand auf den harten Steinboden zurück. »Nur die Ruhe, das war ein Scherz zur Aufmunterung, ein uraltes ärztliches Mittel. Und was meine Skala der beliebtesten Personen angeht: Selbstverständlich habe ich dich sehr viel lieber als dieses erbärmliche Häufchen Elend, dem ich nur zu gern die Todesspritze verabreichen würde. Aber erstens verstößt das gegen den hippokratischen Eid, den ich geleistet habe, und zweitens steht Uwe Arndt auf einer gänzlich anderen Skala ganz weit oben: auf der Skala der Bedeutsamkeit. Von allen momentan im Kloster Anwesenden ist er mit Abstand der wichtigste Mann – denn er kann uns Informationen liefern, hinter denen der Orden schon sehr lange her ist.«

»Freiwillig rückt er die ganz bestimmt nicht heraus.«

»Keine Sorge, wir Frauen vom Sajaha-Bund haben da so unsere Methoden.«

Davon hatte Thorsten schon gehört, doch bisher hatte er noch keine Gelegenheit gehabt, seine Angebetete und ihre Ordensschwestern in Aktion zu erleben.

Nachdem auch er versorgt war, durfte er aufstehen. Sein Vater stützte ihn.

Arndt war weiterhin bewußtlos.

»Weckt ihn auf, befragt ihn, und danach schließen wir die Zelle hinter ihm ab und werfen den Schlüssel weg«, knurrte Thorsten. »Herr Dollinger kann ihm dann jeden Tag etwas Brot und Wasser bringen. Meinethalben auch Brot und Wein, schließlich ist das hier ein Winzerbetrieb.«

»So einfach geht das leider nicht«, bedauerte Freia. »Zunächst einmal braucht er etwas Ruhe, bis die Medikamente wirken, schließlich wollen wir nicht, daß er während der Befragung stirbt. Anschließend bekommt er eine weitere Injektion, die ihn entspannen wird, ohne ihn einschlafen zu lassen. Sobald er entsprechend präpariert ist, nehmen Marion, Marlies, Martina und ich ihn uns vor – so gegen Mitternacht.«

»Ich möchte mit dabeisein.«

»Nein, das lenkt uns zu sehr ab und stört unsere Konzentration. Du kannst vom Bildschirm aus zuschauen wie die anderen.«

Thorsten sah auf seine Armbanduhr. »Mitternacht?«

»Mitternacht«, erwiderte die Ärztin. »Bis dahin solltest du dich noch etwas entspannen. Wir untersuchen derweil Arndts Zähne.«

»Verstehe, ihr glaubt, dort auf das Versteck der Stärkungsdroge zu stoßen.«

»Richtig. Seine Kleidung haben wir bei seiner Einlieferung gründlich durchsucht und ihm alles abgenommen, das ihm zur Flucht verhelfen könnte. Entweder verbarg er das Mittel in seinem Gebiß – oder in einer Körperöffnung, in die ich nur ungern hineinsehen würde. Vermutlich hat er die Droge über eine Spezialplombe eingeschmuggelt, die sich leicht mit der Zunge lösen läßt, und möglicherweise stoßen wir in seinem Mundraum auf weitere böse Überraschungen. Wir werden alles Verdächtige entfernen und noch vor seinem Erwachen im Klosterlabor untersuchen.«

*

Ich fühlte mich gut, wirklich gut, völlig locker und frei, so als befände ich mich in einem Delirium. Daß ich einen Kopfverband trug, änderte nichts an meinem Zustand. Mein Schädel war offensichtlich ziemlich angeschlagen, dennoch verspürte ich nur einen leichten hämmernden Schmerz – die Arzneimittel des Wächterordens waren so verflucht wie der Orden selbst: verflucht gut!

Oha, seit wann verwendete ich in meinen Gedanken Wortspiele? Was für ein sinnloser Zeitvertreib, da ja niemand außer mir meine geistvollen Bonmots mitbekam. Wenn man etwas Kluges zu sagen hatte, sollte man es nicht nur denken, sondern auch aussprechen.

Überhaupt war mir nach Reden zumute. Ich hätte sofort losschnattern können wie eine Ente. Sprudeln wie ein Wasserfall. Mit der Zunge rattern wie mit einem Maschinengewehr. Einen Comic mit Sprechblasen zutexten.

Erstaunlich, wie viele Ausdrucksformen es für ein und dieselbe Sache gab.

Aber ich riß mich zusammen und sagte keinen Ton, weil Reden genau das war, was sie von mir erwarteten. Sie – die vier langmähnigen Frauen, die im Halbkreis mit geschlossenen Augen um meine Pritsche herumstanden. Sie – die mich Glauben machen wollten, sie seien meine Freunde, weil sie meine Schmerzen gestillt und mir etwas zu essen und zu trinken gegeben hatten. Sie – die mir Informationen entlocken wollten, die ich nicht preiszugeben bereit war.

Mein Wohlgefühl rührte nicht von den Schmerzmitteln her, die man mir verabreicht hatte. Kurz nachdem die vier Grazien in meine Zelle gekommen waren, hatten sie mir gegen meinen Willen eine weitere Flüssigkeit injiziert. Ich hatte mich nicht dagegen wehren können, weil ich an Händen und Füßen gefesselt gewesen war. Inzwischen hatten sie mir die Fesseln zwar gelöst, trotzdem konnte ich mich nicht rühren, was vermutlich mit der erwähnten Injektion zusammenhing.

Das Mittel hatte sowohl eine aufmunternde als auch eine einschläfernde Wirkung. Flüchtig betrachtet war das ein Widerspruch in sich, doch wenn man genau darüber nachdachte, war derlei Medizin rund um die Erde verbreitet – unter dem Oberbegriff Alkohol. Bier, Wein oder Hochprozentiges entspannten, putschten einen aber gleichzeitig auf.

Mit Sicherheit hatten mir die weißen Weiber, so nannte ich sie wegen ihrer langen, nachthemdartigen, dezent bestickten hellen Kutten, keinen Alkohol gespritzt, sondern ein Wahrheitsserum. Glaubten sie wirklich, sie könnten mich damit zum Sprechen bringen?

Lächerlich!

Besäßen sie auch nur ein Fünkchen Verstand, hätten sie sich denken können, daß eine enorm wichtige Persönlichkeit wie ich darauf geschult war, derlei Seren zu widerstehen. Ich fühlte mich ein wenig beschwingt und verspürte das Bedürfnis, mich aller Welt mitteilen zu müssen, doch dank meines starken Willens widerstand ich diesem Drang. Selbst wenn sie die Dosis erhöhten, würde ich stärker sein als sie – weil sie sich nicht mit mir messen konnten. Ich, der zukünftige Ritterkönig, lachte sie innerlich nur aus.

Wohlgemerkt: innerlich. Keinen meiner Gedanken setzte ich in Worte um, absolut nichts drang zu ihnen nach außen.

Ich sah ihnen an, wie sehr sie mein beharrliches Schweigen verstörte. Ihre Gesichter zuckten unruhig.

Tja, Pech gehabt, ihr dummen Gänse, ihr habt euch mit dem Falschen angelegt. Ich bin verschwiegen wie ein Grab. Und falls ich zu gesprächig werde, greife ich auf meinen besten Freund Fernandel zurück...

Mit der Zunge ertastete ich vorsichtig die entsprechende Plombenkapsel – sie war noch unversehrt.

Aber was war das? Charles, Yves und Maurice fehlten! Anscheinend hatten die Weiber drei meiner vier Freunde entdeckt und während meiner Bewußtlosigkeit entfernt. Pest und Hölle über sie!

Zum Glück hatten sie den wichtigsten Zahn übersehen, den mit dem tödlichen Gift, das ich sofort einsetzen würde, falls sie mich doch noch zum Sprechen brachten.

Da der Orden mit allen Wassern gewaschen war, auch wenn er der Loge selbiges nicht reichen konnte (he, war das schon wieder ein Wortspiel?), ging ich davon aus, daß man den Inhalt der drei fehlenden Kapseln inzwischen analysiert hatte.

Zwar hatte ich Charles und Yves bereits geschluckt, aber sicherlich war mein Mageninhalt untersucht worden, während ich weggetreten war.

Somit wußten die Ordensratten, daß der Inhalt der ersten fehlenden Kapsel zur Schmerzstillung verwendet worden war und das zweite Medikament meinen rasenden Zorn verursacht hatte.

Ob es ihnen auch gelungen war, Maurice zu analysieren?

Die Frauen öffneten ihre Augenlider. Diese unbelehrbaren Närrinnen stellten mir jetzt gezielte Fragen...

... und ich beantwortete sie ihnen.

Himmel und Hölle! Ich redete ohne Punkt und Komma! Frei heraus erzählte ich von der Planung des Anschlags auf die Börse, von der Flugzeugentführung – und ich endete mit meiner unliebsamen Begegnung auf der Landstraße. Ich sprach sogar über meine lustvollen Empfindungen im Schleudersitz über den Wolken, während die Maschine mit den Todgeweihten auf Frankfurt niederging. Auch meine Absicht, den unverschämten arroganten Kerl am Auto hinrichten zu lassen, verschwieg ich nicht.

Was machten diese gottlosen Megären nur mit mir? Auf unheimliche Weise drangen sie in meinen Kopf ein.

Meine Gedanken konnten sie zwar nicht lesen, doch sie brachten mich dazu, sie ihnen verbal zu offenbaren.

*

Im Beobachtungsraum hörten zahlreiche Zeugen das unfreiwillige Geständnis des zweiten Mannes der Loge mit. Dietrich Steiner ergänzte den Bericht noch durch die Informationen, die er von Kommissar Khalid Abdelkarim am Telefon erhalten hatte, so daß sich jeder der Anwesenden ein Gesamtbild von den Vorkommnissen machen konnte.

Die Eiseskälte des Ritterkönigs in spe, der andere Menschen zu seinem eigenen mörderischen Vergnügen tötete, erschreckte die Zuhörer bis ins Mark. Es wurden Stimmen laut, ihn auf der Stelle zu eliminieren.

»Nicht bevor wir alles, aber auch wirklich alles aus ihm herausgeholt haben«, entschied Dietrich Steiner als höchstes anwesendes Ordensmitglied. »Und selbst dann werden wir ihn nicht einfach abschlachten, denn im Gegensatz zu den degenerierten Logenmördern sind wir zivilisiert.«

»Aber sind wir nicht verpflichtet, ihn für immer und endgültig aus dieser Welt zu entfernen?« fragte ihn Bruder Bernard. »Der Mann ist ein abartiger Massenmörder, der keine Schonung verdient. Wenn wir ihn hinrichten, retten wir seinen künftigen Opfern das Leben.«

»Was wiederum zum Tod von anderen Menschen führt«, gab Dietrich zu bedenken. »Oder glaubst du, Uwes Vater würde die Hinrichtung einfach so hinnehmen? Helmut Arndt denkt mindestens genauso pervers wie sein Sohn. Er würde unsere Tat tausend- und abertausendfach sühnen und sich an Unbeteiligten rächen.«

»Helmut Arndt bringt nahezu täglich Menschen um, dafür reicht ihm ein Fingerschnippen«, erwiderte Bernard. »Es bringt nichts, fiktiv aufzurechnen, wer eventuell verschont bleiben könnte, falls wir uns zurückhalten – wir müssen uns wehren, und zwar mit den gleichen brutalen Mitteln wie diese blutrünstige Bande!«

»Du hörst dich an wie der Diktator eines rechts- oder linksmilitaristischen Staates, der die Bevölkerung mit einer aufrüttelnden Ansprache darauf einschwören will, jeden Volksfeind gnadenlos zu lynchen! Manchmal steht es einem besser zu Gesicht, seine Rachegelüste zurückstellen, auch wenn es schwerfällt.«

»Und du hörst dich an wie ein Dippelsozpäd,* der einen Richter davon zu überzeugen versucht, einen mehrfach vorbestraften Schwerverbrecher auf Bewährung freizulassen, weil der in der Verhandlung unter Tränen seine schwierige Jugend geschildert hat. Die Leiden der Opfer werden allerdings niemals berücksichtigt, und die Gerechtigkeit bleibt auf der Strecke. Manche Länder überschlagen sich geradezu im Erfinden von immer neuen schwachsinnigen Gesetzen. Dabei gibt es in allen zivilisierten Staaten ausreichend Gesetze, die es den Juristen ermöglichen, die Verbrechensrate drastisch zu senken. Doch solange die Gerichtsbarkeiten davon keinen wirklichen Gebrauch machen...«

Er hielt inne und atmete tief durch. Das war hier weder die Zeit noch der Ort, um seinem aufgestauten Frust freien Lauf zu lassen, aber manchmal brach es einfach aus ihm heraus.

Dietrich konnte die gelegentlichen Ausbrüche seines übergewichtigen französischen Freundes gut verstehen, auch er verfügte über einen ausgeprägten Gerechtigkeitssinn – der den Politikern und Juristen aller Herren Länder schon längst abhanden gekommen zu sein schien.

Selbstverständlich lehnte er die Foltermethoden totalitärer Systeme entschieden ab. Aber immer mehr Staatsoberhäupter vor allem in der westlichen Welt verwechselten maßvolles Regieren mit Feigheit. Sie schreckten davor zurück, durchzugreifen, und bevor sie eine falsche Entscheidung trafen, entschieden sie lieber gar nichts. Rechtsextremisten mit ihren Totschlagsargumenten konnte Dietrich genausowenig ausstehen wie linksextremistische Brandstifter. Doch wohin wendete man sich, wenn sich alle übrigen Politiker zaudernd auf einem kleinen Fleckchen drängelten und jeder von ihnen behauptete, er gehöre zur Mitte?

---

* Gemeint ist ein »Diplom-Sozialpädagoge« – Dipl.Soz.Päd.
Der Autor bittet den geneigten Leser um Nachsicht dafür, daß er nicht erklären kann, welcher sinnvollen Tätigkeit solch ein Mensch tatsächlich nachgeht.

Die politische Mitte war zweifelsfrei ein begehrter Platz, denn jeder wollte unbedingt dazugehören. Aber wer in der Mitte aufrecht stehen wollte, ohne sich ständig verbiegen zu müssen, brauchte einen starken Charakter und viel Mut – und beides fehlte den heutigen Politikern. Keine Regierung saß gern zwischen den Stühlen, lieber schwenkte man fleißig sein Fähnchen hin und her, je nachdem, aus welcher Richtung gerade der Wind wehte. Ganze Schwärme von Diplomaten waren tagtäglich damit beschäftigt, sich gegenseitig in den Hintern zu kriechen.

Andererseits: Wenn man es sich recht überlegte, galt im heutigen Deutschland die politische Mitte fast schon als ein wenig anrüchig. Wer wirklich »dazugehören« wollte, mußte »links« sein.

Im großen und ganzen waren sich Bruder Bernard und Dietrich Steiner in ihrer Weltanschauung einig, was allerdings nicht bedeutete, daß sie immer einer Meinung waren. Eine gute Freundschaft hielt so etwas aus.

»Sobald Arndts Vernehmung beendet ist, wirst du eine Entscheidung treffen müssen, Dietrich«, machte Bernard seinem Freund klar. »Entweder behalten wir ihn als Geisel, oder er kriegt eine Kugel zwischen die Augen.«

»Damit würden wir uns auf eine Stufe mit geistig unterbemittelten Steinzeitvölkern stellen«, lehnte Steiner sein Ansinnen ab. »Wir werden in Absprache mit dem Ordensmeister Gericht über ihn halten. Alles zu seiner Zeit.«

*

Freia Thorn und ihre Schwestern hatten sich mächtig angestrengt, um Uwe Arndt sämtliche Einzelheiten des blutigen Anschlags zu entreißen. Er hatte sich innerlich heftig dagegen gesträubt, doch sie hatten ihm keine Chance gelassen.

Nun war es an der Zeit, ihm weiteres Detailwissen zu entlocken. Viele Fragen standen noch offen. Wo befand sich das Hauptquartier der Orkult-Loge, und wo lagen ihre sonstigen Operationsbasen? Welche Ziele hatten die Logenmörder als nächstes im Visier? Und was war ihr Endziel, was versprachen sie sich von ihren stetigen Attacken gegen Einigkeit und Recht und Freiheit?

Schon bald würde die spezielle, von Medizinern des Ordens entwickelte Entspannungsdroge nachlassen, genauso wie die physischen und psychischen Kräfte der Hohen Frauen. Bis zum nächsten Verhör mußte man dann längere Zeit warten. Deshalb war es angebracht, in dieser Nacht von Anfang an explizite Fragen zu stellen, damit zunächst die wichtigsten Wissenslücken gefüllt werden konnten. Nachhaken konnte man später immer noch.

Aber was war die wichtigste Frage?

Während ihrer Vernehmungen trugen die Hohen Frauen traditionsgemäß lange weiße Kleider, die mit fremdartigen Stickereien versehen waren, alten Runen, welche im Zusammenhang mit der Schwarzen Sonne standen. Bis heute war es den Ordensforschern nicht gelungen, die Schriftzeichen vollständig zu entschlüsseln, doch jedesmal, wenn eine Hohe Frau eines der handgenähten Kleider anzog, fühlte sie sich dem Universum ein Stück näher – Gottes Universum.

Freia war bekannt, daß auch die Logengenossen eine Gottheit anbeteten, allerdings wußte sie nur sehr wenig darüber. Ihre spärlichen Informationen über den Orkult-Glauben stammten von Gefangenen, die man auf die gleiche Weise verhört hatte. Leider achtete die Logenführung darauf, daß ihre Mitglieder jeweils nur mit den nötigsten Kenntnissen ausgestattet wurden, so daß man die einzelnen Hinweise Stück für Stück zusammensetzen mußte, eins ans andere, wie bei einem Puzzle.

Diesmal bot sich ihr die Gelegenheit, alles Wesentliche über Orkult aus einer einzigen Person herauszuholen, eine einmalige Chance, die vielleicht nie mehr wiederkehrte. Deshalb mußte sie unbedingt weitermachen, ungeachtet des Erschöpfungszustands, der sich bei ihr und ihren Schwestern bereits bemerkbar machte.

Die vier konzentrierten sich erneut.

»Was ist Orkults größtes Geheimnis?« fragte Freia den Gefangenen direktheraus.

Die Antwort ließ nicht lange auf sich warten. »Unser Archiv, dessen Lage niemand kennt.«

»Was hat es damit auf sich?«

»Seit mehr als 5000 Jahren zeichnet die Loge alles auf, was für die Nachwelt von Bedeutung sein könnte. Mit ›Nachwelt‹ ist natürlich in erster Linie der Logennachwuchs gemeint. Wir sind es, die diese Welt beherrschen, nicht die Koyam.«

Uwe Arndt sprach über die Keilschrifttafeln aus grauer Vorzeit und die Brieftauben. Auch die alle zehn Jahre aktualisierte Version des geheimen Wissens der Loge erwähnte er.

»Kein Unbefugter hat jemals einen Blick auf die Alte Logenschrift werfen dürfen«, endete er.

»Bis auch du ein Unbefugter, Uwe?«

»Selbstverständlich nicht – ich bin ein direkter Abkömmling Tiamats.«

»Wer ist Tiamat?«

»Sie ist die Einzigartige, die Herrscherin über die Dunkelheit und das Licht. Jedes Logenmitglied ist verpflichtet, ihr zu dienen – in diesem Leben und auch nach dem körperlichen Tod. Ihr könnt uns nichts anhaben, wir stehen alle unter Tiamats Schutz.«

»Geht das auch weniger pathetisch und etwas präziser?«

Arndt, der reglos mit geöffneten Augen auf seiner Pritsche lag, unfähig, sich zu rühren, wurde sichtlich nervös. Sein Unterkiefer bewegte sich, so als ob er in seinem Mundraum nach etwas suchte...

11.

Schluß jetzt, ich hatte schon viel zuviel gesagt!

Obwohl ich mich dagegen gesträubt hatte, hatten mich die weißen Frauen dazu gebracht, den gesamten Plan offenzulegen und jede Einzelheit auszuplaudern. Mit dem injizierten Wahrheitsserum wäre ich vielleicht fertig geworden, doch der vierfachen geistigen Beeinflussung war ich nicht gewachsen.

Warum ließ Tiamat das zu? Wieso stattete sie ihre treuesten Untertanen nicht ebenfalls mit solchen Kräften aus?

Bisher hatte ich nichts gegen die Befragung unternommen. Meinetwegen durften unsere Gegenspieler ruhig erfahren, was wir an den Finanzmärkten vorhatten, sie konnten es sowieso nicht verhindern. Der Börsenzug, den die Loge von Orkult in Gang gesetzt hatte, war nicht mehr aufzuhalten, und all die entbehrenswerten Bauernopfer machte sowieso keiner mehr lebendig.

Aber jetzt wollten mich die Weiber zwingen, die grundlegendsten Geheimnisse unserer Organisation offenzulegen. Ich spürte, wie sich ihre transzendenten Energien erneut in mein Hirn bohrten. Das durfte ich keinesfalls zulassen.

Mit aller Kraft versuchte ich, dagegen anzugehen und an etwas anderes zu denken. Ich stellte mir vor, was ich mit den vier Jungfern (oder auch nicht – egal!) anfangen würde, wäre ich allein mit ihnen in meinem Penthouse. Gefesselt würden sie zu meinen Füßen liegen, ganz eng geschnürt, und ich würde ihnen die Kleider vom Leib reißen und solange auf sie einschlagen, bis sie sich zu Orkult bekannten! Sie mußten lernen, wer ihr Herr war und wem sie zu gehorchen hatten!

Normalerweise bereitete mir die Vorstellung, Frauen zu quälen, größte Freude, und oftmals setzte ich meine heißen Phantasien in die Tat um – jeder Mensch brauchte schließlich ein Hobby.

Diesmal verursachte mir der Gedanke daran jedoch nur bohrende Schmerzen. Schuld war die dämonische Fremdenergie, die tiefer und tiefer in mich eindrang und mich bald vollständig vereinnahmt haben würde. Noch ein, zwei Minuten, und ich würde den Ordensschwestern alles verraten, was in der Alten Logenschrift stand.

Das durfte niemals geschehen! Ich war verpflichtet, das Logenwissen zu schützen. Meine Zunge tastete nach der Kapsel mit dem tödlichen Inhalt. Ich mußte sie nur noch zerbeißen...

Mein Vorhaben hatte allerdings eine Schwachstelle: Ich war dann unwiederbringlich tot.

»Vor 5368 Jahren...« formulierte ich die ersten Worte.

Verräter! Verräter! hämmerte es in mir. *Du bist verpflichtet, dich zu opfern – Tiamat erwartet das von dir.*

Verflucht, wo blieb bloß die Kavallerie? Schliefen unsere Agenten? Das Kloster wurde ständig überwacht. Irgendwer mußte doch beobachtet haben, wie man mich hereingebracht hatte. Warum kam man mir nicht zu Hilfe?

»Vor 5368 Jahren...«

Wahrscheinlich stand meine Befreiungsaktion kurz bevor. Man legte wohl noch die Angriffsstrategie fest, sprach die letzten Einzelheiten durch... so etwas kostete Zeit.

Zeit, die ich nicht mehr hatte!

Ich mußte eine Entscheidung treffen: entweder sterben oder reden.

Für einen Mann in meiner Position gab es keine Alternative. Ich wußte, was ich zu tun hatte.

»Vor 5368 Jahren hatte sich die Göttin Tiamat Babylon, die einzige Stadt der damaligen Welt, mit List und Ränken untertan gemacht.«

Schließlich war ich eine wichtige Persönlichkeit und wurde in der Loge noch gebraucht.

*

Tiamat war eine Schönheit mit relativ dunkler Haut.

Angeblich kam sie aus einem unbekannten Land im Südosten. Ihre genaue Herkunft hielt sie stets geheim.

»Sie ist eine Göttin«, sagten ihre Anhänger, »und sie spricht nicht über ihre ursprüngliche Heimat, weil sie nicht von dieser Welt ist.«

»Sie ist eine Hochstaplerin«, sagten ihre Feinde, »und sie spricht nicht über ihre ursprüngliche Heimat, weil niemand erfahren soll, daß sie nur aus einfachen Verhältnissen stammt.«

Dem derzeitigen Regenten von Babylon gefiel Tiamat, und er nahm sie zur Drittfrau. Anfangs hielt sie sich zurück, später regierte sie wie selbstverständlich mit, und bald hatte man den Eindruck, daß ihr Gatte kaum noch etwas zu sagen hatte. Sie überredete ihn, seine beiden anderen Frauen zu verstoßen und sich auch von deren Kindern loszusagen. Dafür schenkte sie ihm mehrere eigene Söhne, von denen nur einer in den Überlieferungen namentlich erwähnt wurde: ihr Erstgeborener Kingu, der ihr sehr am Herzen lag.

Eines Tages starb der Stadtregent an einem heftigen Fieber unbekannten Ursprungs. Seine Witwe übernahm die Regentschaft, stellvertretend für ihren Lieblingssohn, bis dieser alt genug war.

Je länger Tiamat in Babylon lebte, desto mehr verdichtete sich die göttliche Theorie. Obwohl sie bald älter war als jeder in der Stadt lebende Mensch, blieb die Regentin immer jung und schön. Das brachte die Zweifler allmählich zum Verstummen und stärkte Tiamats Macht.

War ihr nach Zärtlichkeiten zumute, wählte sie sich einen potenten Kerl aus und befahl ihn in ihre Gemächer – sich ihr zu verweigern wäre einem Selbstmord gleichgekommen. Eine feste Bindung ging sie nie mehr ein. Der einzige Mann, den man ständig an ihrer Seite sah, war Kingu, der zu einem muskulösen großen Burschen heranwuchs. Er wurde zum Schwarm aller schönen Frauen in der Stadt, und er pflückte sie sich wie Blumen von einem immerblühenden Strauch. Ungefähr von seinem fünfundzwanzigsten Lebensjahr an zeigte auch er keine Alterungserscheinungen mehr, im Gegensatz zu seinen normal alternden Brüdern und Schwestern.

Insbesondere diejenigen, die Tiamats Eintreffen in der Stadt in früheren Jahren persönlich miterlebt hatten, reagierten verstört auf den ewigjungen Anblick von Mutter und Sohn, die sich beide ab einem gewissen Punkt nicht mehr zu verändern schienen. Bald machten die seltsamsten Gerüchte die Runde.

Schwarze Magie war noch das Harmloseste, was man Tiamat hinter vorgehaltener Hand vorwarf. Manche Beschuldigungen gingen viel weiter: Von einem Familiendrama im Reich der Götter war die Rede, bei dem Tiamats Eltern umgekommen seien, getötet von der eigenen Nachkommenschaft. Daraufhin hatte Tiamat das göttliche Erbe ihrer Mutter – eines Ungeheuers – angetreten und war auf diese Welt gekommen, um die Menschheit zu verderben.

Kingu, der von den Babyloniern ebenfalls als Gott verehrt wurde, hielt sich zwei giftige Drachen als Haustiere. So mancher Widersacher seiner Mutter diente ihnen als Futter – am liebsten fraßen sie ihre Beute bei lebendigem Leib. Daß ihm die beiden mächtigen Tiere aufs Wort gehorchten, ließ neue absurde Gerüchte aufkommen.

Es hieß, Kingus Vater sei gar nicht der ehemalige Stadtregent, sondern ein Drachendämon, den seine Mutter nach der unfreiwilligen Paarung getötet hatte.

Einige Ehrabschneider dichteten Tiamat sogar ein Verhältnis mit ihrem eigenen Sohn an.

Dieser groteske Verdacht wurde jedoch nur ein einziges Mal öffentlich geäußert, von einem vorlauten Trinker – der hinterher darum bettelte, von Kingus Haustieren zerfleischt zu werden, weil sein Ende dann schmerzloser verlaufen wäre.

Seine Hinrichtung fand auf dem Marktplatz der Stadt statt und zog sich über mehrere Wochen hin. Niemand wagte es, ihm den Gnadenstoß zu verpassen, weil es dem mitleidigen Helfer dann selbst schlecht ergangen wäre.

Spätestens jetzt hätte das Volk aufbegehren und Tiamat von ihrem Thron stürzen müssen. Doch allem Geschwätz über ihre Herkunft zum Trotz war sie als Babylons Regentin überaus beliebt, denn sie nahm den Bürgern sämtliche Daseinsverantwortung ab.

Wer ihr blind gehorchte, führte ein sattes, zufriedenes Leben, und wer satt und zufrieden war, dachte nicht an Aufstand und Revolution.

Tiamat hätte sich befriedigt zurücklehnen können, denn sie hatte viel erreicht. Aber sie wollte mehr. Die ganze Menschheit sollte sich ihr unterwerfen, um von ihrer göttlichen Weisheit zu profitieren.

*

»Kein einziges der gemeinen Gerüchte wurde jemals schlüssig bewiesen, dennoch könnten sie ein Körnchen Wahrheit enthalten. Meine diesbezügliche Meinung behalte ich aber besser für mich, denn für den Ritterkönig und die weltweit lebenden Anhänger der Orkult-Loge ist Tiamat die Reinheit in Person, einst erschienen aus einem göttlichen Nichts, um der Erde Ruhm und Wohlstand zu bringen und die Menschen von der Geißel des selbständigen Denkens zu befreien.«

Mittlerweile hatte ich es aufgegeben, mich gegen die geistigen Einflüsse der weißen Frauen zu wehren, ich konnte sowieso nichts dagegen tun. Daß ich nicht nur über Tiamat und Kingu sprach, sondern auch über meine leisen Zweifel an einigen Textstellen der Alten Logenschrift, bereitete mir Sorge. Hoffentlich erfuhr mein Vater nie davon, er brachte es glatt fertig, mich mit eigener Hand wegen Hochverrats zu töten.

»Noch bevor Tiamat ihr Welteroberungsvorhaben in die Tat umsetzen konnte, kamen überraschend 66 Krieger in die Stadt«, fuhr ich fort, »hünenhafte Männer, wie man sie in diesem Teil der Erde noch nie gesehen hatte: groß, stark und blond, bewaffnet mit langen Bögen und stählernen Schwertern. Sie waren nahezu unbesiegbar, weshalb sie von der Stadtbevölkerung ebenfalls wie Götter behandelt wurden.

Tiamats Hoffnung, daß sie bald weiterziehen würden, erfüllte sich nicht, und die stolzen Krieger machten sich als trinkfreudige Weiberhelden in Babylon breit. Daraufhin lud sie den Anführer der Sechsundsechzig in ihren Palast ein. Sein Name war Odin, und er schien der Stärkste und Vernünftigste von allen zu sein. Er gefiel Tiamat. Sie zog in Erwägung, ihn in ihre Eroberungspläne einzubeziehen, vorausgesetzt, er ordnete sich ihr völlig unter.«

*

»Weißt du eigentlich, wen du vor dir hast?« herrschte Odin Tiamat zornig an. »Ich bin keiner deiner Liebessklaven, die du nach Bedarf benutzen und wegwerfen kannst!«

»Das weiß ich doch, gerade das macht dich so reizvoll für mich«, erwiderte die schöne Regentin, die ihren Besucher im Thronsaal empfing – allein, ihre Leibwache hatte sie hinausgeschickt. »Du sollst mehr für mich sein als nur mein Gespiele. Ich möchte, daß du an meiner Seite über die Menschen herrschst.«

Odin hatte auf einem unbequemen Sitzmöbel, von dem aus er zu Tiamat aufblicken mußte, Platz genommen. In dieser Position fühlte er sich äußerst unwohl, was seine Laune nicht unbedingt verbesserte.

»Ich bin viel herumgekommen und habe viele fremde Völker kennengelernt«, erwiderte er. »In allen Landstrichen befinden sich die Menschen in einer schwierigen Entwicklungsphase. Die jeweiligen Stämme müssen sich erst einmal selbst finden, bevor sie freundschaftliche Kontakte zu anderen Stämmen aufnehmen können. Das Knüpfen von Handelsbeziehungen geht nur behutsam voran, es wird begleitet von gegenseitigem Mißtrauen. Daher wäre es mehr als unbedacht, zu diesem Zeitpunkt zu versuchen, alle Völker gewaltsam auf einen gemeinsamen Herrscher einzuschwören.«

»Das liegt mir fern«, versicherte ihm Tiamat, die spärlich bekleidet auf ihrem aus Holz geschnitzten und mit Gold reich geschmücktem Thron saß, der auf einem leicht erhöhten Podest stand. »Ich will die Menschen nicht mit Gewalt beherrschen. Ganz im Gegenteil, sie bekommen alles von mir, was sie wollen – so wie die Bürger dieser Stadt.«

»Das erklärt, warum die Bewohner von Babylon so dekadent und verweichlicht sind: Sie werden nicht genügend gefordert! Du befehligst keine eigenständigen Erwachsenen, sondern verzogene Kinder, die von dir das Wort ›Nein‹ noch nie zu hören bekommen haben.«

»Du irrst dich, es gibt in Babylon eine Menge Verbote – freilich nur für diejenigen, die mir permanent den Gehorsam verweigern.« Für einen Augenblick spreizte sie die Beine, damit Odin wußte, welche Belohnung ihn erwartete, wenn er sich ihr anschloß. »Schwöre mir den Treueid und herrsche mit mir über diese Stadt. Seite an Seite machen wir uns bald die ganze Welt untertan.«

»Du hast Angst, nicht wahr?« fragte Odin provozierend. »Du fürchtest dich vor mir und meinen Männern, weil wir genau wie du als Götter verehrt werden und in dieser Stadt immer beliebter werden.«

»Beliebt? Ihr barbarischen Wüstlinge?« regte sich Tiamat auf. »Daß ich nicht lache! Deine Männer können nur saufen und sich unablässig paaren.«

Odin grinste. »Stimmt, die schönsten Weiber der Stadt beten sie an.«

»Leider bleibt es nicht nur beim Beten. In einigen Wochen werden zahlreiche junge Frauen werfen wie die Karnickel.«

Damit hatte Tiamat Odins wunden Punkt getroffen. Sie wußte, daß der Anführer seine 65 Krieger ständig ermahnte, sich nicht mit den Babyloniern zu paaren. In der Zeit, in der er lebte, waren die Völker noch nicht so sehr miteinander verwoben, wie es in späteren Jahrtausenden der Fall sein würde. Jeder Stamm hütete und verteidigte sein eigenes Territorium. Grenzübergreifende intime Verbindungen wurden nur unter Angehörigen gleichgesinnter und gleichaussehender Völker geduldet, meistens als Kriegsbündnis gegen gemeinsame Feinde.

Paarungen zwischen kraß unterschiedlichen Völkern verstießen gegen Odins Weltbild und erschienen ihm unnatürlich – schon deshalb fiel es ihm leicht, Tiamats unzüchtigem Angebot zu widerstehen. Seine Männer hingegen erlagen dem Reiz des Verbotenen, und auch die babylonischen Frauen reizte das Neue, das Ungewöhnliche. Bisher hatte Odin versucht, darüber hinwegzusehen, aber nun stand die Geburt der ersten Kinder aus diesen Verbindungen bevor, und das erschreckte ihn zutiefst.

»Auch ich könnte dir Kinder schenken«, lockte ihn Tiamat. »Wir beide könnten den Ursprung für einen riesigen mächtigen

Stamm bilden, der sich vom Süden bis in den Norden ausbreiten wird.«

Sie stand auf, ließ ihr Gewand fallen und präsentierte sich dem Nordmann so, wie die Natur sie erschaffen hatte. Trotz ihrer Fremdartigkeit empfand Odin sie als wunderschön. Obwohl er viele Frauen aus unterschiedlichen Völkern kannte, hatte er noch nie zuvor etwas Vergleichbares gesehen.

Sie war wirklich eine Göttin.

*

»An dieser Stelle weist die Alte Logenschrift eine Lücke auf«, bekannte ich, obwohl ich mir lieber auf die Zunge gebissen hätte. »Vielleicht haben Odin und Tiamat eine rauschende Liebesnacht miteinander verbracht, vielleicht aber auch nicht, darüber schweigen sich die geheimen Aufzeichnungen aus. Mein Vater ist der Ansicht, daß Odin gefestigt genug war, um der Versuchung zu widerstehen. Ich bin mir da nicht so sicher, schließlich war er auch nur ein Mann.«

Als Sohn des Ritterkönigs vertrat ich nach außen hin exakt dieselben Ansichten wie er. Daß unsere Interpretationen der Alten Logenschrift manchmal ein wenig voneinander abwichen, war bedeutungslos, Hauptsache, wir waren uns grundlegend einig.

»Von Tiamat-Odin-Nachkommen ist jedenfalls nichts bekannt«, sagte ich. »Eine Schwalbe macht noch keinen Sommer, und nicht jeder Schuß ist gleich ein Treffer. – Im Herbst desselben Jahres ritt Odin aus der Stadt. Ihm war klargeworden, daß er seine Krieger nicht mehr disziplinieren konnte. Die Geburt zahlreicher Mischlingskinder im Winter erlebte er nicht mehr mit, im Gegensatz zu Tiamat, die ihre Macht durch die Anwesenheit der Fünfundsechzig immer stärker gefährdet sah. Vor allem deshalb hatte sie das Bündnis mit Odin eingehen wollen. Daß er ihr einen Korb gegeben und sich davongestohlen hatte, nahm sie ihm übel.«

Hätte ich unter Gedächtnisschwäche gelitten, hätten die weißen Frauen meine Befragung längst beenden müssen. Doch mein Erinnerungsvermögen war ausgezeichnet, leider. Wenn mich nicht endlich jemand aus dieser Zwickmühle befreite, würde ich in dieser Nacht die gesamte Alte Logenschrift auswendig rezitieren.

»Tiamat beschloß, etwas gegen ihre ›Konkurrenz‹ zu unternehmen und organisierte mit gleichgesinnten Stadtbewohnern heimlich einen Aufstand. Ihr Sohn Kingu sollte die Rebellen im Kampf gegen die nordischen Krieger anführen. Aber Kingu lehnte ab. Auch ihm gefiel es nicht, wie sich die Dinge in der Stadt entwickelten, doch er traute den schwächlichen Babyloniern nicht zu, sich des Problems selbst zu entledigen. Statt dessen schlug er vor, die Drachenarmee zur Verstärkung zu rufen.«

Ich rechnete mit einer Zwischenfrage seitens der Frauen, doch offenbar interessierte es sie nicht, was es mit dieser Armee auf sich hatte.

»Es wurmte Kingu, daß die Nordmänner die schönsten Babylonierinnen für sich reserviert hatten. Jeder von denen lebte mit mindestens sieben Frauen zusammen, nur die erlesenste Wahl. Diese Verbindung führte zu den außergewöhnlichsten Geburten, die man in diesem Landstrich je erlebt hatte: Kinder von perfekter Schönheit mit einer faszinierenden Hautfarbe, nicht wirklich hell, aber auch nicht dunkel, erblickten in Babylon das Licht der Welt. Ihr Anblick verzückte selbst hartgesottene Burschen.

Auch Kingu konnte sich der Faszination nicht entziehen. Er war sicher, daß diesen ungewöhnlichen Kindern die Zukunft gehörte, und er brannte darauf, selbst welche zu zeugen – natürlich mit denselben Frauen wie die Odin-Krieger, ansonsten würde nur wieder der gewohnte babylonische Nachwuchs entstehen.«

Vorsichtig versuchte ich, meinen linken Arm zu bewegen. Das gelang mir nicht, doch ich spürte ein Kribbeln in meinen Fingerspitzen. Ließ die Wirkung der Wahrheitsdroge allmählich nach?

»Tiamat versprach ihrem Sohn, ihm nach dem Tod der 65 Krieger deren Frauen zu überlassen, damit er eine nach der anderen besamen konnte. Trotzdem verweigerte er ihr nach wie vor seine Hilfe, versprach ihr aber, ihre Pläne nicht zu verraten.

– Monate später, im Frühjahr, griffen die organisierten Aufständischen die Nordmänner an. Die Alte Logenschrift schildert die blutigen Kämpfe in vielen Einzelheiten.«

Das überspringen wir, befahl mir eine Stimme, von der ich nicht wußte, ob sie real war oder sich nur in meinem Kopf befand. *Wie ging die Schlacht aus?*

»Wie es zu erwarten war«, antwortete ich gehorsam. »Gegen die kampferprobten Männer mit ihren langen stählernen Schwertern hatten die verweichlichten Städter mit ihren kurzen Bronzeschwertern, die kaum mehr als Dolche waren, keine Chance. Drei Nordkrieger fielen im Kampf, weit über hundert Städter wurden erschlagen. Der Aufstand brach zusammen, und die blonden Krieger spielten sich jetzt erst recht als Babylons Herren auf.«

Was geschah mit Tiamat?

»Mit der ihr eigenen Verschlagenheit überzeugte sie ihre verhaßten Widersacher, daß die Aufständischen ohne ihr Wissen gehandelt hatten. Zur Demonstration ließ sie etliche Rebellen hinrichten. Kingu erwies sich als noch skrupelloser und denunzierte einen guten Freund, der den Aufständischen als Berater zur Seite gestanden hatte. Das stellte die Nordmänner zufrieden, und sie ließen die beiden ungeschoren. – Die Niederlage empfanden Mutter und Sohn als Schmach. Tiamat war jetzt damit einverstanden, daß Kingu Hilfe holte. Er reiste daraufhin in den Süden und kehrte im Herbst mit der Drachenarmee wieder zurück.«

Was ist die Drachenarmee?

Na bitte, da war sie ja, die Zwischenfrage, die ich bereits früher erwartet hatte.

»Die Alte Logenschrift spricht von tiefschwarzen dämonisch wirkenden Kriegern, von denen jeder eine blutrünstige Bestie mit sich führte und beherrschte. Ich könnte mir vorstellen, daß bei dieser archaischen Darstellung der Aberglaube Pate stand. Der Beschreibung nach dürfte es sich bei den Drachen um Elefanten, Löwen, Panther und Gorillas gehandelt haben, gezähmt und abgerichtet von einem kriegerischen Eingeborenenstamm. Mit der Drachenarmee wurden die Nordmänner bis auf den letzten ausgerottet – mitsamt ihren herrlich gewachsenen Kindern. Nur einer entkam dem Massaker; er wurde als berittener Bote ausgeschickt, um Odin zurückzuholen. – Nach dem blutigen Gemetzel kehrten die schwarzen Dämonen in ihre Heimat zurück, beladen mit Schätzen, denn umsonst waren ihre Dienste selbstverständlich nicht.«

Was geschah mit den Frauen der Nordkrieger, den Müttern der ermordeten Mischlingskinder?

»Bis auf ein paar, die selbst Hand an sich legten, gingen sie alle in Kingus Besitz über. Jede Nacht bestieg er mindestens zwei von ihnen. Monate später konnte er dann die Früchte seiner nächtlichen Anstrengungen ernten: Söhne und Töchter – aber weder groß noch hell, wie er es sich erhofft hatte. Die Alte Logenschrift spricht von den häßlichsten Geschöpfen, die je in Babylon geboren wurden, und davon, daß sich die Frauen aus Rache für das Abschlachten ihrer schönen Kinder mit Tieren gepaart hatten. Kingu tötete alle seine Frauen, ließ aber seine Stammhalter am Leben.

In den kommenden Jahren stellte sich dann heraus, daß das eine gute Entscheidung gewesen war, denn seine gesamte Nachkommenschaft hatte die Verschlagenheit der Großmutter und die Skrupellosigkeit des Vaters geerbt – womit bewiesen war, daß sie doch nicht von Tieren abstammten. Diese Kinder bildeten quasi den Grundstein für den Uradel der Loge, aber dazu komme ich noch später.«

Nicht später, sondern gleich! forderte mich die Stimme in meinem Kopf auf. *Und fasse dich kurz!*

Ich bewegte meine beiden Hände und begriff, warum es die Frauen so eilig hatten. Das Serum ließ nach, und vermutlich auch ihre Kräfte.

*

»Kingu nahm sich neue Frauen, teils zu seinem Vergnügen, teils um mit ihnen weiteren Nachwuchs zu zeugen«, setzte ich meine Ausführungen jetzt in geraffter Form fort. »Mit seiner Großfamilie zog er sich in einen eigenen Stadtteil zurück, der fortan ›Orkult‹ genannt wurde, was übersetzt soviel wie ›Heim des Götterstammes‹ bedeutete; dort gehörten sie alle hin. Als im nächsten Sommer 666 blonde Recken unter Odins Führung über Babylon herfielen, um den Tod ihrer Kameraden zu sühnen und die Stadt zu übernehmen, wurde dieser unscheinbare Stadtteil beim Großangriff kaum beachtet; das rettete Kingus Frauen und Kindern das Leben. Kingu selbst hatte das Pech, sich zum Zeitpunkt des Angriffs zufällig in der Innenstadt aufzuhalten. Odin wurde seiner gewahr und erschlug ihn mit bloßen Händen. Und auch Tiamat kam nicht ungeschoren davon. Ein Lichtblitz aus Odins Götterwaffe zerriß sie in zwei Teile.«

Götterwaffe? Meinst du damit Odins Schwert?

»Nein, diesmal hatten die Krieger keine Schwerter bei sich, sondern – laut der Alten Logenschrift – andersgeartete Waffen, die aus der Ferne töteten. Ich könnte mir vorstellen, daß damit Gewehre gemeint sind, und die Götterwaffe war vielleicht eine Laserpistole oder etwas ähnliches. Diese Einschätzung teile ich übrigens mit vielen Logenmitgliedern und mit meinem Vater. – Legenden zufolge nannte sich der neue Stadtherrscher Odin in Babel Marduk, was soviel bedeutete wie ›Herr der vier Weltgegenden‹. Für jeden Besatzer ließ er zwecks Vermehrung zwei blonde Frauen aus seinem Nordreich mit Himmelswagen herbeiholen, auf denen das Symbol der Schwarzen Sonne prangte. Wahrscheinlich sind mit ›Himmelswagen‹ irgendwelche Luftschiffe gemeint. Exakt ermitteln läßt sich das nicht, denn die Aufzeichnungen sind über mehrere Jahrzehnte hinweg leider ziemlich ungenau und beschränken sich weitgehend auf das Zitieren mehr oder weniger bekannter Legenden. Erst als Kingus Kinder herangewachsen waren, wurde die Geschichtsschreibung wieder kontinuierlicher fortgesetzt.

Kingus göttliche Sprößlinge, die wie gewöhnliche Menschen alterten, organisierten sich im Untergrund. Sie wagten es nicht, offen gegen die Besatzer vorzugehen, agierten aber heimlich gegen sie – in dem von ihnen gegründeten ›Geheimbund von Orkult‹, der später in ›Loge von Orkult‹ umbenannt wurde.

Erst nach langer Zeit zog sich Odin/Marduk mit seiner kleinen Armee und all seinen Wunderwaffen wieder aus der Stadt zurück. Die neue nordische Generation hatte sich inzwischen fest in Babylon etabliert und brauchte keinen Schutz mehr.

Die Angehörigen der Loge duldeten die Fremden nur widerwillig, denn die hinderten sie daran, selbst die Macht zu ergreifen und von Babylon aus den Orkult-Glauben zu verbreiten. Um hinter das Geheimnis von Odins Stärke zu kommen, organisierten sie mehrere Expeditionen – aber sie fanden das sagenhafte Reich des Nordens niemals.

Daheim in Babylon war man derweil erfolgreicher. Zahlreiche Generationen von Orkult-Anhängern machten sich daran, gezielt die Blutlinien ihrer Feinde zu verwässern – und ihre eigene rein zu erhalten. Um keinen neuen Krieg zu provozieren, gingen sie gewaltlos vor. Damals kämpfte die Loge notgedrungen vor allem mit List statt mit Brutalität.

Dazu gehörten auch betrügerische Geschäfte mit den Nordischen. Insbesondere die direkten Nachkommen von Tiamat und Kingu erwiesen sich auf diesem Gebiet als besonders begabt.

Rund tausend Jahre später war die blonde Blutlinie in Babil fast völlig ausgelöscht, als ein neuer Kriegerzug aus dem Norden kam. Ihr Anführer nannte sich Sargon.

Bei seiner Ankunft befand sich fast ganz Babylon in den Händen der Loge, und die Bewohner frönten wie zu Tiamats Zeiten der Dekadenz. Doch Sargon machte sich die Stadt untertan. Er war der geborene Herrscher. Unter seiner Regentschaft erstrahlte Babylon bald in neuer Blüte.

Darüber freute sich nicht jeder. Die Loge von Orkult hatte ihre Macht wieder abgeben müssen und schmiedete einen Plan, der zum Untergang des Herrschers führen sollte.«

Ein langgezogener Schmerzensschrei ertönte im Klosterkeller, ein Brüllen, das gar nicht mehr enden wollte. Es folgten Schüsse und weitere Schreie…

*

Manche Geräusche mochte ich, zum Beispiel das laute Brüllen des Motors, wenn ich mit meinem Sportwagen pfeilschnell über eine leere Autobahn jagte. Andere Töne wiederum konnte ich nicht ausstehen, beispielsweise das Zwitschern eines Vogels am frühen Morgen, während ich ausschlafen wollte.

Schüsse verursachten unterschiedliche Gefühle in mir. Wurde auf mich geschossen, fand ich sie erschreckend. Gab ich allerdings selbst einen Schuß ab, war dieses Geräusch Musik in meinen Ohren.

Als ich noch als Auslöscher gearbeitet hatte, damals, in meiner Ausbildungszeit, hätte ich aus den verschiedenen Tönen, die meine Waffen ausgestoßen hatten, eine Symphonie komponieren können. Für einen Laien klang jeder Schuß gleich, doch ein echter Kenner erkannte die kleinen, aber feinen Unterschiede.

Feuerte man eine Pistolenkugel durch einen aufgeschraubten Schalldämpfer ab, vernahm man nur ein häßliches Ploppen. Drückte man den Waffenlauf aber in ein dickes Kissen, blieb einem der »Urknall« erhalten, er wurde lediglich gedämpft und durch das Geräusch zerreißenden Stoffes melodisch perfektioniert.

Die Schüsse, die mich auf meiner Pritsche aus meiner Trance rissen, konnte ich sofort den passenden Waffen zuordnen. Sie wurden zweifelsfrei aus Schnellfeuergewehren abgegeben. Das Modell war das gleiche, wie man es beim SEK verwendete, das hörte ich klar heraus.

Was für herrliche Klänge! Begleitet wurden sie von einem schmerzvollen Brüllen, das vom Kellergang aus hereindrang. Kurz darauf vernahm ich die Todesschreie der weißen Frauen – für mich der reinste Engelsgesang. Nun konnten mich die vier nicht mehr demütigen. Ich war frei!

Bis ich vollständig bei Sinnen war und mich wieder bewegen konnte, dauerte es noch eine Weile. Zwei SEK-Männer in Kampfanzügen kümmerten sich um mich. Sie halfen mir von der Pritsche herunter und hielten mich an beiden Armen fest, bis ich sicher auf meinen Füßen stand.

Ich mußte nicht befürchten, von ihnen festgenommen zu werden, denn die Loge hatte das SEK fast vollständig in der Tasche. Zwar arbeiteten auch dort noch ein paar ehrliche Beamte, doch die Zahl derer, die auf unserer Lohnliste standen, wurde stetig größer. Wer sich uns nicht anschließen wollte, würde früher oder später kündigen müssen – oder in irgendeinem abgelegenen Steinbruch die Felsen von unten betrachten.

Das Brüllen aus dem Gang ging mir allmählich auf die Nerven. In den oberen Räumen wurde geschossen und geschrien, was aufgrund der dicken Zwischenböden weitaus dezenter klang. Offensichtlich stürmten unsere Truppen das Kloster – und sie machten keine Gefangenen.

»Wir befinden uns doch im Kloster Thalstein, oder?« erkundigte ich mich bei einem der Polizisten. »In den vergangenen Stunden hatte ich leider keine Gelegenheit, mich in diesem Gemäuer umzuschauen.«

»Richtig, dies ist Thalstein«, bestätigte mir der Mann. »Es ist unseren Agenten nicht entgangen, daß man Sie hierher verschleppt hat, Herr Arndt. Tut mir aufrichtig leid, daß wir erst jetzt zuschlagen konnten, doch die Befreiungsaktion mußte bis ins letzte Detail geplant werden, um Fehler zu vermeiden – schließlich soll uns keiner der Niederen entkommen.«

Die respektvolle Art, die er an den Tag legte, zeigte mir, daß er kein bezahlter Helfer, sondern ein Logenangehöriger war – und er wußte genau, wen er vor sich hatte.

»Geben Sie mir Ihre Pistole«, forderte ich ihn auf. »Und Ihr Handy.«

Widerspruchslos überreichte er mir seine Handfeuerwaffe und sein Mobiltelefon. Nun kam ich mir nicht mehr so wehrlos vor. Ich schickte die beiden Männer nach oben, damit sie wieder beim Kampf gegen die Niederen mitmischen konnten.

»Und stellen Sie dieses verdammte Gebrüll ab!« wies ich sie an.

»Das ist einer von uns, ihm wurde der Unterarm abgetrennt«, erklärte mir einer der beiden SEK-Männer beim Hinausgehen. »Ich werde ihn beruhigen.«

»Das will ich auch hoffen!« rief ich ihm nach. »Stopfen Sie ihm meinetwegen einen alten Lappen in den Mund, damit er endlich Ruhe gibt!«

Kurz darauf fiel ein Pistolenschuß, und das Brüllen erstarb. Wahrscheinlich hatte der Schütze gerade keinen Lappen zur Hand gehabt.

Vorerst blieb ich in meiner Zelle, nicht, weil mir dieser Raum so sehr ans Herz gewachsen war, sondern um meinen Triumph auszukosten. Als mich die verfluchten Frauenzimmer auf ihre ganz spezielle Weise verhört hatten, hatte ich mir vorgestellt, wie sie zu meinen Füßen lagen. Jetzt war meine Vorstellung wahr geworden.

Verächtlich blickte ich auf sie herab. Die roten Flecken auf ihren weißen Umhängen paßten zu ihren blutverschmierten Gesichtern. Die beiden Gewehrschützen hatten gute Arbeit geleistet und das Weiberquartett regelrecht durchsiebt.

Ein leises Stöhnen ließ mich aufhorchen. Offensichtlich lebte eine der Frauen noch.

»Pfuscharbeit!« murmelte ich und lud die Pistole durch. »Wenn man nicht alles selber macht...!«

Ausgerechnet die blondmähnige Wortführerin des Quartetts hatte Probleme damit, den Weg aus der Dunkelheit ihres erbärmlichen Daseins zu finden und auf das Licht von Orkult zuzugehen. Vielleicht wußte sie ja, was sie im Jenseits erwartete: ein ewigwährendes Dasein als Sklavin der verehrenswerten Göttin Tiamat.

Ich war gern bereit, ihr zu helfen, auf die andere Seite zu gelangen, so wie man einer alten Frau über die Straße half.

Die Schwerverletzte lag mit dem Gesicht nach unten am Boden. Ich drückte ihr den Pistolenlauf in den Nacken. Zwar hatte sie ein qualvolles Ende verdient, dennoch wollte ich ihr einen raschen schmerzlosen Tod spendieren – ich war halt zu gut für diese Welt.

Plötzlich vernahm ich leise Schritte auf dem Kellergang, jemand näherte sich mit gebotener Vorsicht. Das nutzte ihm nur wenig, denn ich hatte ein gutes Gehör. Ich ließ von der Frau ab (aufgeschoben war nicht aufgehoben) und richtete die Pistolenmündung auf die Mitte des Türrahmens.

Wer auch immer gleich hereinkommen würde, würde die Sterbende auf ihrem Weg ins Licht begleiten. Hoffentlich war es dieser arrogante Drecksack, dem ich meine Kopfverletzung zu verdanken hatte!

Alles war so schnell gegangen, daß ich mich nicht mehr erinnern konnte, wie er es eigentlich geschafft hatte, mich zu besiegen. Ich glaube, er hatte mich gegen die Decke geschleudert, war mir aber nicht ganz sicher.

Leider konnte ich ihn nicht mehr dazu befragen. Kaum tauchte er im Türrahmen auf, bewegte sich mein Finger am Abzug...

12.

Die Beobachter am Bildschirm verfolgten voller Interesse die Bekenntnisse des Uwe Arndt mit. Die Genauigkeit der Alten Logenschrift erstaunte sie. Das Jahr, in dem Tiamat in Babylon eingetroffen war, hatte man mit 3359 vor Christus exakt festgelegt. Erst viele hundert Jahre danach erschien der erste Sargon mit seinen blonden Kriegern auf der Weltbühne.

In den ungenaueren Aufzeichnungen der Templer war von ungefähr 8000 v. Chr. die Rede – ein gravierender Unterschied! Das Wirken von Sargon II. hatten die Templer wiederum präzise determiniert: zwischen 722 v. Chr. und 705 v. Chr. – er war also noch ein halber Knabe gewesen, als er kam, sah und starb.

Arndts Aussage wurde auf einer DVD aufgezeichnet, als Ton- und Bilddokument. Zu gegebener Zeit würde man es vervielfältigen und an alle Abteien versenden.

Sechs Männer hielten sich momentan in dem mit allerlei Technik ausgestatteten Beobachtungsraum im Keller auf: Dietrich und Thorsten Steiner, Bruder Bernard, Bodo Labahn, Werner Wendt und Erhard Dollinger. Vor der geöffneten Tür stand ein siebter Mann und schaute hämisch grinsend nach drinnen. Er streckte den rechten Arm aus und zielte mit einer Pistole auf Dietrichs Kopf.

Thorsten und Dollinger bemerkten den Mann im SEK-Kampfanzug gleichzeitig.

Steiner verpaßte seinem Vater einen Tritt und beförderte ihn aus der Schußlinie. Fast in derselben Sekunde betätigte der Winzer einen Wandschalter.

Mit rasanter Geschwindigkeit jagte eine scharfkantige massive Stahlplatte aus dem oberen Teil des Türrahmens und wurde mit Wucht in die Türschwelle gerammt. Den Unterarm des Schützen trennte die Platte blitzsauber ab. Von draußen vernahm man das tierische Brüllen des Schwerverletzten.

»Das macht mir angst«, bemerkte Bruder Bernard schaudernd.

»Mir nicht, soll er doch in seinem Blut ersticken«, erwiderte

Dollinger mitleidlos. »Um mich vor solchen Typen zu schützen, habe ich in vielen Räumen so ein Fallgitter eingebaut.«

»Genau das ist es ja, was mir angst macht«, sagte Bernard. »Seit meinem Aufenthalt in diesem Kloster habe ich bereits mehrfach Türen durchquert, ohne zu ahnen, daß plötzlich etwas Tödliches von oben herunterkommen könnte.«

»Das wäre nur bei einer Fehlschaltung der Fall, und die kommt eher selten vor«, entgegnete der Klosterbesitzer seelenruhig.

Trotz der dicken Wände vernahm man hier drinnen die Schüsse oben im Kloster. Keiner der sechs hatte eine Pistole oder gar ein Gewehr bei sich, schließlich hatte es keinen Grund gegeben, sich innerhalb des geschützten Gemäuers zu bewaffnen – bis jetzt.

Wendt bückte sich nach dem abgetrennten Arm und nahm ihm die Pistole aus der Hand. »Besser als nichts.«

Schritte und Stimmen waren auf dem Kellergang zu hören; dazwischen ertönte unablässig das Gebrüll des Einarmigen. Weitere Schüsse fielen, diesmal ganz in der Nähe.

Entsetzt deutete Dietrich auf den Bildschirm. Unter dem Gewehrfeuer zweier SEK-Beamter brachen die vier Hohen Frauen sterbend zusammen.

»Freia!« entfuhr es Thorsten. »Ich muß zu ihr!« Er wandte sich an Dollinger. »Öffnen Sie den Ausgang!«

»Dr. Thorn ist tot«, machte ihm sein Vater grausam klar. »Du kannst nichts mehr für Freia tun. Nur mit einer Pistole bewaffnet nach draußen zu stürmen wäre reiner Selbstmord, wahrscheinlich wimmelt es im Gang nur so von Scharfschützen. Leider gibt es dort keine Kameras, sonst wüßten wir, gegen wie viele Gegner wir hier unten antreten müssen.«

»Sollen wir uns tatenlos verkriechen, während in den übrigen Klosterräumen unsere Kameraden brutal abgeschlachtet werden?« fragte Labahn ihn zornig. »Wir müssen ihnen zu Hilfe kommen. Notfalls schlagen wir dem Logengesindel die Schädel mit der bloßen Faust ein, wie Odin es mit Kingu getan hat.«

Erhard Dollinger betätigte einen weiteren Schalter, und eine schmale Wandnische wurde freigelegt.

In der Nische lehnte eine Maschinenpistole.

»In beinahe jedem Raum des Klosters gibt es mindestens eine verborgene Waffe«, erklärte er, während er Thorsten die MP in die Hand drückte. »Bei meinen Sicherungsvorkehrungen habe ich an alles gedacht – glaubte ich zumindest. Offensichtlich reichte das nicht aus.«

»Machen Sie sich keine Vorwürfe, die Mörder von Orkult finden immer einen Weg«, meinte Bernard. »Speziell ausgebildete Logenninjas sind vermutlich im Schutz der Nacht vom Garten her ins Kloster eingedrungen und haben den SEK-Männern Tür und Tor geöffnet – nachdem sie lautlos die Wachen getötet haben. Die Loge kennt keine Gnade. Jeder, der sich momentan im Kloster aufhält, ist so gut wie tot. Das gilt auch für uns. Wir haben nur eine Chance: herausstürmen und so viele Gegner wie möglich niederstrecken.«

Doch der Winzer hatte eine weitere Überraschung auf Lager. Diesmal betätigte er keinen Schalter, sondern einen altmodischen Hebel. Knarrend öffnete sich eine Bodenklappe. Mehrere Stufen führten nach unten in ein großes dunkles Loch.

»Elektrisches Licht gibt es nicht«, bedauerte Dollinger. »Aber unterhalb der Treppe liegt ein Stapel Pechfackeln bereit, mitsamt Streichhölzern. Ich habe den Geheimgang vor ein paar Jahren durch Zufall entdeckt und die Wände stabilisiert, mehr aber auch nicht, um ihn in seinem Ursprung zu erhalten. Der unterirdische Tunnel endet in sicherer Entfernung vom Kloster, so daß die Mönche im Fall einer Erstürmung damals unbeobachtet flüchten konnten.«

»Sobald wir draußen sind, kehren wir mit Verstärkung zurück – und dann werden die Mörder für jeden Toten mit ihrem eigenen Leben bezahlen!« sagte Dietrich Steiner und zückte sein Mobiltelefon. »Die Kameraden aus der Frankfurter Abtei werden in Hochgeschwindigkeit hiersein und auch Waffen für uns mitbringen.«

Dollinger seufzte. »Ich enttäusche Sie ungern, aber im Klosterkeller funktioniert Ihr Handy nicht, erst oben an der Treppe bekommt man ein Netz. Bei der Einrichtung des Beobachtungsraums mußten sich die Techniker einiges einfallen lassen, weil

Funksignale wegen der immens dicken Mauern nur eingeschränkt eingesetzt werden können. Unten im Geheimgang können Sie ebenfalls nicht telefonieren.«

»Dann sollten wir uns beeilen«, erwiderte Dietrich. »Kommt mit!«

»Ich bleibe hier«, entgegnete Thorsten, der unentwegt auf den Bildschirm blickte und zusah, wie Uwe Arndt mit Hilfe von zwei SEK-Leuten wieder auf die Beine kam. »Ich möchte mich noch mit einigen Herrschaften unterhalten.«

»Bei dem Gespräch bin ich mit dabei«, entschied Dietrich spontan.

Thorsten schüttelte den Kopf. »Nein, das muß ich allein erledigen.«

»Dann möchte ich dich wenigstens mit zwei treffsicheren Argumenten unterstützen«, entgegnete sein Vater und streckte seine Hände aus.

Eben noch waren seine Handflächen leer gewesen, plötzlich lagen zwei Wurfmesser darin, die er in seinen Ärmeln verborgen hatte.

Thorsten nahm die Waffen und verbarg sie unter der Kleidung. Anschließend entnahm er dem Aufzeichnungsgerät den Datenträger und überreichte ihn seinem Vater. Die DVD enthielt Arndts kompletten Bericht, von der Planung des Anschlags über Tiamats Auftauchen in Babylon bis hin zum Auftritt des ersten Sargon. Thorsten schob eine weitere DVD in den Schlitz und betätigte die Aufnahmetaste.

Erhard Dollinger zeigte Thorsten, wie sich die Stahlplatte wieder nach oben bewegen ließ, dann begaben sich Dietrich, er und die anderen in den Tunnel. Bei ihrer Flucht durch den Geheimgang nahmen sie die SEK-Pistole mit, für alle Notfälle.

Steiner junior blieb allein im Beobachtungsraum zurück, beobachtete das Geschehen auf dem Bildschirm und wartete mit der Maschinenpistole in der Hand einen günstigen Zeitpunkt ab. Er war voller Rachegelüste – und er schämte sich nicht einmal dafür.

*

So schnell hatte ich noch niemanden auf dem Boden liegen sehen. Sekundenbruchteile bevor ich abdrücken konnte, ließ sich der schmächtige Mann, der sich leise der klösterlichen Kerkerzelle genähert und den ich fälschlicherweise für den arroganten Sack gehalten hatte, der Länge nach hinfallen, wie ein Sklave, der sich seinem Pharao zu Füßen warf.

»Nicht schießen!« flehte er mich an. »Ich bin nur ein Sanitäter vom SEK, der sich unter Einsatz seines Lebens bis hierher vorgekämpft hat. Man hat mich gebeten, nach Ihnen zu schauen.«

»Gebeten?« fragte ich ihn verächtlich. »Deine Vorgesetzten haben dir befohlen, sich um mich zu kümmern, also spiele nicht den barmherzigen Samariter und schon gar nicht den Helden. Freiwillig hättest du dich nie der Gefahr ausgesetzt, beim Schußwechsel getötet zu werden. Im übrigen geht es mir gut, ich benötige keine Hilfe.«

»Dann... dann kann ich ja wieder gehen«, stammelte der Schmächtige erleichtert.

»Abgelehnt«, erwiderte ich und steckte die Waffe in meinen Gürtel. »Zufällig brauche ich gerade jemanden mit medizinischen Kenntnissen.« Ich deutete auf die vier Frauen. »Nehmen Sie den Leichen Blutproben ab, und schicken Sie die Proben ans Hauptlabor. Diese Hexenweiber verfügen über mystische Kräfte, deren Ursprung sich vielleicht über ihr Blut analysieren läßt.«

Der Sanitäter, ein junger unerfahrener Mann, vermutlich ein neues Logenmitglied, machte sich sofort ans Werk. Natürlich entging ihm nicht, daß eine der Frauen noch atmete, aber da er offenbar wußte, wer ich war, hielt er lieber den Mund, alles andere wäre ihm auch schlecht bekommen.

Ohne ihn weiter zu beachten, widmete ich mich der einzigen Überlebenden. Ihre Ordensschwestern waren so schnell gestorben, daß sie es kaum mitbekommen hatten.

Wenigstens eine der Sterbenden, die, die ich für die Wortführerin hielt, sollte erfahren, daß die Loge wieder einmal über den Orden gesiegt hatte und daß der Angriff auf mich ein schwerer Fehler gewesen war.

Die Lippen der blonden Frau waren blutig, sie konnte kaum sprechen.

Dennoch versuchte sie, ein paar Sätze zu formulieren.

»Orkult – Schwarze Sonne, ein ewiger Kampf«, stammelte sie. »Doch warum setzt sich eine so alte Geschichte bis in die Gegenwart fort? Welchen Sinn machen all die Morde... heute noch?«

»Solange euer Orden nicht begreift, daß diese Welt Orkult gehört, hört das Töten niemals auf«, antwortete ich ihr spöttisch. »Die Loge hat den längeren Arm, wann begreift ihr das endlich? Ihr Schwächlinge könnt uns nicht besiegen. Niemals!«

»Immerhin ist es uns gelungen, dich gefangenzunehmen«, begehrte das störrische Weib auf. »Wir kennen jetzt eure Geheimnisse.«

Erstaunlich, wie unverschämt ein Mensch noch in seinen letzten Atemzügen sein konnte. Aber sie hatte ja nichts mehr zu verlieren.

»Was ich euch berichtet habe, ist nur ein Bruchteil des Ganzen«, machte ich ihr deutlich. »Wüßtet ihr *alles* über uns, würdet ihr euch gar nicht erst die Mühe machen, gegen euer Schicksal anzukämpfen, ihr Würmer! Um euch wie Staub wegzufegen, müssen wir uns nicht einmal groß anstrengen, denn die Loge hat viele unfreiwillige Helfer – Strohköpfe, die wir uns nach Belieben zurechtformen. Mit deren Unterstützung haben wir dafür gesorgt, daß die Menschheit durch Übervölkerung und Umweltzerstörung mittlerweile einen Punkt erreicht hat, an dem es keine Rettung mehr gibt. Bald werden die Menschen sang- und klanglos untergehen!«

»Du... du bist doch selber ein Mensch!«

»O nein, ich bin mehr als das! Ich bin ein Auserwählter! Der in der Loge von Orkult organisierte Uradel wird in unterirdischen Archewelten überleben. Erst wenn sich dieser Planet von seiner Menscheninfektion erholt hat, so in etwa tausend Jahren, wird er von uns gereinigt übernommen und neu besiedelt werden. Nur der prophezeite dritte Sargon könnte unsere Pläne noch durchkreuzen, aber wir werden ihn rechtzeitig stoppen und ihn genauso vernichten wie die Kultur, die ihn hervorbringen soll. Die hoffärtigen Blonden müssen untergehen, mitsamt dem Orden und der Schwarzen Sonne – damit Orkult leben kann!«

Ich machte eine Pause, um meinen Worten mehr Wirkung zu verleihen, dann fügte ich hinzu: »Natürlich nehmen wir nicht alle Logenmitglieder mit in die Archewelten, nur die, die wir wirklich brauchen. Jasager, Zauderer und Feiglinge müssen an der Oberfläche bleiben.«

»Solche Jämmerlinge wie du?« stichelte sie und versuchte, ihren Oberkörper aufzurichten. »Wäre es nicht deine Pflicht gewesen, das Gift in der Zahnkapsel einzusetzen, du Plaudertasche?«

»Ihr habt das Gift entdeckt?« erwiderte ich ärgerlich und drückte sie auf den Boden zurück. »Na schön, ich habe es nicht verwendet – und? Die Loge kann auf eine wichtige Persönlichkeit wie mich nicht verzichten. Warum habt ihr die Kapsel nicht entfernt, so wie die anderen drei?«

»Wir haben dir alle vier Plomben entnommen und jede einzelne untersucht. Sie enthielten ein tödliches Gift, ein Schmerzmittel, eine Aufputschdroge und eine noch nicht analysierte fremde Flüssigkeit.«

Sie haben es also nicht herausgefunden, dachte ich zufrieden. *Maurice behält sein Geheimnis vorerst für sich.*

»Die Giftkapsel setzten wir dir wieder ein«, verriet mir die Verletzte. »Sauber ausgespült und gefüllt mit klarem Wasser.«

»Und woher weißt du dann, daß ich gar nicht erst versucht habe, mich zu vergiften?« wunderte ich mich.

»Von dir, du hast es mir soeben selbst erzählt.«

Aus dem Augenwinkel heraus sah ich, wie der Sanitäter verstohlen grinste. Bald würde er nichts mehr zu lachen haben, dafür würde ich sorgen.

Diese anmaßende Frau hatte mich gerade auf blamable Weise vorgeführt – er sollte keine Gelegenheit bekommen, meine Demütigung weiterzuerzählen.

Nachdem er die vierte Blutprobe entnommen und verstaut hatte, schickte ich ihn hinaus.

»Auf später«, verabschiedete ich mich von ihm. »Wir sehen uns.«

So entsetzt, wie er mich anblickte, hatte er die Drohung wohl verstanden, und er wußte, was ihm blühte. Sollte er ruhig versuchen, zu fliehen – die Loge würde ihn überall finden.

*

Henry Vahldiek ahnte, daß sein knapp zwanzigjähriges Leben verwirkt war. Er hatte etwas gehört, das er nicht hätte hören dürfen. Aber was hätte er dagegen tun sollen? Über »Ohren mit Reißverschluß« verfügte nur sein berühmter Vornamensvetter vom Hamburger Ohnsorg-Theater.

Eilig durchquerte Henry den leeren Kellergang. Außer den beiden SEK-Kämpfern, die ihm vorhin auf der Treppe begegnet waren, war noch niemand bis hierher vorgedrungen.

Ihm fiel auf, daß die Stahltür vor dem unmittelbar an der Treppe gelegenen Raum nicht mehr vorhanden war. Neugierig warf er einen kurzen Blick nach drinnen. Der Raum war menschenleer und voller Technik. Auf einem Wandbildschirm entdeckte er Uwe Arndt, ein Anblick, der ihn bis ins Mark erschreckte und ihn erst recht anspornte, sich so schnell wie möglich von hier zu entfernen.

Henry lief die Stufen hoch – und blieb auf halber Treppe wie festgewurzelt stehen. Ihm kam ein Mann entgegen, mit einer Maschinenpistole im Anschlag. Da er keinen SEK-Kampfanzug trug, gehörte er vermutlich zu den Sonnenwächtern oder zu deren Sympathisanten.

»Bist du ein Mitglied der Orkult-Loge?« fragte ihn der Fremde.

Henrys Angst war so groß, daß er es nicht fertigbrachte, zu lügen. »Ja, aber noch nicht lange.«

Thorsten Steiner überlegte kurz, ob er ihn genauso niedermetzeln sollte, wie es die Logenmörder gerade mit den Klosterbewohnern taten, doch dann ließ er die Waffe sinken. Dieser Junge hatte noch sein ganzes Leben vor sich – und konnte sich ändern, wenn er wollte.

»Verschwinde!« forderte er ihn auf.

Henry lief die restlichen Stufen hoch und bog in einen Nebenflur ein, in dem nicht geschossen wurde. Die Kämpfe fanden überwiegend im Haupttrakt statt.

Wieder blieb er abrupt stehen. Im Flur lagen die beiden SEKler, und sie waren ohne jeden Zweifel tot – so tot, wie man nur sein konnte, wenn einem ein Wurfmesser mitten im Herzen steckte. Ihre Schnellfeuergewehre hingen noch über ihren Schultern. Im Mundwinkel des einen Toten glimmte eine Zigarettenkippe, eine weitere angerauchte Kippe lag auf dem Fußboden.

Henry konnte sich gut vorstellen, was hier passiert war: Die beiden hatten sich vor den Kämpfen drücken wollen und sich erst einmal eine Zigarettenpause gegönnt. Der Ordensmann, mit dem er auf der Treppe zusammengetroffen war, hatte sich angeschlichen und dermaßen schnell kurzen Prozeß mit ihnen gemacht, daß sie nicht einmal mehr nach den Gewehren hatten greifen können. Sie hatten ihr Leben während ihrer letzten Zigarette ausgehaucht.

Noch hatte Henry Vahldiek die Möglichkeit, das Kloster, die Stadt und das Land zu verlassen und nie mehr wiederzukommen. Doch er traf die falsche Entscheidung!

Anstatt seine eigene Haut zu retten, überlegte Henry, wie er sich bei dem Sohn des Ritterkönigs anbiedern könnte, um dessen Wohlwollen zu gewinnen. Der Fremde mit der MP wollte Uwe Arndt mit Sicherheit töten.

Wenn ich Arndt das Leben rette, wird er meines verschonen, dachte Vahldiek und nahm eines der Schnellfeuergewehre an sich.

Er ahnte nicht, daß der oberste Mörder der Loge keine Dankbarkeit kannte.

Leise schritt Henry Stufe für Stufe hinab und betrat den Kellergang. Am hinteren Ende des Ganges befand sich die Kerkerzelle. Dort stand der MP-Träger, zielte nach drinnen und redete auf den Gefangenen ein. Aus dem Gespräch ging hervor, daß Arndt die überlebende Frau als Geisel genommen hatte und nun seinen Kontrahenten aufforderte, die Waffe niederzulegen...

Henry ging leise näher heran. Als er am Eingang zum Beob-

185

achtungsraum vorüberkam, hob er das Gewehr und zielte auf den Mann im Gang – der ihm kurz zuvor das Leben geschenkt hatte.
Dein Pech, Kumpel! Nimm's nicht persönlich...

*

Was war nur los mit diesen sturen Ordensbrüdern? Konnten oder wollten sie die Überlegenheit der Loge nicht akzeptieren? Nachdem der schwächliche Sanitäter die Zelle verlassen hatte, hatte ich dem vorlauten Frauenzimmer den längst überfälligen Gnadenschuß verpassen wollen, wie einem verwundeten Gaul, der zu nichts mehr nützlich war. Und plötzlich stand wieder dieser arrogante Arsch vor mir!

Die Situation war nahezu klassisch: Ich riß die Schwerverletzte hoch, hielt sie als noch halbwegs lebendes Schutzschild vor mich, drückte ihr meine Pistole an die Schläfe und forderte den Widerling auf, die MP niederzulegen. In jedem schlechten Kriminalfilm hätte er der Aufforderung Folge geleistet (eine typische Klischeeszene, über die ich jedesmal nur schmunzeln konnte), und ich hätte erst ihn und danach die Frau erschossen...

Aber dieser Sturkopf reagierte nicht wie ein Pawlowscher Hund – er hatte seinen eigenen Stil! Unablässig zielte er auf meine Stirn, die ich durch fortwährende Hin- und Herbewegungen schützte. Ich hätte meinen Kopf auch gänzlich mit dem Körper der Frau verdecken können, doch dann hätte ich den Kerl mit der Maschinenpistole nicht mehr gesehen, und er wäre hereingestürmt und hätte mich umgebracht.

Das war eine klassische Pattsituation. Und die Dame konnte dem künftigen König nur begrenzte Zeit beistehen, denn sobald sie in meinen Armen starb, würde der allgegenwärtige Läufer uns beide gnadenlos mit Kugeln vollpumpen, was ich an seiner Stelle längst getan hätte, schließlich war die blonde Maid so gut wie tot. Die Ordensbrüder hatten halt zu viele Skrupel – oder ihm lag etwas an dieser Frau.

»Laß die Waffe fallen!« herrschte ich ihn an.

»Lassen Sie die Geisel los!« kam es zurück.

Gegen soviel Sturheit konnte ich nicht anstinken. Obwohl das gegen meine heiligsten Prinzipien verstieß, war ich gezwungen, einen Kompromiß zu schließen. Ich bot dem sturen Bock an, die Geisel am obersten Treppenabsatz freizulassen, wenn er auf der untersten Stufe stehenblieb, um mir eine faire Chance zur Flucht zu gewähren.

»Ich werde Sie jagen, sobald Sie die Frau losgelassen haben«, erwiderte die hochmütige Kreatur.

Sein Benehmen ekelte mich aufs neue an! Er machte sich nicht einmal die Mühe, wenigstens so zu tun, als sei er der Unterlegene.

Langsam, mit gebotener Vorsicht, verließ ich jenen Raum, in dem man mich stundenlang gefangengehalten und verhört hatte. Eins war sicher: Ich würde niemals hierher zurückkommen. Noch heute würden meine Leute den häßlichen alten Bau aus dieser Welt tilgen! Dafür reichten ein Anruf und ein einziger Wink aus – eine locker wirkende, aber todbringende Geste!

*

Thorsten Steiner war sich darüber im klaren, daß Dr. Freia Thorn nicht mehr lange leben würde. Sie brachte kein Wort mehr heraus, spuckte Blut und regte sich kaum noch. Dennoch brachte er es nicht fertig, sie mitsamt ihrem Peiniger zu erschießen, obwohl das die vernünftigste Lösung gewesen wäre.

Unablässig zielte er auf Arndts Kopf. Gleichzeitig versuchte er, ihn zur Aufgabe zu zwingen. Der Ritterkönigssohn wußte jedoch, daß dies sein Ende bedeutet hätte – so wie Thorsten wußte, daß er so gut wie tot war, falls er die Maschinenpistole niederlegte. Er war nicht so dumm, eine Pattsituation in ein klares Schachmatt zu verwandeln.

Ein Laut ließ ihn kurz herumfahren – offenbar befand sich eine weitere Person im Kellergang!

Das war wohl ein Irrtum, denn Thorsten konnte niemanden erblicken.

Sofort richtete er den Lauf der MP wieder auf Arndt, der es

Gott sei Dank versäumt hatte, die Schrecksekunde zu seinen Gunsten zu nutzen.

Unter Thorstens Aufsicht verließ Uwe Arndt die Kerkerzelle und ging Schritt für Schritt rückwärts die Treppe hoch, wobei er die sterbende Geisel ständig vor sich hielt.

»Noch einen Schritt weiter, und Sie sind tot, Herr Arndt!« kündigte ihm Thorsten, der wie vereinbart unten stehengeblieben war, beim Erreichen der obersten Stufe an – und er meinte, was er sagte.

Uwe Arndt setzte alles auf eine Karte. Er warf die Sterbende die Treppe hinunter und hechtete in den angrenzenden Nebenflur.

»Wir sehen uns wieder, darauf kannst du dich verlassen!« rief er während des Sprungs.

»Duzen Sie mich nicht!« erwiderte Thorsten und jagte ihm eine MP-Salve nach, die leider das Ziel verfehlte.

Freias regloser Körper fiel die Treppenstufen hinunter. Thorsten war augenblicklich bei ihr und fing sie auf wie ein rettender Engel – der Engel der Schwarzen Sonne.

»Ihr könnt uns nie besiegen!« schrie Uwe Arndt aus dem Flur, in dem er gerade die beiden Toten entdeckt hatte. »Der Anschlag auf die Börse war ein voller Erfolg und weist euch in eure Schranken!«

Thorsten erwartete, daß Arndt gleich mit zwei Schnellfeuergewehren hervorstürmen und ihn mit einem Kugelhagel eindecken würde – aber mehr als haßerfülltes Geschrei hatte der furchtsame Königssohn nicht zu bieten. Steiner hörte seine fliehenden Schritte und seine aufgeregte Stimme – anscheinend telefonierte er im Laufen.

Feige Ratte! dachte Thorsten – als plötzlich jemand hinter ihm stand.

*

Henry Vahldiek konnte den MP-Schützen gar nicht verfehlen, das war nahezu ausgeschlossen. Er nahm ihn ins Visier und wollte ihn niederschießen.

Plötzlich ergriffen ihn zwei muskulöse Arme und zogen ihn lautlos vom Kellergang in den Beobachtungsraum.

Kurz bevor ihm der unbekannte Angreifer die Halswirbel brach, krächzte Henry kaum hörbar: »Warum tust du das?«

»Weil ich es kann«, waren die letzten Worte, die er vernahm.

Leblos sank Henrys Körper zu Boden. Die Blutlache, die sich um ihn herum bildete, stammte von den Proben, die er den Hohen Frauen abgenommen hatte.

*

»Du hast mich vorhin auf der Treppe zu Tode erschreckt!« warf Thorsten seinem Vater vor, während beide den Geheimgang durchstürmten. »Warum bist du nicht mit den anderen geflohen?«

»Weil du mein Sohn bist!« antwortete ihm Dietrich Steiner. »Und Väter müssen nun einmal auf ihre Söhne aufpassen, das ist ein uraltes Naturgesetz. Wäre ich nicht auf halbem Wege umgekehrt, hätte dich der Junge mit dem Gewehr im Namen der Loge erschossen.«

Thorsten trug Freia auf seinen Armen. Die Norwegerin brauchte dringend einen Arzt. Der Kampflärm war inzwischen versiegt, das Gefecht war vorbei. Allem Anschein nach hatte keiner überlebt.

Die sterbende Freia legte ihre Arme um Thorstens Nacken, ließ ihn aber kurz darauf wieder los. Sie war viel zu schwach, um sich festzuhalten.

»Wie heißt das Lokal, in das du mich einladen wolltest?« hauchte sie. »Das Restaurant mit dem herrlichen Panorama?«

»Wir werden es beide gemeinsam besuchen«, versprach er ihr, obwohl er ahnte, daß er sie belog. »Und dann schauen wir weit hinaus aufs Meer, versprochen.«

Sie drückte fest seine Hand – und schloß die Augen.

Der Felsen steht –
bis einer geht,
bis einer geht

(Münchner Freiheit – »Helden«)

Epilog

Diesmal war es ein Team vom ZDF, das sich etwa fünfhundert Meter vom Kloster Thalstein plaziert hatte. Beim Börsenanschlag hatten die Kollegen von den Privatsendern die Nase vorn gehabt, aber die sogenannten Öffentlich-Rechtlichen waren nicht minder sensationslüstern. Als beim Zweiten Deutschen Fernsehen ein exklusiver Tip über die brisanten Vorkommnisse in dem ehemaligen Kloster eingegangen war, hatten die Verantwortlichen sofort reagiert und ihre Reporter losgeschickt.

Rundum flackerten die Blaulichter von Polizeifahrzeugen. Ein offizieller Sprecher des SEK gab an der Absperrung bekannt, daß man eine in Thalstein vermutete El-Kaida-Zelle gesprengt habe und nun die wenigen überlebenden Terroristen der deutschen Gerichtsbarkeit überstellen werde.

Ein vermeintliches Mitglied jener Terrorzelle stieg in Begleitung dreier Uniformierter unweit des Absperrbandes aus einem Polizeiwagen und wurde zu einem zweiten Fahrzeug mit sichtgeschützten, gepanzerten Fenstern gebracht.

Sämtliche Kameras richteten sich auf den Mann, dem die Beamten jedoch eine Art Sack über Kopf und Oberkörper gezogen hatten. Man sah nur, daß der Mann eine beige Hose und dazu passende elegante Schuhe trug.

Zu diesem Zeitpunkt befanden sich noch mindestens fünfzig Beamte des SEK und der hiesigen Polizei im Kloster – sowie etliche der mutmaßlichen Terroristen...

Bevor der Verhüllte einstieg, hob er die Hand und schwenkte sie leicht hin und her. Was sollte das? War das eine Art Siegeszeichen?

Noch während sich der Reporter vor laufender Kamera wortreich über Sinn und Unsinn dieser lässigen Geste Gedanken machte, brach einen halben Kilometer weiter donnernd die Hölle los. Dort, wo sich eben noch das Kloster befunden hatte, wälzte sich ein mächtiger Rauch- und Flammenpilz zum Nachthimmel empor.

Die Explosion des Klosters war auf Hunderttausenden von Fernsehbildschirmen zu sehen – und jeder anständige Bürger wußte jetzt, welcher Terrororganisation er diesen gemeinen Anschlag und das Attentat auf die Börse zu verdanken hatte.

Weil anständige Bürger grundsätzlich blind an das glaubten, was die Medien sie Glauben machten – auch wenn sie sich unter der »Sprengung einer terroristischen Zelle« sicherlich etwas anderes vorgestellt hatten.

                        Ende